KB149469

대머리 혁명

발드 사피엔스

BALD SAPIENS

대머리 혁명

발드 사피엔스

BALD SAPIENS

| 장정법 지음 |

프로방스

'만국의 대머리여 단결하라!'

대머리 혁명

대머리 선언

'머리털을 가진 종들이 대머리 혁명 앞에서 벌벌 떨게 하라.
대머리가 잃을 것은 오직 머리털 뿐이요, 얻을 것은 세계다.
만국의 대머리여, 단결하라!'

미개한 원숭이는 절대로 인간이 될 수 없다.
내가 이것을 증명하기 위해
고뇌하는 대머리가 되었으니 보아라

저는 2019년 8월 말 장정법 소령을 처음 만났습니다.

페이스북 친구로 만나 몇 마디 댓글을 주고받았을 뿐입니다. 그가 남긴 댓글은 무엇인가 달랐습니다. 시골에서 조용히 살고 있는 저를 그가 당시 근무하고 있는 파주에 위치한 DMZ로 달려가도록 만들었습니다. 저는 그를 찾아가는 내내, 무엇이 나를 그에게 이끄는가를 곰곰이 생각해 보았습니다. 그를 만난 하루를 온전히 보내고 나서 그 이유를 알게 되었습니다. 장 소령의 안내로 저는 DMZ의 풍광을 샅샅이 보았습니다. 그 경치는 상상 이상이었습니다. 제가 이전에 보았던 세상의 경치와는 전혀 다른, 유토피아였습니다.

DMZ는 사실 무시무시한 공간입니다. 언제라도 전쟁이 터질 수 있는 인류가 남긴 유일한 휴전 공간입니다. 전쟁을 잠시 쉬자고 만든 공간입니다. 이 폭력적이고 인위적인 공간이 역설적으로 가장 평화로운 공간이었습니다. 극도의 긴장감이 돌고 있는 DMZ는 지난 66년간 아무도 발을 들여놓은 적이 없는, 자연이 스스로 구축한 지상천국입니다. 저는 천국이 DMZ와 같을 것이라고 상상합니다. DMZ는 자연스럽고 풍요롭습니다. 수풀이 우거지고 실개천이 남북으로 흐르고, 인간들의 간섭을 피해 도망 온 동물들이 함께 어울려 에덴동산을 만들었습니다.

저는 이 경치를 보고 충격을 받아 한동안 말을 잃었습니다. 그리고 눈가에는 눈물이 가만히 고였습니다. 우리가 감동적인 음악이나 아름다운 그림을 감상할 때의 감동과 달랐습니다. 그것은 내가 알고 있고 욕망하는 아름다움이 아니었습니다. 세상의 인위적인 아름다움을 넘어선 그 무엇으로, 말로 담을 수 없을 뿐만 아니라, 상상조차 거부하는 그런 것입니다. 인간은 그 앞에서 울 수밖에 없습니다. 우리는 그런 경험을 숭고崇高하다고 말합니다. 숭고한 대상은 그것을 응시하는 자를 무장 해제시켜 어린아이로 만들어 버립니다. 그 대상은 그(녀)를 무아 상태로 진입시켜 자신도 모르는 세계로 인도하여 춤추게 하고, 웃고 울게 만듭니다. DMZ는 인간에게 숭고를 알려주고 훈련시키는 소중한 공간입니다.

DMZ는 지난 22년 동안 장 소령을 특별한 인간으로 만들었을 것입니다. 그는 사시사철 스스로 변화하는 자연을 관찰하면서, 또 다른 자신을 응시하게 되었습니다. 그는 자연의 능동적인 변모를 온몸으로 익혔습니다. 봄이면 싹을 틔우고 여름이면 무성해지고 가을이면 단풍이

들고 겨울이면 눈으로 하얗게 덮인 자연은 그를 언제나 참신하고 친절하며, 동시에 용맹스럽고 겸손하게, 그리고 저녁엔 조용한 인간으로 수련시켰습니다. 내가 만난 장 소령은, 천혜의 장소 DMZ가 빚어낸 인간이었습니다. 그는 자신에게 맡겨진 몸과 정신을 마치 정원사처럼 매일 가꾸는 인간이었습니다. 그가 저를 대하는 태도를 보고, 그 사실을 깨달았습니다. 그는 자신이 상상한 원대한 자신을 존경하는 만큼, 그를 찾아온 사람들도 존경하는 인간이었습니다.

자신을 3인칭으로 관찰하고, 그런 자신을 있는 그대로 존경하는 사람은 행복합니다. 행복한 사람은, 현재의 자신을 바라보고, 그 있는 그대로를 수용하고 만족하는 사람입니다. 〈대머리 혁명〉이라는 책은 장 소령 자신이 과연 누구인가를 묻는 자기 고백서입니다. 우리는 종종 타인들을 사회적인 통념이나 관습으로 구별합니다. 인간은 자신을 응시하고, 그 안에서 남들과는 다른 자신을 발견하고 그것을 소중하게 여길 때, 비로소 자립하는 인간이 됩니다. 자신을 가만히 응시하지 못하는 자의 시선은 남에게 쏠려있습니다. 그리고 자신과 다른 어떤 것을, 있는 그대로 보고 수용하지 않고, 그것을 틀리고 열등한 것으로 취급합니다. 장 소령은 이 책을 통해 우리에게 묻습니다. "당신은 당신을 있는 그대로 수용하고 행복할 수 있습니까?" "당신의 있는 그대로의 모습이 가장 아름답다는 사실을 알고 계십니까?"

2020. 3. 25.

前)서울대 종교학과 교수 / 고전문헌학자 **배철현**

연기자로 있을 때 대머리가 되기 시작했다. '사과꽃 향기'라는 드라마에서 연기할 때 장용우 감독님이 '계속 머리가 M 자로 파이고 있는데 대머리 되면 어떻게 연기하냐?' 하며 걱정해 주셨다. '브루스 윌리스처럼 다 밀고 대머리로 연기할 수 있어요'라고 하면서도, 멜로드라마 주인공은 못 하게 되지 않을까 불안하기도 했다.

어쨌든 불치병으로 병원 치료를 받다 죽는 캐릭터였는데, 머리가 빠져 빡빡이가 되는 장면을 연기한 이후 나는 계속 머리를 밀었다. 머리를 길러 스타일이 나오기 어려운 단계가 되었기 때문이다. 이후 몇 번 가발을 쓰고 나오기도 했지만 결국 나는 '빡빡이 배우'가 됐다. '빡빡이를 가장한 대머리'라고 놀림받기도 하며, 어쨌든 '대머리 빡빡이' 상태에서도 캐스팅되는 것은 문제없었다.

이제 대머리 아닌 나를 상상할 수 없다. 대머리에 어떤 문제도 없다. 대머리가 어떻다 어떻다 하는 모든 부정적인 담론은 푸코의 에피스테

메일 뿐 플라톤의 에피스테메가 아니다.

　사회가 공유하는 오류 지식일 뿐이다. 반대로 대머리가 좋을 수 있다. 잘못된 사회의 편견을 지적하고 정정하는 장정법 친구의 책이 나오니 반갑다.

　이 글을 읽고 나 스스로가 전보다 당당해지는 느낌이다.

탤런트 윤동환

대머리 스타일은 패션이자 개성이다. 아마 가까운 미래 모든 인간은 가장 아름답고 매력적인 이 패션을 선택하여 피부에 난 털을 모두 제거하게 될지도 모른다는 생각을 했다.

대머리는 인류 진화의 처음이자 마지막 형상이다. 또한 창조주 신을 떠올려 보면 분명 우리와 다른 외모를 가지고 있을 것이다.

신에게 머리털은 불필요한 사치일 뿐이다. 결국 털은 인간과 신을 구분하는 유일한 조건일 수 있다는 생각을 하게 되었다.

우리는 주변에서 신과 가장 가까운 위치에 있는 성직자들을 바라본다. 놀랍게도 그들은 머리를 밀었다. 그들은 우리가 보지 못한 신의 형상을 담아내기 위해 자신을 대머리로 만든 것은 아닐까?

이 책은 대머리라는 기원을 독특하고 재미있게 파헤쳐 가는 흥미진진한 모험이 담겨 있다. 읽다 보면 혹시 대머리가 되어야 할지 모른다는 유쾌한 생각을 할지도 모른다.

대한민국에 드디어 첫 대머리 예찬을 담은 위대한 책이 출간되었음을 진심으로 축하한다. 장정법 저자의 대머리 혁명은 소름이 끼칠 만큼 집요한 자료수집과 탄탄한 이야기 구성으로 독자를 대머리로 만들어 버린다.

이 책을 읽는 독자 중 대머리가 아니라면 당장 대머리로 밀어 버릴지도 모른다.

방송인 **조영구**

20대 초반에 나는 매일 아침 베개에 머리카락이 떨어지는 것을 알아차렸다. 당시 내 여자친구는 나에게 '네가 대머리가 되면 너와 헤어질 거야.'라고 말했다. 물론 농담이었지만 난 속으로 깊은 걱정을 했다. 왜냐면 그때는 나의 황금기였고 또래들에게 가장 잘난 모습만을 보여주고 싶었던 시기였기 때문이었다.

매월 미용실에 가는 시간은 점점 치료 시간으로 변했고 나는 어떻게 하면 내 머리의 벗어진 부분을 가릴 수 있을지 끊임없이 고민했다. 그러다 어느 순간, 나는 스스로에게 이런 질문을 던졌다. "왜 이렇게까지 해야 하지?" 나는 이것이 바로 나 자신임을 인정하고 세상에 나의 빛나는 대머리를 보여주고 싶었다.

그 후 나는 한국으로 이사했다. 한국에 도착하자마자 누군가가 나에게 '왜 머리를 밀었어?'라고 묻고는 재빨리 '멋진 외국 스타일이네.'라고 말을 이었다. 나는 그들에게 최대한 자신감 넘치는 표정과 함께 '탈모 때문이야.'라고 답했고 나도 모르게 작고 냉소적인 미소와 함께 '대머리 파워'라고 덧붙였다. 나는 사람들이 내가 탈모 때문에 머리를 민 걸 눈치채지 못하고 대머리에 대해 질문한 적이 없어서 이런 반응들이 놀라웠다.

그 후 나는 내 '헤어스타일'에 대해 바보 같은 질문을 하는 사람들에게 '대머리 파워'라고 말하기 시작했다. 나의 유튜브 채널은 대머리에 대한 나의 생각을 표현하고 '대머리 파워'를 말할 수 있는 가장 좋아하는 공간이 되었다. 그것은 방어의 형태인 동시에 대머리 혁명을 시작하려는 나의 개인적인 노력이었다. 그리고 장정법 작가가 나의 영상을 보고 내게 다가왔다. 그래, 난 혼자가 아니야.

장정법 작가의 대머리 혁명에 동참하고 나의 대머리 스토리를 장정법 작가의 저서로 공유하게 되어 영광이다. 나는 사회에 대한 잘못된 편견과 판단을 지우는 것이 사회적으로 매우 중요하다고 생각한다. 대머리를 향한 커다란 부담의 덩어리는 이미 상식보다 습관이 되었다.

대머리도 다를 바 없는 사람들이며 그 이상도 그 이하도 아니다. 우리 중 대머리 혹은 비대머리(non-bald) 모두에게 이 책을 강력히 추천한다. 나는 이런 종류의 책이 출판되기를 오랫동안 기다려왔다. 아마 서양에도 없는 지구상 최초의 대머리 책으로 남을지 모른다.

나는 장정법 작가의 이와 같은 노력을 높이 존경한다.

대머리 파워!

네덜란드 전문 유튜버 **아이고바트**

우리 모두는 꽂혀야 사는 시대에 올라탔다. 그는 아마도 오랜 군시절, 외롭고 투박한 마음이었던 모양이다.

사람이 무엇에 꽂혀서 간다는 것을 나는 아름드리 나무같이 복되다 생각한다. 볕이 드는 어느 곳이든 그는 이런저런 손에 잡히는 가지가지 책을 펼쳤을테고 그 속으로 걸어들어가 무던히도 많은 시간들을 둘러본 것 같다.

종교와 역사와 철학을 두루두루 휘저어놓은 그의 낱말들 사이사이에는 사람들 사이에 피어나는 연정이 엿보인다. 가장 가까운 것들을 아끼고 가꾸는 마음속에 우리의 일상은 오롯히 영글어간다. 사십이 넘어 가꿀줄 아는 손길을 만나기가 쉽지 않다. 그만큼 우리는 억겁의 스피드로 달려가는 달력의 꼬리에 올라탔다.

또 하나 재미난 목차를 둘러보며 생각한다. 가타부타와는 별개로 남

다름을 인정하는 순간부터 우리에게 주어지는 한주먹도 안되는 자유의 질량. 인간군집중에 가장 팍팍하다는 군영속에서 이이는 후라이팬 기름두르는식으로 끝없는 탐독으로 옴팡진 하루하루를 보내고 있으려나.

인트로 없이 갑자기 시작되듯 온라인 메세지로 오가는 몇가닥 문장속에서 모두가 각자의 모습으로 신의 뒷편에 서려는 것은 맞고 아니고와 다른 수많은 모냥새가진 버섯떼와도 같기를 소망하는 글들의 꾸러미.

마지막 엔딩의 화음을 들여다보지 못하고 가볍디 가벼운 덧글부탁은 목차와 몇문단 관람한 정도로 이 사람과 이 사람의 책에 대한 기대를 독자와 나누어 가져보는 것으로 마무리하련다. 못다한 구경은 이어질테니.

가수겸 칼럼니스트 **김마스타**

대머리 20대 아가씨를 본 적이 있는가? 탈모란 마냥 남의 일이 아니다. 언제, 어떻게 찾아올지 알 수 없기 때문이다. 특정 나이, 특정한 성별만 겪는 일이라고 생각한다면 오산이다. 이것은 '머리카락'에 대한 이야기가 아니다. 당신과 나의 '고정 관념'에 관한 이야기이다.

28살 크리스마스이브에 선물 대신 암 진단을 받았다. 그것만 해도 충분히 충격적인데, 심지어 유방암 항암제는 무조건 '탈모' 부작용이 있다고 했다. 그래도 나만은 드물게 예외이지 않을까? 내심 기대했지만 '혹시'는 '역시'였다. 자고 일어나면 머리카락이 한 움큼 씩 빠졌고, 결국 면도칼로 듬성듬성 남아있는 모발 몇 가닥을 정리했다. 뒤통수가 차가워서 몸도 마음도 힘들었다. 그래도 한 가지 위안은 거울 속 내 모습이 골룸인 것 보다는 동자승인 것이 나았다.

이윽고 모든 대머리들이 그렇듯 가발에 집착하기 시작했다. 1년 동안 산 가발이 스무 개가 넘었다. 집 앞을 잠깐 나갈 때 화장은 안 해도 가발은 꼭 썼다. 그런데 맘먹고 간 제주도에서, 강한 바람이 불자 슝-하고 내 멋진 핑크색 가발이 날아가 버렸다. 세상이 멈춘 것 같았다. 주변의 모두가 숨죽이고 날 쳐다봤다. 멋지게 차려입고 돌아다닐 때보다 훨씬 더 주목받았다.

"어떡해…."

누군가의 안쓰러워하는 목소리에 정신이 번쩍 들었다. '뭘 어떡해?' '내가 잘못한 것도 없는데 왜 다들 쳐다보지?' 나는 주워든 가발을 다시 쓰지 않고, 가발 망까지 벗어버렸다. 그래, 나 대머리다! 어쩔래? 그때부터는 경조사 참석을 제외하고는 거의 가발을 착용하지 않았다. 대머리로 찍은 사진을 나의 책 '낙타의 관절은 두 번 꺾인다'의 표지로도 사용했다. 그것이 이 책의 저자인 장정법 작가님과의 인연으로 이어졌다.

인간이라면 누구나 당연히 그 자리에 있는 것을 상실했을 때 고통을 겪는다. 돈, 사랑, 사람 그 무엇을 잃어도 다들 공감하고 슬퍼해주면서, 왜 머리카락에 대해서만큼은 비웃는 것인지 모르겠다! 원치 않는 탈모가 오면 자신감이 사라지고, 외모 콤플렉스를 넘어 '나는 누구인가'라는 상념에까지 젖을 수 있다. 왜 아직 탈모에 의료보험 적용이 안 되는지 모르겠다.

타의적 대머리들이여, 이 책을 읽고 나면 탈모에 대한 고민과 걱정을 한 꺼풀 벗어버리고 스스로를 더욱 사랑할 수 있게 될 테다. 자유롭고 당당한 대머리의 삶! 타인의 시선과 고정관념에 위축되지 않는 태도! 세상의 편견에 맞서는 장정법 작가님을 응원한다.

딱 하나 조금 아쉽다. 만약 이 책이 조금 더 일찍 세상에 나왔다면,

내가 대머리로써의 삶을 조금 덜 외롭게 보낼 수 있었을 텐데!

'낙타의 관절은 두 번 꺾인다' 작가 **조연우(에피)**

대학에서 프로테스탄트 신학을 전공한 뒤 창조주의 위대한 경외심에 감동하여 항상 특별한 질문과 의문을 쏟아냈다. 거기까지가 내 가방 줄의 끝이다. (잘됐다. 신학에서 심오한 질문은 믿음을 강요받기 어려운 행동이니까.)

이후 회의를 품고 선택한 군대는 모든 집착과 번뇌를 육체와 정신적 고통으로 이겨 낼 적절한 수련 장소였다. 속세를 벗어난 수련 과정 속에 터득한 진리는 나의 외모에 있었다. '대머리'라는 세 글자는 같은 인간 무리 속 또 다른 한 인간을 구분해 내는 오만과 편견이다. 여럿 사람들 속에 부대끼며 살다 보니 비로소 내가 그들과 다른 '대머리 인간'이란 사실에 눈을 떴으며 대머리로 살아갈 세상을 보다 깊이 관조하기에 이르렀다.

'나는 왜 대머리이고, 대체 누가 대머리가 되는지? 어디서부터 시작되었는가?'에 대한 질문으로 시작한 고민은 두상에 털이 있는 인간과 두상에 털이 없는 인간으로 분류되어 두 개의 종이 기원함을 알게 되었다.

대머리 인간이란 소수의 종은 단순 숱이 적은 머리털이나 스트레스로 인한 원형탈모 증상을 가진 자가 아닌, 머리털이 점진적으로 벗어지는 순수 유전형 대머리를 말한다. 이들 대머리 인간의 삶을 잠시 들여다보면 하나같이 낮은 존재감과 자존감, 사회로부터 도피하고 싶은 욕구, 사회로부터 격리, 다수의 편견으로 불평등하게 살아가며, 이러한 자신을 가발이란 외형적 수단에 철저히 숨겨가며 살아가고 있다. 즉, 현실은 머리털 종족의 우월주의와 결합한 권력이 외모 지상주의를 유행시키므로 보다 우월하고 완전한 머리털 진화를 거듭한 세상이 오고야 말았다. 이러한 현실은 반드시 뒤집어야만 한다. 어느때보다 대머리 인권이 우선이며 대머리가 당당한 사회인식이 우선 자리 잡혀야만 한다.

그러기 위해 우리 대머리에 대한 역사적 증거를 사실에 근거하여 따져봐야 할 것이다. 이러한 사실을 역사적 근거에서 찾아보며 미래의 대머리 인간이 어떤 모습으로 변해 갈 것인지 그 해답을 제시할 것이며, 오염된 지구환경과 과학 혁명으로 인한 현 인류는 대머리(스타일)로 자연스럽게 최종 진화될 것이다. 그리고 대머리 혐오와 편견을 만들어 자신들의 배를 불리는 가발과 발모제 약품 시장의 모순과 실체는 우리들을 밖으로 더욱 나오지 못하게 하는 장애물이다.

먼저, '인간이란 존재는 어느 누가 창조하였는가?'에 대한 질문으로 신(神)에게 답을 구하고자 했다. 즉, 신이 우리 인간에게 가르쳐 주고 알려 준 힌트는 다름 아닌 '경전'이다. 창세기로부터 시편까지, 불교 경전과 승려, 각 나라의 신화 속에서 우리를 창조한 신의 원초적 형상은 어떤 모습인지를 찾아냈다. (생각해 보자. 여러분이 생각하는 '신'이란 존재, 인간을 만들어 낸 위대한 우리의 조상은 과연 어떤 외모를 하고 있는가? 만약 당신 생각처럼 2:8 가르마를 타고 기름으로 단정하게 빗은 머리털을 가진 신을 생각 했다면 큰 착각이다.) 신의 형상은 당신이 방금 떠올린 자신의 모습(대머리 형상)을 하고 있는 '털이 없는 존재' 그 이상이 될 것이다. 생각에 생각을 더해 보면 분명 '경외심'을 가지고 상상을 했을 것이다.

신(神)에게 '털'은 없다. 머리털은 결국 인간이 오래전 유인원 시절을 뒤돌아 보게 해 주는 부끄러운 수치이며 감출 수 없는 진화의 증거이다. 어쩌면 머리털이란 신과 인간을 구분하는 유일한 상징일 수 있다는 학설도 있다.

이스라엘 경전 중 구약서 시편 8편에 다윗 왕은 "도대체 사람이 무엇이길래 신이 우릴 이토록 보살펴 주십니까? 신은 우리 형상과 아주 조금 다를 뿐인데…"라고 말한다. 다윗 왕이 말한 인간과 신의 형상이 아주 조금 다르다는 것은 무엇을 의미하는가? (아주 미세한 차이 그것은 무엇인가?) 그것은 경전 여러 곳에서 해답을 얻어 결국 '털'이라는 것을 알아냈다.

구약성서 경전 속 또 다른 일화에서 예언자 대머리 엘리사를 놀려 저주받은 자들과 레위기에 '신에게 다가가려는 자는 모든 털을 밀어라.'라고 말해 주는 언약은 다윗 왕의 '아주 조금 다르다.'란 근거를 뒷받침해 줄 중요한 사료인 것이다.

우리는 경이로운 신을 떠올리는 한편 지구 반대편 광활한 우주 어딘가 있을 새로운 생명체에 대한 경외심을 품고 상상을 거듭한다. 우주 어딘가 있을 외계 생명체를 상상하면 '신'이란 형상만큼 비슷한 결과를 얻게 된다.

리들리 스콧 감독이 만든 영화 '프로메테우스'에서는 인류의 기원을 찾는 태초로의 우주 탐사여행이 시작된다. 그리고 지구상의 모든 역사를 뒤엎을 가공할 만한 진실을 목격한다. 2085년, 인간이 외계인의 유전자 조작을 통해 탄생한 생명체라는 증거들이 속속 발견되면서 인류의 기원을 찾기 위해 탐사대가 꾸려진다. 우주선 '프로메테우스 호'를 타고 외계행성에 도착한 이들은 미지의 생명체와 마주하게 되고 엄청난 공포를 느낀다. 그 공포는 인간이 자기 모습과 조금 다른 외모를 가진 신을 마주한 것이다. (영화 스토리가 단순 창작소설을 배경으로 한 것이 아닌 고대 수메르 신화에 바탕을 두고 있다는 사실을 알게 되면 더욱 놀라운 증거가 될 수 있다.)

수세기 전 그리스 헤로도토스는 먼 여행을 통한 사실적 실화인 '역사'란 저서를 통해 '대머리 종족'에 대한 일화를 소개한다. 후세에 고고학으로 밝혀진 알타이 대머리 족 '아르기 파이오이'가 모두 대머리라는 사실은 우리에게 다시 한번 충격을 선사한다. 실존하던 그 종족은 누구이며 어디로 사라진 것인가?

불교 승려의 두상은 어떻게 고대부터 지금까지 그런 민머리 형상으로 전해오는가? 그들이 정말 보았던 신의 형상은 무엇이며 그들이 숨긴 진실은 무엇인가?

1616~1799년 100만의 만주족은 어떻게 1억 이상의 한족을 지배하

였을까? 소수로서 다수의 한족을 다스렸던 만주족으로부터 그들이 그토록 대머리 스타일 변발을 고수하려 했던 비밀과 일본 촌마개 두발 형태는 최초 지배자가 대머리라는 놀라운 사실에 우월한 인자를 가진 대머리 종에 대한 자부심을 갖게 된다. 즉, 경전과 고전, 구전 속에서 말하고 있는 대머리야말로 진정 위대한 인간이며 새로운 종이다. 대머리는 유대 민족처럼 신에게 선택받은 유일한 진화의 상징이자 우수한 종이다.

진화를 거듭한 호모 사피엔스 사피엔스는 한 종이 아닌 두 개의 종이며 그중 하나 더 진화를 거듭한 '호모 사피엔스 발드(bald) 사피엔스' 라는 '털을 벗은 완전한 인간'으로 현현(顯現)하게 된다.

미래 대머리 스타일은 유행을 선도할 스타일로 자리잡을 것이며 대머리(또는 인위적으로 모든 인간이 가진 털을 밀어내는)에 의한 주도적인 대중문화를 형성해 낼 것으로 예상한다.

그렇다면 문화를 형성시키기 위해서는 지금 당신 그리고 수많은 대머리들이 우리 존재를 어떻게 드러내느냐에 대한 현실적인 문제를 안고 있다. 성소수자(동성애자 등)는 자신의 정체성을 극복해 내며 세상으로 '커밍아웃'을 한다. 대머리들도 이런 자신의 외모 콤플렉스, 편견을 이겨내고 문 밖으로 '커밍–순(Coming-Soon, 나타내다, 드러내다)' 해야만 한다는 것이다.

이런 과정을 겪고 나면 미래 '대머리 인간'이 가진 무한한 잠재력은 다양한 시장성을 구축하므로 거대한 패션시장에 변화를 가져올 것이다. 변화에 가장 먼저 사라질 운명은 다름 아닌 그동안 우릴 충분히 등

쳐먹은 '가발', '발모제'가 아닐까 생각해 본다. 당신은 이제 거울 앞에서 고민해야 할 것이다. 숨겨진 열등감을 벗어던지고 다 함께 가발과 발모제 족쇄에서 벗어나자. 우리들 외모에 대한 본질은 원초적 아름다운 인간으로 창조된 '완전무결한 신의 형상에 가장 근접한 진화된(창조된)인간'임을 잊지 말라.

오래전 그날 러시아 붉은 광장에 우뚝 세워진 공산주의 혁명가 레닌의 동상을 기억하는가. (참고로 나는 육군 영관장교이다.) 레닌은 소박하지만 서민적이었고 그의 예리하고 섬세한 눈빛과 넓은 머리에는 힘이 넘쳐흘렀으며 거친 수염과 꽉 쥔 두 주먹에는 열정이 가득했다. 그가 일으킨 이데올로기 혁명은 한 시대를 풍미하며 사라졌지만 그의 열정과 외적으로 풍기는 혁명가적 분위기야말로 우리 가슴속 깊이 숨겨진 본성이다.

21세기는 우리 대머리들이 뭉침으로 다시 한 번 대머리가 우월한 세상을 만들어 보고 싶은 소망이다. 알파와 오메가처럼 우리가 세상의 처음이었고 세상의 마지막도 우리 모습으로 신에게 다가갈 운명이 될 것이다. 대머리 혁명(발드 혁명, bald revolution)은 구별된 새로운 종으로 만민에게 선언하므로 한 시대를 풍미했던 공산주의 혁명처럼 활활 불타오르는 종족 혁명 사상을 일으킬 것이다.

이 책을 읽는 동지들이여 붉은 광장 속 레닌이 되어 수많은 털 있는 종 앞에 당당히 나서 그들보다 우월한 종임을 밝혀 줄 '대머리 혁명'을 일으켜 주길 바란다. 그리고 저자는 마르크스와 앵겔스처럼 역사에 길이 남겨지고 싶다.

"대머리는 달을 따르고, 우리는 대머리를 따라간다."

(대만 정치인 한궈위 지지 구호 중)

차례

추천사   7
프롤로그   21

Chapter 1
**대머리는
처음이지?**

가발은 안녕하십니까   35
동두자(童頭子)라 불러다오   41
주목받을 자유   43
대머리 콤플렉스 처방전   47
'Aura'   49

대머리는 대머리다   53
머리카락을 잃고 슈퍼 히어로가 된 '원펀맨'   56
커밍아웃하라고? 'coming soon'   60
무조건 멋있게, 무조건 폼나게   62
나의 절망을 바라는 당신에게   72
피해야 할, 해야 할 행동들   74

스타의 탄생   86
'남자답고, 리더십이 느껴져요'   90

Chapter 2
기 원
(Bald Origins)

신의 형상으로 창조된 인간   107
신의 형상은 어떤 모습인가? 창세기로부터   111
대머리야 물러가라, 대머리야 물러가라   119
고뇌하는 대머리여, 십자가에 못 박혀라   127
누가 '고타마 붓다(깨달음을 얻은 자)'의
머리에 가발을 씌웠는가   132
프로메테우스 베일을 벗다   139
'아르기 파이오 대머리족'
그들은 어디로 사라진 것인가?   142
'광명의 神 발데르(Baldr)'를 기억하라   147
검은 머리 짐승은 누구인가?   150

공생하여 널리 인간을 이롭게 하라   155
0.1%, 호모 사피엔스 발드 사피엔스   159
우리의 모습과 닮은 사람이 다스려라   164
공생(共生)   165

역사에 기억된 대머리 지도자   170
대머리에게 복종하라 '누르하치'   174
한 뼘 이마에 통일을 꿈꾼 '오다 노부나가'   181
다산 정약용의 대머리 예찬   188
너의 신념을 강요하라 '시네시오스'   191
위대한 대머리 정치가 '처칠'   194
가발의 제국 '루이 14세'   198
유예된 대머리 유토피아 '레닌 공화국'   201

Chapter 3

발드 마켓
(bald market)
시장을
공략하라

대머리를 위한 발드 마켓   207

헤어 전용 면도기   209

바버숍의 대항마 발드숍   213

여기가 블루오션이다   219

베리칩 그리고 헤드 바코드 시대가 온다   223

미세먼지는
이제 막 시작을 알리는 연막탄이다   226

Chapter 4
대머리 혁명

누가 혁명의 선두에 설 것인가	231
대만은 지금 대머리 열풍	233
우리는 아직도 대머리로 태어나지 못했다	237
베트남에 떠오른 별, '박항서'	240
대머리의 날 (2 · 2 · 2)	245
모든 가능성을 믿어라	249
당신은 원래 혼자가 아니다	251
빡빡 밀면 보인다	253
상상력은 세상을 지배한다	253
'절대 자신에게 비참함은 느끼지 말아 주세요'	257
에필로그	257
감사의 글	260
참고문헌	262

Chapter 1

대머리는
처음이지?

가발은 안녕하십니까

누구라도 자신이 대머리 되는 것을 떠올려 보면 긍정보다 부정적 생각을 먼저 떠올린다. 실제로 심적 고통과 충격은 감당하기 어렵다. 이런 고민을 하고 있던 찰나 우연히 켠 TV 개그 프로에서 머리털이 다 빠져버린 흉측한 괴물이 "골룸, 골룸" 하며 땅을 네 발로 기어 다니고 관객들은 배꼽이 빠진 듯 나자빠진다.

역겨운 방송에 지쳐 홈쇼핑에 채널을 맞춰 본다. 방송은 머리털이 쑥쑥 돋아난다는 마법의 샴푸 그리고 머리털을 풍성하게 만들어 준다는 헤어 빔 기계 등을 소개하며 귀를 솔깃하게 한다. 이번에도 지푸라기 한 올 잡는 심정으로 유혹을 받아들인다. 그것은 나를 구원해 줄 방송이었으니까. 그러나 여전히 머리털은 나지 않았다. 반복적인 상술에 속아 안 사고 안 해본 것이 없는 나였다. 지금껏 날린 돈만 고급 외제 차 한 대 살 정도이니 이제 마지막 선택은 '가발'이다. 후한 제 값을 치르고 원하던 머리털 소유주가 되었다. 처음 가발을 착용할 땐 세상을 다 가진 듯 뿌듯했다.

그런데 가발을 쓴 자만 모르는 게 있다. 드라마와 광고에서 티 하나 나지 않던 연예인 스타가 쓴 가발이 내 가발 수준과 상당히 차이가 난다는 것이다. 내가 쓴 가발은 뭔가를 엉성하게 올려놓은 듯 거위털 파카를 머리에 뒤집어쓰고 다니는 느낌이었다. 가발을 쓴 사람이 자신은 완벽하게 숨겼다 생각하는 순간 모두가 눈치채고 당신의 정체를 비웃는다. 이제 당신도 길 위에 가발 쓴 사람을 단번에 구분해 내는 놀라운 능력을 가지게 되었지만, 이미 가발 쓴 사람들이 완벽하게 자신의 콤플렉스를 숨기지 못한 것이 사실이고 내 푼돈으로 만들 수 있었던 가발 기술에는 한계가 있다는 것이다. 가발 제작 회사에서 실시간 모니터링하며 특별 관리 중인 '탤런트 이덕화'의 완벽 변장에 가까운 가발은 그 자체가 움직이는 광고 수단이어서 방송을 보고 있는 시청자 역시 '나도 이덕화처럼 풍성한 머리로 바뀔 수 있다'는 달콤한 환상을 갖게 되는 것이다.

물론 가발이 전부 나쁘다는 것은 아니다. 본인 외모에 불만을 갖고 '왜 나만 이렇게 숱이 없을까? 누가 내 머리를 보고 뭐라 하지 않을까?' 하고 근심 걱정하다 집에 처박혀 밖으로 외출을 거부하는 친구도 종종 보았는데, 가발은 심리상태를 긍정적으로 전환하는 데 있어서 중요한 역할을 하는 장점도 가지고 있다. 가발을 쓰는 것이 필수는 아니지만 자기만족을 보상받아 심리적 안정기에 접어들 수 있다면 대인기피 정도야 나비효과처럼 긍정적으로 해결되는 효과를 볼 수 있다. 그런 심리적 치료에 대안이 가발인데 가발 만드는 회사만큼 우리 존재를 잘 파악하는 사람들이 어디 더 있을까 생각해 본다.

무라카미 하루키 수필집 중《한없이 밝은 복음생산 공장》편에 등장하는 하루키의 가발 공장 체험기는 가발 산업에 본질적 실체를 말해 준다. 그는 현존하는 일본 최대 가발 생산 공장 아데랑스를 견학하여 홍보 담당자와 짧은 이야기를 주고받는다. "가발이란 상당히 특이한 상품입니다."라고 아데랑스의 홍보 담당자는 설명한다. 뭐가 그리 특이한가 하면 '입소문이 전혀 없다'는 것이다. 예를 들어 "나, 사실 이 머리 가발이거든. 이것 봐, 슬금슬금…. 어때, 정말 잘 만들었지? 몰랐을 거야."라고 친구들에게 떠들고 다니는 사람은 거의 없다. 잘 만들어진 가발을 쓰는 사람은 대개 그 사실을 비밀에 부치고 있어, 주위에 머리숱이 적어 고민하는 사람이 있어도 'XX 써봐. XX의 가발은 아주 진짜 같으니까.'라고 권유하지 않는다. 그냥 잠자코 입을 다물고 있다. "이처럼 사용자에 의한 선전효과가 전혀 없는 상품도 흔치 않을 겁니다."라고 담당자는 말한다. 듣고 보니 과연 그렇다 싶은 기분이 든다. 아데랑스 사원은 제 아무리 심각한 대머리에게도 '대머리'라는 말을 하지 않는다. '머리숱이 적은 손님'이라는 표현을 쓴다. 그래서 내가 "저, 대머리라는 말, 사내에서는 못 쓰게 되어 있지 않습니까?"라고 물었더니 '천만의 말씀'이라고 펄쩍 뛴다. "대머리는 그 어떤 말로 부른다 해도 역시 대머리입니다. 하긴 상대에 따라 반응도 여러 가지이지만 그런 말에 일일이 신경을 쓰며 전전긍긍하니까 안 되는 겁니다. 그런 말에 신경을 쓰는 사람은 가발을 써도 가발을 쓰고 있다는 사실에 신경을 쓰고 말죠."라고 말하며 이야기는 계속된다. 하루키가 가발 공장에서 나눈 대화를 보니 대머리의 심리를 꽤나 잘 뚫어 보는 가발 판매 시장에 존경심마저 든다. 하루키가 1950년대 후반에 방문한 기억을 쓴 글이라니 2020년을 살아가는 요즘 대머리에 대한 심리적 분석은 놀랄 만큼 앞서있을 것이라 추측해본다. 가발을 쓰고자 하는 마음은 결국 머리가 벗어져도 문제이고 가발을 써도 문제라는 사실을 그들은 안다. 절대적으로 받아들이는 자세에 대한 문제를 언급하고 있다.

나 역시 시간이 지날수록 게으른 몸은 남의 털을 피부에 부착하며 사는 데 적응하지 못하고 온갖 피부질환과 두피의 답답함으로 피로가 누적되었다. 매일 관리하는 데 시간이 많이 소비되었고 자칫 실수라도 하는 날이면 가발이 삐딱하게 돌아가 팔푼이 꼴이 된 듯하였다. 불만이 쌓여만 갔다.

결국 이게 최선이 아니라는 생각을 하던 어느 날 한 지인이 "자네 언제까지 불편한 가발이나 쓰고 다닐 건가. 아직 그거 몰라? 울산에 가면 머리털 난다는 약을 판다네. 자네도 한번 먹어봐 분명히 효과가 있네."라며 듬성듬성 올라온 자신의 솜털 머리를 자랑하듯 보여 주었다. 그뿐인가 내 주변 몇몇 사람들마저 입소문 난 그 약으로 경험한 사례를 눈으로 직접 확인시키며 탈모 명의를 찾아 지방으로 발걸음을 돌렸다. 기름지고 풍성한 머리숱을 가진 하얀 가운을 입은 약사는 내 이마를 몇 번 훑어보더니 "자네는 두 달 정도 약을 꾸준히 복용하면 머리털이 풍성하게 자라겠네. 그리고 성실히 계속 복용하게."라며 자신이 개발한 약을 꺼내 보였다. 쇼 호스트만큼 대단한 언변력을 가진 약사는 30일 이후 새로운 세상을 경험할 것이란 예언으로 나를 축복하며 자체 개발한 약을 40만 원에 넘겼다.

한 달 후 머리에 작은 변화가 생겼다. 이럴 수가 머리털이 듬성듬성 아기 솜털처럼 다시 자라나길 반복하더니 간신히 머리에 매달려 제법 값어치 한다는 생각을 갖게 했다.

어느 날 한 유명 대학병원의 의사인 친구에게 이런저런 사실을 자랑스레 털어놓았다. 친구는 내 머리털을 유심히 관찰하였다. 그리고 내가 복용하는 약을 보고 싶다 하여 휴대 중이던 약을 꺼내 보이자 친구는 별로 놀라는 기색 없이 "프로페시아잖아."라며 고개를 좌 우 한 번씩 흔들었다.

"남성 호르몬 억제할 때 먹는 발모제야, 몸에 다른 변화는 없니? 저기 보이는 약국에서 구입이 가능한 것인데… 왜 이걸 먼 곳까지 가서 사야 하는데… 누가 이런 걸…" "사실 이 약을 먹고 가슴이 조금 나오고 유두가 굵어져. 그리고 발기가 예전 같진 않아." 난 부끄러운 듯 몸에 일어나는 변화를 친구에게 말했다. 그는 가운데 미간 간격을 살짝 좁혀 단호하게 말했다.

"프로페시아는 평생 복용해야 해. 끊는 순간 지금 솜털 조금 난 것도 함께 사라지지. 그냥 밀어버려. 넌 더 이상 머리털이 나지 않는 유전형 대머리야. 지금 그대로 더 멋지고 남자다운데 왜 그걸 숨기고 가리려 하는지 도무지 이해가 되질 않는다." 그는 마치 작심한 듯 나를 내려 보며 미간에 힘을 잔뜩 주며 한 번 더 말했다.

"남들 시선이 너의 대머리를 우스꽝스럽게 보든 다르게 보든 너는 결국 너야. 네가 도대체 어떤 아름다움을 가진 사람인지는 네가 너 자신을 어떻게 바라보느냐에 달려 있음을 잊지 마"라며 고개를 돌렸다.

나는 멋쩍은 듯 그의 뒤통수를 힐끔 쳐다보며 "넌 내 마음을 알고서 그런 말을 하니?"라고 맞받아쳤다.

즉시 자릴 떠야 할 분위기였다. 간단한 인사만 하고 그곳을 서둘러 빠져나왔다. 집에 오는 길 계속 지하철 쇼윈도에 비친 반짝이는 나의 머리를 바라보았다. 수많은 사람들이 옷깃을 스치며 지나가고 나는 그들과 조금 다른 모습을 하고 있다. 다름이란 것이 다수의 '머리털을 가진 사람'과 소수의 '머리털이 없는 사람'이란 것이다.

"난 누구지?" "왜 무엇 때문에 저들을 흉내 내며 살아가지?" 브레이크 굉음과 함께 전철이 한 번씩 멈추어 설 때마다 유리창에 비친 나를 바라보며 되물었다. 지금껏 나를 부끄러워하고 생겨난 그대로 나를 사랑하지 못한 나에게 미안해졌다. 가발과 발모제는 열등감으로 만들어진 나의 존재를 감추며 그들과 같아지길 원했던 마약 같은 것이었다.

순간 신이 창조하신 또 다른 작품 중 대머리는 곧 개성이자 자신만의 아름다움이란 사실에 눈이 번쩍 떠졌다. 대머리는 신이 주신 나만의 개성이라는 선물이었다. 진정한 개성을 지닌 사람은 절대 다른 사람의 비웃음과 편견에 의기소침해지거나 자기 자신을 속이지 않는다. 내 두 손은 어깨에 걸친 가방 속 고귀하게 모셔진 가발을 꺼내 철로 길 안으로 힘차게 내던졌다. 멀리 굉음을 내며 나를 향해 달려오던 전철은 철로에 걸쳐진 가발을 세차게 밟으며 함께 어디론가 유유히 사라졌다. 선선한 바람이 살구색 머리 피부 살결을 살짝 부딪히며 시원함을 느끼게 하였다.

"나는 대머리로 살아가기로 하였으니 나를 보이는 그대로 '대머리'라 부르거라."

동두자(童頭子)라 불러다오

얼마 전 대머리에 후덕한 외모를 자랑하는 국민 연기파 배우 김상호 씨 인터뷰를 본 적이 있다. 그는 다수 작품으로 맛깔난 연기를 통해 주연보다 더 시선을 사로잡는 신 스틸러로 주목을 받는다. 작품마다 무한 변신을 반복하며 안정된 연기력과 독보적 캐릭터로 사랑받는 이유는 단연 대머리란 존재감 때문일 것이다. 한 연예부 기자와 인터뷰에서 헤어스타일에 대한 질문을 받자 김상호는 주저함 없이 "가발을 쓰게 되면 꾸민 느낌이 들고 매우 불편하다. 마치 가면을 쓰고 있는 것 같다"라고 대답했다. 그리고 헤어스타일에 대한 자신만의 트레이드마크이자 개성에 대한 만족감을 1초의 고민도 없이 "난 내 모습이 정말 좋다."라고 답했다. 김상호 배우의 자신감은 자신이 속한 영화 속 특별함 속에서 더욱 발휘된다. 분명 우리는 두상에 머리털 없는 대머리로 구분되므로 그들과 똑같지 않고 다르다. 결국 '특별함'을 추구해 낸다. 그러한 가운데 자신을 사랑하여 자신의 뜻을 굳게 지켜 벗어진 머리를 사랑한다면 어찌 특별해지지 아니할까. 물론 사람이 가장 이기기 어려운 상대는 자기 자신이고, 가장 강력한 힘을 지닌 것 또한 자신의 마음인데 내가 나를 숨기려 하면 할수록 자신만의 존재를 부인하게 되고 외적으로 보이는 힘마저 함께 잃어버리는 경우가 발생한다.

　자신의 결점조차 사랑했던 고려 후기의 문신 김진양은 자신이 가진 대머리 콤플렉스를 장점으로 활용하여 자신의 호를 '동두자(童頭子)'라 하였다. 이에 사람들이 물어 말하기를, "나의 얼굴이 광택이 나고, 나의 머리칼이 본래 드물었다. 내가 비록 잘 마시지는 못하나 혹 술만 있으면 진하거나 묽거나 맑거나 탁하거나 사양하지 않으며, 취하면 모자를 벗고 머리를 드러내니 보는 사람들이 모두들 나를 대머리라고 말하기 때문에 내가 이에 별호로 삼은 것이다. 나는 대머리이니, 나를 대머리로 부르는 것이 또한 옳지 않은가. 사람들이 나의 모습대로 부르고, 나는 받는 것이 또한 마땅하다. 또한 속담에 말하기를 '머리가 벗어진 자는 걸식(乞食)하는 자가 없다.' 하니 어찌 그 복의 징조가 아님을 알며, 사람이 늙으면 머리가 반드시 벗어지니 또 어찌 그 장수의 징조가 아님을 알리요. 내가 가난으로 걸식하게 되지 않고 수명 또한 바르게 마친다면, 내 대머리가 나에게 덕을 입힌 것이 어떠하겠는가. 부귀하고 장수하는 것을 사람이 누가 바라지 않겠는가. 그러나 하늘이 만물을 낳으실 때 이빨을 준 자에게는 뿔을 주지 않았고, 날개를 붙여 준 자에게는 발을 둘만 주었으니, 사람에게도 또한 그러해서 부귀와 수(壽)를 겸한 자가 드물다. 부귀하고도 보전하지 못하는 자를 내가 또한 많이 보았으니, 내 어찌 부귀를 바라리오. 초옥(草屋)이 있어 내 몸을 가리고 거친 음식으로 나의 주림을 채우니, 이와 같이하여 나의 타고난 수명을 마칠 따름이다. 사람들이 이로써 나를 대머리라고 호칭하고, 나도 이로써 자칭하는 것은 내가 나의 대머리된 것을 좋아하기 때문이다."하였다.

이처럼 예나 지금이나 대머리에 대한 사람들의 시선은 변함이 없어 보인다. 하지만 스스로 자신을 아름답게 보기 좋게 포장해 보이면 상대방이 나를 바라보는 시선마저도 아름답게 보일 뿐이다.

주목받을 자유

우리나라 대머리 숫자는 대략 천만 명으로 추산한다. 그중 부모로부터 물려받은 선천적 유전형 대머리가 약 30%, 무려 300만 명에 이르며 환경 변화로 생기는 후천적 대머리 탈모인이 70%를 차지한다 하니 통계상 인구 10명 당 6명이 고통을 받고 있다는 분석이다. 건강보험공단 자료를 보면 '탈모 인구 중 약 350여 만 명이 사회생활에 지장을 받을 만큼 상태가 심각하다'라고 보고 있다. 이러한 탈모인 증가는 탈모 관련 시장에 막대한 이익을 안겨 준다. 2017년 기준 탈모 관련 시장 규모는 약 4조 원으로 점차 확대되는 바 그중 가발 시장이 차지하는 비율이 1조원 규모의 시장으로 부가가치가 높은 산업으로 들어섰다. 남성 가발 시장의 반 정도를 차지하는 하이모와 밀란의 매출이 합쳐서 1000억 원 정도이며 여성 패션 가발 시장까지 고려하면 이미 6,000억 원대 시장이다. 그 시장 속 주 고객이자 소비자는 당연 대머리이다.

감히 가발을 선택하려는 당신에게 말해 주고 싶은 것이 있다면 평생 가발을 쓸 자신감으로 가발을 벗고 대머리처럼 살아가라는 것이다.

물론 가발을 쓰는 속마음을 모르는 것이 아니다. 하지만 가발이란 수단은 스스로가 자신에게 만족하지 못하고 상대방을 과도하게 의식하기 때문에 생겨난 심리적 불안감으로 선택한 것이다. 가발 시장은 지금도 언론을 통해 대대적으로 대머리를 부끄럽게 만들어 보이므로 그들의 상업화에 한 수단으로 대머리를 활용하고 있다. 비상구를 단일화시키므로 대머리들은 최후 종말을 맞이한 듯 유혹에 흔들린다. 또한 가발을 선택한 순간 평생 써야 한다는 육체적, 정신적 강박관념으로 살아가야 한다.

나 역시 할아버지 유전자를 받아들여 20대부터 조짐이 보이더니 30대 중반 거부할 수 없는 완전한 대머리가 되었다. 머리가 난다는 인디언 비누인 '난다모 비누'부터 광고 속 매력 넘치는 가발까지 모든 수단을 다 활용하여 발모 육성에 노력하였다. 하지만 모든 것은 실패였다.

두산 그룹 박서원 전무의 결혼식이 열리던 날 화려하게 대중 앞에 등장한 박 전무의 대머리 스타일은 모두를 깜짝 놀라게 했다. 그는 시선을 받을 때마다 더 당당했다. 오히려 신부보다 신랑이 더 매력적인 주목을 받았던 행사였다. 대기업 회장 자제도 막지 못하는 대머리는 서민 월급으로 더욱 감당하기 어려운 현실이다. 금액도 금액이지만 끊임없이 치료할 수 있다는 달콤한 유혹으로 인해 우리 스스로 판단할 수 없게 한다. 나는 가발을 벗어던지는 순간 얻었던 신성한 자유, 특별한 개성과 함께 주목받는 사람이 되었다.

남성 대머리보다 더 민감할 수 있는 여성 대머리 중 한 명인 미국 출신 '카일리 뱀버거'는 자신의 외모에 대한 자신감을 영국 데일리 메일, 미국 피플지 등에 보도해 화제를 모은 주인공이다. 예민한 사춘기가 막 시작할 12세 나이에 풍성했던 머리가 모두 빠지는 '탈모증'에 걸린다. 병원에서 내린 진단은 온몸의 털이 빠지는 '전신 탈모증'이다. 그녀는 탈모 증상을 숨기려고 가발을 쓰기 시작했고 가발을 쓰면서부터 여러 가지 불편함을 느꼈다. 또한 남들을 의식하고 자유로운 활동에 늘 제한 사항을 두어야 했다. 가발을 착용하던 그녀는 항상 비니를 쓰고 다니는 것처럼 답답함을 느끼며 여름에는 가발 속에서 흐르는 땀이 목 뒤로 줄줄 흘러내렸다. 또한 매번 가발을 정비하고 수선하는 과정도 번거롭고 어려웠다. 그러던 그녀가 가발을 벗어던졌다. 순간 '가발을 쓴 자신은 진짜 내가 아니다'란 자각을 하게 된 카일리는 그동안 탈모를 감추어도 절대 행복하지 않았다고 자신의 심정을 털어놓았다. 그녀는 다른 사람들이 자신을 어떻게 볼 것인가에 너무 과도한 신경을 쓴 채 타인의 시선에 갇힌 인간으로 살아왔다는 게 도리어 후회가 되었다. 사람들은 과감한 용단의 그녀를 더욱 사랑해 주었다. 오로지 그녀를 '있는 모습 그대로' 예쁘게 봐주었다. 그녀는 한 인터뷰에서 "탈모가 아름다움의 상실처럼 인식되는 현실이 너무 안타깝습니다. 머리카락이 있던 없던 누구나 고유의 매력이 있다는 것을 알았으면 좋겠어요. 아름다움은 자기 자신을 믿는 믿음과 삶을 의기소침하게 만드는 마음속 장애물을 극복할 때 반드시 나타난다."라고 말했다. 지금 그녀의 활동은 '어린이 탈모증 프로젝트' 멘토와 패션모델 등 다방면에 두각을 나타내며 자신이 얼마나 주목받고 소중한 사람인가를 새삼 느끼는 제2의 인생을 살고 있다.

2010년 중국 길림 대학교의 한 실험 결과를 보면 성인 10명 중 9명은 머리털이 풍성한 장발이고 1명은 대머리이다. 이 중 중요한 의제를 선정하는 과정에서 주로 의견이 받아들여지고 주목과 호응을 받았던 사람은 1명의 대머리였다. 결과는 소수가 가진 외모에서 다수들 자신이 갖지 못한 단 하나의 열등감을 느껴 다수와 다른 한 명의 대머리에게 미묘한 카리스마 같은 감정을 느끼게 하였다. 눈치챘을 것이다. 우리 외모는 소수이며 소수이기에 더욱 주목받기 쉬운 아무나 가질 수 없는 소중한 명품이다. 이제 당신이 누릴 것은 주목받은 만큼 누릴 마음의 자유이다.

완전한 대머리가 되므로(스스로 민머리 스타일을 고수하거나) 나는 내 마음속 깊은 곳에 자리한 진정성과 대면하게 되었다. 남에게 어떻게 보이는가에 대한 외모 콤플렉스에서 벗어나 자신감을 찾게 되었다. 창조적 기쁨이 겉모습과 어두운 그늘을 이겨내도록 만들기 위한 자신감도 매일 갖게 한다. 즉, 겉모습에 대한 집착을 벗어던지게 된 것이다. 또한 늦었다고 생각할 때가 시작할 때다. 모든 것이 이미 내게 주어져 있었는데 왜 그토록 어려워했는지 궁금하다. 미국의 국민 화가로 잘 알려진 모지스 할머니는 "사람들은 늘 너무 늦었어라고 말하지만 사실은 지금이 가장 좋은 때입니다. 정말 하고 싶은 일을 하면 신이 기뻐하며 성공의 문을 열어 주실 것입니다."라고 말했다. 당신이 선택한 대머리는(또는 선택의 기로에 선 사람들은) 이 세상 모든 동공 속 주목을 받으며 대미를 장식할 것이다. 이마 위로 빛나는 광채야말로 주목받아 마땅한 특별한 증거이기 때문이다.

대머리 콤플렉스 처방전

『어떻게 인생을 살 것인가』를 저술한 하버드 대학교 전임 강사 쑤린은 하버드 대학교가 신입생에게 '자신감은 일종의 삶의 태도로 불가능을 없애준다'라는 믿음을 심어주기 위해 노력한다고 했다. 그리고 잠재의식 속 자신이 할 수 있다고 생각하면 할수록 어떤 일을 할 때 더 성공적으로 주도해 갈 수 있고, 그 가능성을 통해 숨어있는 힘을 이끌어 낸다고 했다.

우리 대머리들 마음속에는 속앓이가 하나 있다. 즉 외모 편견 콤플렉스이다. 남들이 나를 어떻게 바라볼까 하는 의식 속에 계속 위축되어 간다. 소심해지고 모든 것에 대한 자신감이 결여된다. 단지 머리털이 남보다 없다는 이유로 말이다. 여자를 만날 때에도, 회사의 면접을 눈앞에 둔 상황에도, 파티에 초대받을 때에도 우리는 한 번 더 망설여지게 되었고 남 보다 1% 부족하다란 생각에 한발 물러서게 한다. 그런 우리 대머리들이 우선적으로 가져야 할 것 중 하나가 자신감을 삶의 태도로 바꿔야 한다는 사실이다. 체육학에 따르면 스포츠 상황에서 자신이 수행에 성공할 수 있다고 믿는 개인 능력에 대한 확신이나 신념을 가리켜 '스포츠 자신감(sport confidence)'이라 부른다.

국가대표 선수이자 유럽리그 벨기에 1부 프로축구팀 신트 트라위던에서 활약하는 이승우 선수를 예로 들어보자. 170cm 작고 다부진 이승우 선수는 당차고 매 경기에 당당하다. 그라운드는 물론, 밖에서도 이승우 선수는 모두의 시선을 한 몸에 받는 주인공이다. 타인과는 확실히 구별되는 패션 스타일은 물론, 그라운드 안에서 자신의 존재를 더욱 부각하기 위해 머리카락을 다양한 색상으로 염색하는 것을 즐긴다. 또래 친구들과 확연하게 다른 눈에 띄는 이승우 선수는 자칫 거만하다는 오해를 사기도 한다. 하지만 막상 TV 쇼 프로그램에서 대화하는 말투를 보면 외모와 다른 겸손한 말투로 색다른 반전 매력을 주기도 한다. 이승우 선수는 국내뿐 아니라 국제적으로도 스포트라이트의 중심에 있다. '코리안 메시'라는 별명처럼 소속팀과 우리나라 유망주로 큰 기대를 받고 있다. 주목할 한 가지는 내적 스포츠 자신감이 풍부하다는 것이다. 세계적인 메시 그리고 이승우 선수마저 프로 선수로서 조금 부족한 키와 체격같이 외모 콤플렉스가 있다. 하지만 그들은 어떤 무대이건 자신이 역할 수행에 성공할 수 있다고 믿는 확신이 강하고, 슛을 성공시킬 수 있다고 믿는 마음가짐을 삶의 태도로 삼고 있다. 자신의 능력을 믿고 있어 가능한 것이며 그런 내적 스포츠 자신감을 통해 외적으로 남다른 개성을 유감없이 발휘하는 것이다.

타고난 스포츠 재능과 연예 본능 등 자신만의 능력으로 많은 사람의 인정을 받는 사람들을 보면 하나같이 자신감이 넘친다. 그들이 자신을 가지는 이유는 '사람들이 내 외모가 아닌 능력을 더 높이 평가한다.'라는 사실을 알고 있는 것이다. 능력으로 인정받는 사람은 자존감이 높아지고 상대방에게 당당하게 나설 수 있다. 다수 심리학자들이 자존감을 높이기 위해서는 자신이 가진 지금 그대로 모습을 인정하고 사랑하는 것부터 시작해야 한다고 말한다. 대머리는 단순히 나의 겉모양이다. 내가 대머리라서 아무것도 할 수 없거나 사회로부터 위축되어

대인기피로 이어진다면 나 스스로 파놓은 올가미에 말려드는 모습이 된다.

이처럼 콤플렉스를 가진 소극적 태도를 적극적 자신감으로 중(重)무장하여 자신에 대한 장점을 부각한다면 분명히 잠재의식 속 숨어있는 강한 자신만의 개성이라는 무한한 힘을 이끌어 낼 것이다. 스스로 품위를 지키고 자기를 존중하는 마음은 어떤 일이든 자신만의 능력으로 충분히 감당할 수 있다는 절대적 믿음으로 바뀔 것이다.

'Aura'

인간을 규정짓는 특징 중 하나는 자신이 갖지 못한 것을 갈망하는 행위이다. 저 사람에게 있고 나에게 없는 것을 부러워하여 감정이 쌓일 때 상대를 시기하게 되며, 소유하고 싶은 욕심은 결국 상대방을 흉내 내게 만든다.

미국 시대정신을 대변하는 사상가 랄프 왈도 에머슨(Ralph Waldo Emerson)은 에세이 '자기 신뢰(Self Reliance)' 첫머리에 "당신은 지금부터 당신 아닌 어떤 것도 추구하지 마십시오. 제가 깨달은 것이 있다면 그것은 누구를 부러워하는 것만큼 무식한 것이 없고 더군다나 누구를 흉내 내려 하는 것만큼 자살 행위는 없다."라고 말한다.

결국 좋든 나쁘든 자기 몫을 받아들여야 한다는 확신이다. 우리는 지금도 대머리라는 신체적 다름을 '신체적 불완전함'이라 생각하여 가발과 약품에 의지해 왔다. 흉내라도 냄으로써 심리적 위안을 받을 수 있다 생각했기 때문이다. 심리학에서는 자신이 가진 불완전함을 인정할 때 자신을 존중하고 직시하는 심리적 에너지가 발산된다고 한다. 불완전함을 인정하는 것이 진정한 자신감을 갖추는 가장 좋은 태도라는 것이다.

오직 자기 자신을 믿고 의지하는 순간 위대한 변화가 시작된다는 것을 보여준 1997년 여름 워싱턴 국제 미인 선발 대회 우승자 캐리 빅클리(Cari Bickley) 이야기이다. 미인대회 최종 우승자 캐리 빅클리가 무대 중앙으로 나오자 수많은 관객은 그녀의 매혹적이고 자신감 넘치는 워킹과 완벽한 몸매를 바라보며 감탄했다. 무대 중앙에 선 캐리 빅클리는 오른손을 번쩍 치켜올리더니 자신의 찰랑거리던 적갈색 머리를 한번 쓸어내렸다. 그리고 손을 다시 뒤로 가져가 긴 머리를 잡아당기자 그녀 머리카락이 모두 벗겨져 내렸다. 미인대회 우승자는 다름 아닌 대머리였다. 그녀는 W. 플러머, 피플 매거진 인터뷰에서 "저는 메시지를 전달하고 싶었어요. 당신이 누구인지는 당신이 어떻게 보이느냐보다 훨씬 중요해요."라고 말하며 1% 부족함마저 있는 그대로 수용함으로써 스스로 당당해지길 희망했다.

역으로 다수의 머리털이 풍성한 사람들이 우리 대머리를 흉내 내도록 하여 그들이 갖지 못한 것을 갈망토록 노력하는 '에반젤린 베츠'와 '니콜라이 맥어보이'는 영국 대머리 패션 스타일리스트이다. 그녀들은 자신과 닮은 머리카락 없는 여성을 촬영해 소셜미디어에 '탈모도 패션이다' 캠페인을 공유함으로써 탈모인에 대한 인식을 개선하려는 운동

을 해 오고 있다. 이들은 18년 가을 BBC의 한 인터뷰에서 "패션업계 모델은 반드시 머리가 길어야 한다는 등 표준적인 외모가 뿌리 박혀있다."며 "우리는 캠페인을 통해 패션 산업에 영향을 미치고, 인식을 바꿀 것이다."라고 말했다. 또한 캠페인에 참가한 맥어보이는 "만약 사람들이 우리가 길에서 패션 사진 촬영을 하는 광경을 본다면 우리와 비슷한 처지의 사람들에게 가발을 벗어던질 자신감과 용기를 심어 줄 작은 계기가 될 것"이라고 포부를 밝혔다. 이처럼 어떤 사람은 자신이 처한 상황을 용감하게 받아들이며 편견 가득 찬 세상과 마주한다. 두 여성이 보여준 용기와 포부는 수많은 자신감을 불러일으켜 줄 계기가 되었다.

　대머리는 어떤 대상이 가진, 다른 것과 구별되거나 흉내 낼 수 없는 독특한 분위기를 가지고 있다. 내면 밖으로 잠재된 아우라를 드러낼 때 대머리에 대한 가치는 절대로 흉내 낼 수 없는 고귀한 아름다움의 종결자가 될 것이다. 완벽하지 않은 부분을 과감하게 드러낼 줄 아는 용기 있는 인생의 지혜가 필요하다.

　나의 정신적 스승이신 前 서울대 종교학과 배철현 교수님께서 "인생은 주어진 것이 아니라 스스로 만들어 가는 것이다. 인생은 현실이 아닌 과업이다."라고 말씀하셨다. 대머리는 이미 하늘로부터 주어진 사명이었다. 어차피 바꿀 수 없고 피할 수 없다. 지금 당신 마음속 숨겨진 아우라는 곧 저들로 하여금 보석처럼 빛나는 아름다움이다.

　"나는 감춰진 보석과 같았다. 이글거리는 빛이 내 몸을 밝혔다."

- 코란 -

대머리는 대머리다

안데르센의 동화 작품 중 잘 알려진 《미운 오리 새끼》에서는 엄마 오리의 알들에서 아기 오리가 하나씩 태어났지만 외모가 다른 모습을 한 아기 오리도 태어났다. 아기 오리의 부모는 칠면조라고 생각했지만 아기 오리는 주변에 살던 오리들로부터 괴롭힘을 받게 된다. 주변에 살던 오리들로부터 괴롭힘을 피하기 위해 아기 오리는 연못가를 피해 여러 곳을 돌아다니게 된다. 시간이 지나면서 어른이 된 아기 오리는 자신이 오리가 아닌 백조였음을 알아차리게 된다. 익숙한 동화에서 느껴지는 감정은 왠지 사회 속 내 모습과 같아 보인다.

당신은 지금 자기 존재를 알면서도 어린 미운 오리 새끼처럼 방황하고 있다. 동료 및 주변인들은 내가 대머리라는 사실을 통해 자신과 다름을 인정했다. 이들에게 보여 줄 아름다운 결말은 대머리 그대로 대머리 삶을 살아야 백조가 된다는 사실이다. 어떤 수단과 방법으로 숨기려 해도 대머리는 대머리다. 그렇다면 대머리로 살아가기 위해 필요한 조건은 무엇일까? 오리 떼에서 벗어나 나의 개성을 존중하고 자신이 가장 돋보일 외적 코디에 과감하게 투자해야 한다. 일단 대머리가 되기 위해 양쪽 귀 위로 홀연히 남겨진 머리털이 있다면 그마저 완전 밀어 버리는 것이다. 머리털이 두상에서 완전히 제거될 때는 남들이 나를 어떻게 볼까 하는 걱정과 두려움이 앞선다. 하지만 남이 선택할 수 없는 것을 지금 내가 해냈다는 자부심을 갖고 자신을 바라보는 여러 시선들 앞에 자연스럽게 나서면 된다. 당신과 같은 선택을 한 사람이 하나둘 늘어나야 우리는 자연스럽게 동질감을 느껴 더욱 당당해질 수 있는 것이다.

최근 한 'youtube 닷 페이스 채널'에서 흥미로운 토크 쇼를 보았다. 4명의 대머리가 번쩍이는 배틀 토크를 통해 궁금증을 '썰'로 풀어간다. 그중 한 명이 음악 페스티벌에 가게 되었는데 갑자기 어떤 사람이 툭 하고 어깨를 치더라는 것이다. 민머리라 시비를 거는 것인가 하여 뒤를 돌아보니 자신과 똑같은 스타일 남성이 엄지를 들어 올렸다. 순간 엄청난 동지애와 소속감을 느꼈다는 말과 함께 또 다른 한 명은 "사람들이 우리를 어떻게 보든지 간에 우리가 자연스럽게 잘살면 그 사람들도 우리를 자연스럽게 받아들여주지 않을까라는 생각이 든다."라고 말했다. 이처럼 나와 비슷한 사람을 만나면 그를 통해 나를 투영하고 그를 통해 안정감을 유지한다. 또한 흑인, 백인, 황인종이 다양하듯 머리털 모양도 인종만큼 다양한데, 그것을 너무 특별하게 바라보는 사회적 시선은 나 스스로 차단시켜 일단 무시해 버려야 한다. 내가 나를 특별하게 바라보는 시선을 차단하면 저들이 말한 토크쇼처럼 그들도 우리를 자연스럽게 받아들여 줄 것이다. 이제 당신은 새로운 국면

앞에 서 있다. 책을 읽은 순간 절반은 시작했으니 어쩌면 전혀 새로울 것도 없다.

'egghead'라는 단어에 의미는 계란과 닮은 대머리 이미지를 뜻하지만 '지식인', '인텔리', '지성인'으로도 해석한다. 실제 대머리가 외부적으로 평가되는 이미지를 심리학적 근거로 확인해 보면 이해가 더 잘 될 것이다.

미국 베리 대학교 심리학자 프랭크 무스카렐라 박사는 그의 연구 논문에서 대머리 남자들에 대한 아래의 4가지 요소를 평가하였다.

《 1. 신체적 매력 2. 성적 매력 3. 지적 매력 4. 대인관계 및 사회적 성숙 》

조사에 참가한 사람들은 두 번째와 세 번째에 대해 긍정적으로 반응한 바 대머리를 더 정직하고, 지적이고, 남성성이 강하다고 인식했다고 한다. 이어서 그는 "대머리 남성이 높은 사회적 지위를 가질 확률이 높으며 대머리는 위협적이지 않은 사회적 권위를 의미하는 진화 현상이다."라고 발표하였다. 이와 같이 대머리는 유전적으로 우성(優性)이고 사회적 지위가 높고, 정직하다는 결과를 확인해 볼 수 있다. 만약 대머리가 쓸모없는 진화의 산물이라면 일찍이 멸종되었을 것이다. 뒤에 '기원'에서 좀 더 다루겠지만 대머리는 소수 신분의 상징으로 진화된 것임에 새삼 뿌듯함을 느낀다.

미국 펜실베이니아 대학교 교수인 앨버트 만스는 연구 대상 59명에게 머리숱이 풍성한 남자 사진과, 대머리 남자 사진을 번갈아 보여줬다. 결과는 대머리 남자를 더 지배적이고 강력하다고 인식했다. 물론 듬성듬성 탈모가 진행된 상태가 아니라 머리를 다 밀었을 경우이다. 다른 머리는 남겨둔 상태에서 윗머리가 휑하게 비어 보이는 대머리는 덜 매력적이고 약해 보이는 것으로 확인되었다. 또한 같은 인물임에도 불구하고 대머리일 때 자신감, 남성성이 커 보이는 것으로 나타났다고 한다. 앨버트 만스 박사는 "머리가 많이 빠지고 있다면 차라리 모두 밀어 자신감을 높이는 것도 좋다."라고 긍정적으로 말한다. 지금까지 모르고 있던 진실은 대부분 사람들이 대머리인 사람을 더 매력적이고 긍정적 시선으로 평가하고 있다는 것이다. 그저 주변에 소수인 몇몇이 당신을 비하하고 놀렸을 뿐이다.

이제부터 우리가 가진 숨겨진 매력에 살짝 빠져 보자. 이제 우리는 당당히 대머리로서 아름답고 매력적인 남성이다. 만약 당신이 원하지 않는다면 책을 덮어라. 나와 당신은 미래가 바라는 먼저 진화된 우월한 종이기에 더욱 씩씩하고 당당해져야 한다.

머리카락을 잃고 슈퍼 히어로가 된 '원펀맨'

삼손은 머리카락을 잃고 힘을 잃었지만, 원펀맨은 머리카락을 잃고 힘을 얻었다. 풍성했던 머리털을 잃어버린 후 서로 다른 삶을 살아가는 두 명의 주인공 중 한 명인 삼손은 성서 속 인물이다. 그는 이스라엘 역사 속 괴력의 소유자였으며 그 힘은 사자를 맨손으로 때려죽일 수 있을 정도였다고 한다. 삼손이 가진 힘의 원천은 바로 머리카락에 있었다. 그는 팔레스타인들에게 공포의 대상이었는데, 팔레스타인 사람들은 '델릴라'라는 첩자를 연인으로 삼게 하여, 삼손이 가진 막강한 괴력의 비밀을 알아낸다. 그리고 삼손은 델릴라 무릎에 잠든 사이 머리카락이 잘리게 되고, 괴력의 힘도 함께 사라져 버리게 된다.

'스누피'로 더욱 유명한 찰스 먼로 슐츠의 만화 '피너츠(Peanuts)'를 보면 늘 손가락을 빨며 담요를 들고 다니는 라이너스는 담요를 통해 안정감을 느끼고 세상 밖 두려움을 견뎌낸다. 이처럼 삼손은 태생부터 단 한 번도 자르지 않은 자신의 머리털이 힘의 근원이라 믿었으니, 그것이 라이너스의 담요 같은 역할을 했을 것이다. 눈에 보이는 것만 믿고 눈에 띄는 것만 좋아하게 되면서, 그동안 자신이 아끼고 아껴왔던 머리털을 통한 믿음의 근원이 힘으로 응축되어 나타난 심리적 현상이라 본다.

삼손이 가진 힘의 근원 머리털은 자신이 가진 외모에 대한 콤플렉스를 보완하기 위함과 나르시시스트적 자신감이다. 또한 가지고 있던 힘을 자신이 사랑하는 머리카락에 장기적으로 투영시킨 것이다. 사실 머리털과 함께 잃어버린 것은 두 눈이다. 약점은 머리털이 아닌 사물을 보고 판단하는 두 눈이었고, 두 눈이 뽑히면 천하장사라도 당해 낼 수 없는 것이다. 기록에는 델릴라가 머리털을 자른 후 두 눈을 뽑았다고 하지만 반대로 두 눈알이 뽑히면 어떤 천하장사라도 당해 낼 수 없을 것이다. 델릴라 역시 삼손이 가진 특유의 심리적 약점과 콤플렉스를 정확히 간파하여 마음의 눈마저 빼앗아 버린 것이다. 또한 여성이 가진 모성애 정신으로 그의 깊숙이 숨겨진 자아를 탐험한 듯싶다. 만

《마티아스 스토메르(STOM Matthias) - 삼손과 델릴라, 1630》

약 삼손이 자신이 가진 머리털에 대한 집착을 버리고 대머리로서 삶을 선택했다면 그는 분명 역사에 길이 남을 전설적인 슈퍼 히어로가 되었을 것이다. 결국 머리털이 삼손의 괴력을 갖게 한 것이 아니었다.

마음가짐과 수련을 통해 힘의 근원을 바꿀 수 있는 사례가 있으니 위 삼손과 반대되는 다른 한 명은 일본 애니메이션 주인공 '원펀맨(One Punch Man)'으로 전 세계 넓은 팬층을 확보하고 있다. 'one'과 '무라타 유스케'가 제작한 원펀맨은 대머리 히어로 '사이타마'인데 그는 원래 머리숱이 풍성한 젊은 청년이었다. 강력한 힘을 머리카락과 바꾼 후 괴수들이 출몰하는 도시에 나타나 불의에 대항하고 정의로운 히어로 역할을 수행한다. 반짝이는 대머리에 휑한 눈빛의 맹한 얼굴, 촌티 나는 노란색 슈트를 차려 입은 모습은 히어로라 부르기에 너무 단순하지만 정의 앞에 사이타마 원펀맨은 매우 매력적이고 카리스마 넘치는 우리들의 친구이다. 단순히 사이타마를 외모로 판단하는 사람들은 그의 힘을 과소평가하고 평가절하 하지만 사이타마가 가진 진정한 힘과 인품을 알게 되면 그에게 빠져들게 된다. 강함의 비법을 전수받기 위해 제자를 자처한 제노스는 사이타마에게 강함의 비결을 묻기에 이른다. 사이타마는 냉철한 눈빛으로 돌변하며 이렇게 답한다. "내가 강해진 비법은 신인류니 개조니 따위에 있지 않아. 매일 팔 굽혀 펴기 100번, 윗몸일으키기 100번, 스쾃 100번, 그리고 10km 달리기를 3년 동안 매일 빠지지 않고 한 결과이다. 유혹을 이겨내고 자신을 몰아붙여 극한의 나를 완성하는 과정, 바로 여기에 나의 강함이 있다. 대머리가 될 만큼 죽을 듯 단련하는 그것만이 유일한 방법이다"라며 명장면을 장식한다. 이 장면에서 델릴라의 유혹에 빠져 모든 힘을 잃어버린 삼손과 반대되는 원펀맨의 특별한 매력이 있다. 원펀맨 사이타마는 고결한 마음가짐으로 운명을 받아들여 절대적 자기 신뢰를 통한 자신을 초월한 인간이 되었다. 그는 단순히 머리털이 '있고 없고'의 차이를 통해 대머리 존재를 더욱 우월하고 신비스럽게 만든다. 주인공 사이타마가 원펀맨이 되기까지는 비록 머리털이란 작은 차이뿐이지만 원펀맨은 이렇게 말한다. "이봐! 신인류니 진화니 그런 걸로 놀고 있는 네 놈들은 절대 여기까지 올 수 없어. 스스로 변하는 것이 진정 인간의 강함이야."라며 대머리로 변한 외모마저 정당화시킨다.

이처럼 대머리의 매력을 스스로 선택하므로 이전보다 나은 나만의 꾸준한 변신을 시도해야 한다. 이제 당신은 무한 변신을 마음먹고, 지

《무라타 유스케, 〈원펀맨, One Punch Man〉》

금껏 외모로 폄하한 무리들에게 원펀치 한방을 날림으로써 그들의 두 눈을 부럽게 만들 것이다.

이제 준비되었는가? 우리가 기다려온 당신이 진정 대머리 원펀맨이다.

커밍아웃하라고? 'coming soon'

"너 그냥 커밍아웃해라!"

친구의 한마디에 순간 스타벅스 테이블 주변 손님들 시선이 나에게 쏠렸다. "어머, 저 대머리 동성애자인가 봐?"란 표정으로 수군거리며 바라보는 한 여성과 눈이 마주쳤을 때 그녀는 미간 간격을 살짝 좁혀 고개를 돌렸다. 내 헤어스타일을 완전 밀어 버리던가 아님 가발을 쓰던가에 대한 친구의 자문을 구하던 찰나 친구가 선택한 언어적 표현이었다. 생각해 보니 친구가 말할 수 있는 현실적 표현이 이게 전부였다. 내가 동성애자가 아님에도 불구하고 대머리가 선택의 기로에 선 순간 대부분 사람들은 친구와 같은 선택적 언어 표현을 한다는 사실을 알게 되었다.

커밍아웃(Coming-out)은 성소수자 스스로 자신의 성(性) 정체성을 드러내는 것을 말한다. 그중 게이, 레즈비언, 양성애자, 트랜스젠더라고 밝히는 것을 뜻한다. 자신의 사상이나 지향성 등을 밝히는 행위라는 뜻으로 확장되어 쓰이기도 한다. '벽장 밖으로 나오다(coming out the closet)'라는 어구에서 유래되었다. 그런데 대머리가 대머리를 당당히 드러내는 것마저 '커밍아웃'이라는 혼용어를 사용한다는 사실은 큰 혼선을 줄 만큼 심각하게 느껴진다.

대머리를 성 정체성과 연관된 단어로 분리시키는 것보다 더 좋은 단어가 있다는 생각을 했다. 그것은 '커밍-순(Coming-Soon)'이다. Coming은 '다가온다', Soon은 '조만간'이란 각각의 뜻을 지닌다. 자신의 외모 지향이나 외모에 대한 정체성을 보이는 그대로 사회와 타인 앞에 외형적으로 드러내는 행동을 진행형(ing)으로 나타낸다. 그리고 '조만간'이란 선택적 다가올 행동을 통해 곧 보여줄 수 있다는 자신감을 연결시켜 '대머리가 될 나를 너에게 보여 준다'라는 자신감 있는 단어로 표현하면 어떨까?

"그래, 오늘 난 커밍 순 할게."

무조건 멋있게, 무조건 폼나게

"그 사람 정말 멋있다."란 말에는 제3자의 눈에 비친 당신이 세련되고 잘 어울려 아름다운 맵시를 풍긴다는 뜻이 숨어있다. 일본 스타일리스트 스기야마 리스꼬는 "자신의 분위기와 체형에 맞는 스타일을 알고 있는 사람만이 진정 멋쟁이이다."라고 말한다.

남과 다른 대머리 스타일을 선택하였으므로 이제 자신에게 어울리는 스타일의 옷을 입어야 한다. 대머리 스타일에 적합한 자신에게 어울리는 옷과 모자, 액세서리를 바꾸는 것이 당신을 더욱 빛나게 할 수 있다. 또한 멋있어 보이는 사람들의 공통점을 분석해 보면 그들은 자신의 체형을 잘 알고 관리하며 상, 하의 단순한 색상과 심플함을 디자인의 기본으로 삼는다.

대머리 스타일은 머리숱 많은 사람들과 똑같은 차림을 했을 때 왠지 멋있어 보이지 않는다. 대머리 패션 스타일을 완성시키기 위해 첫 번째 시도해야 할 것은 나를 분석하고 파악하는 것이다. 내 체형에 적합한 나만의 스타일을 찾아내야 한다. 그다음 나에게 어울리는 색상과 디자인을 매칭 시키는 과정을 통해 자신을 잘 표현해 내야 한다. 대머리 스타일은 유행에 민감할 필요가 없다. 외모적 특징을 잘 활용하여 자신만의 개성을 완성하는 최고의 스타일은 오직 당신만이 할 수 있는 장점인 것이다.

이제부터 대머리 스타일만의 멋을 완성하기 위한 여행을 떠나보자.

나를 더욱 멋지고 매력적이게 보이게 하려면 우선 자신의 체형을 잘 알고 있어야 한다. 나의 신체적 비밀(장, 단점)을 통해 감추고 드러내는 과정을 반복 점검해야 한다. 패션을 잘 아는 사람들의 특징은 자신 체형에 맞는 옷을 찾아 전체적 균형을 체크한다는 것이다. 지금 옷장을 열고 수많은 옷 중에 내가 즐겨 입는 옷과 즐겨 입지 않는 옷을 구분해 본다. 즐겨 입지 않는 옷은 내가 만족하지 못할 무엇이 있기에 소외된 것이다. 뚱뚱해졌거나 나이가 들어 보인다거나… 그런 옷은 이제 더 이상 필요가 없다. 지금 즐겨 입는 옷을 입어보고 사진을 찍어보자. 그리고 내가 좋아하는 스타일을 찾기 위해 인터넷을 검색한다. 그리고 대머리 연예인 사진이나 평소 좋아하는 스타일을 찾아 그들이 입은 옷을 나와 비교해 그 차이점을 대조해 본다. 여기서 한 가지 팁은 모든 패션 스타일의 중심은 '하의'라는 기본 아이템이 차지하므로 나의 스타일을 세련되고 돋보이기 위해서는 하의를 잘 받쳐줘야 한다. 평균 신장 170cm 기준으로 바지를 입을 때는 기장이 너무 길지 않도록 하여 상, 하의 색상을 다르게 하면 비율을 맞추기 적당하다.

대머리 패션 스타일 중 기본이 되는 아이템 하나는 네이비, 블랙 셔츠다. 두 셔츠야말로 대머리 스타일을 완전히 커버하여 두상을 더욱 작게 표현할 수 있다는 장점이 있다. 물론 흰색 셔츠의 매력도 무시할 수 없다. 나다운 표현을 위해 누가 입었느냐에 따라 완전히 색다른 분위기를 낼 수 있다는 것이다. 단, 머리숱이 많은 사람들도 흰색 셔츠를 얼마나 잘 소화하느냐에 패션 감각을 평가하는 편이라 대머리 스타일은 선택적으로 선별하여 착용해 보는 것도 좋겠다. 네이비, 블랙 셔츠 상의는 품위 있는 세련된 이미지와 캐주얼한 이미지로 구분한다. 품위

《 아마존 CEO 제프 베이조스 》

와 세련미를 갖출 때는 단정한 인상의 면 소재를 선택하고 구김이 없도록 신경 써야 한다. 그리고 소맷부리를 걷었을 때는 메탈 또는 가죽 시계가 드러나는 정도가 좋다. 이런 네이비, 블랙 셔츠에 맞도록 하의에도 특별히 신경을 써야 한다.

세계의 대부호 아마존 CEO 제프 베이조스는 블랙 셔츠가 가장 잘 어울리는 남자 중 한 명이다. 그는 주로 블랙 셔츠를 입고 때론 흰색 셔츠 위에 재킷이나 슈트로 보완시킴으로 자신이 가진 대머리를 훨씬 매력적으로 돋보이게 한다.

네이비, 블랙 셔츠는 자신의 체형을 반드시 고려해야 한다. 옷깃은 있는지 없는지, 품이 작은지 큰지, 소재는 무엇인가를 잘 따져보고 엄

선된 셔츠를 고르리고 캐주얼하게 입고 싶다면 리넨 셔츠를 입는 것을 추천한다. 소매는 걷어 올리고 단추는 가슴 위 두 개를 풀어야 한다. 물론 셔츠와 손목시계는 매우 조화로운 한 쌍이다. 데님 하의는 모든 상의에 다 잘 어울리고 나이 들어 보이지 않게 하는 장점이 있다. 블랙 셔츠(어두운 계열 상의) + 기본 하의에 대한 공식을 잘 활용하여 옷을 입 는다면 너무 과하지도, 없어 보이지도 않을 평범하면서도 매력적인 느 낌을 줄 것이다.

이마 위로 집중되는 시선을 분산시키기 위해 우리는 네이비, 블랙 셔츠라는 의상 대안으로 접근하였고 대머리 스타일에게 꼭 필요한 것 들이 몇 가지 있다면 액세서리이다. 그러나 액세서리가 꼭 필요하다 고 하여 너무 과할 필요는 없다. 절제된 착용으로 분산과 집중에 효과 를 만들 수 있다. 분명 액세서리는 대머리 스타일에게 절제된 세련미 와 개성을 돋보여 줄 중요한 아이템이다. 너무 과하면 촌스러움을 느 낄 수 있어 간단히 시계, 모자, 패션타투, 안경, 스카프 등 외모를 보충 시켜 줄 몇 가지 준비면 충분하다.

머리로 집중되는 시선 분산에 방해요소 중 하나인 화려한 금 목걸 이, 귀걸이는 얼굴 두상 주변으로 빛을 주목시키므로 대머리 스타일에 게 적합하진 않다. 하지만 귀걸이를 통해 멋을 부려 보고자 한다면 금 색 귀걸이를 착용하길 권한다.

피부에 탄력이 부족한 나이에는 금색이 좋고 은을 선택 시 피부색 과 매칭이 안 되어 오히려 인상을 초라하게 보일 수 있다. 금색 귀걸이 는 얼굴색과 유사하므로 피부 안색을 보다 밝게 유지시켜 줄 수 있다.

당신의 소매 사이로 살짝 비친 손목시계는 신스틸러처럼 시선을 강탈한다. 손목시계는 대머리 스타일 코디네이션을 보다 매력적이게 해줄 양념소스이다. 최근 제이슨 스타뎀이 나온 영화를 보았는데 영화를 보며 가장 먼저 눈에 들어왔던 것이 시계 마니아로 알려진 제이슨 스타뎀의 시계였다. 태그호이어 카레라 TAG HEUER CARRERA 모델이었다. 개인적으로 TAG HEUER 제품 중 좋아하는 모델이다. 제이슨 스타뎀처럼 강렬한 인상을 소유한 마초적 남성이라면 이러한 은색 메탈 손목시계는 잘 어울리는 한 쌍이다. 시계를 여러 종류 구비하여 그날 그날 바꿔가며 착용하면 좋겠지만 현실이 그렇지 못하다. 나 같은 경우는 은색 메탈, 검정 메탈, 가죽 시계, 전자 스포츠 기어 시계 4가지를 번갈아 착용한다. 그리고 내 외모가 제이슨 스타뎀처럼 강렬하지 못하여 메탈보다는 시곗줄이 가죽이면서 무난한 원형 은색 테두리를 두른 시계를 선호한다.

작년 여름 지하철에 한 멋진 대머리 청년이 나의 맞은 자리에 앉았다. 준수하고 길이가 어느 정도 갖춘 가운데 패션에도 나름 신경 쓴 듯하였다. 그런데 청년의 손목에 분홍과 파랑이 뒤섞인 고무 밴드에 도라에몽이 그려진 시계는 청년이 어렵게 준비해 나온 코디에 작은 옥에 티처럼 보였다. 차라리 손목시계를 착용하지 않았다면 더욱 좋았을 것을 하는 생각이 들었다. 너무 튀지 않는 강렬한 이미지의 메탈 밴드 스타일과 차분한 가죽 밴드 스타일을 조화롭게 그날 입을 의상과 그날 분위기, 성향에 맞도록 코디한다면 충분히 주목받을 가치가 있다.

대머리에게 약점이 하나 있다면 계절적 변화에 민감한 피부 반응이다. 특히 겨울에 민머리로 밖을 돌아다니기란 너무 가혹한 현실이다. 열 손실의 70퍼센트를 차지하는 두상에게 필수 아이템은 '모자'이다. 우리 신체는 온도가 1도만 상승해도 면역력이 여섯 배나 향상된다. 이러한 모자는 다양한 이유로 인류와 함께 존재했다. 거기다 우리나라는 역사 속 '모자의 나라'라는 별명이 붙을 만큼 모자에 대해 관대한 모자 강국 아니던가.

프랑스 민속학자 샤를르 바라(Charles Varat)는 1889년 파리에서 개최된 만국박람회에서 자신이 조선 여행에서 수집한 유물들을 전시하였다. 신분을 막론하고 각양각색의 모자를 쓰고 있는 모습을 보고 조선을 '모자의 나라' '모자 발명국' '모자 왕국'으로 부르며 극찬했다. 선조들의 모자 패션 감각과 애착 정신을 이어받은 민족이라 그런지 모자에 대한 감각이 살아있는 바 우리 대머리에게 필수이며 계절적 피부 보호에 유리한 아이템이 아닐 수 없다. 모자는 옷을 세련되게 입는 능력이 습관화되어 있지 않으면 멋지게 연출하기가 어렵다. 거기에 모자의 종류와 모양이 참으로 다양하다. 얼굴 골격에 따라 착용 방법도 상이하다. 각도의 중요성이 외모를 좀 더 다르게 만들어 준다. 얼굴이 둥근 사람은 모자 창을 살짝 들어 올려 쓰는 것이 보기에 좋고, 얼굴이 긴 사람은 모자 창 앞을 내려 눌러쓰는 것이 좋다. 다시 말해 그날 차려입은 옷에 따라서 착용 방법을 달리하는 것인데 모자 창을 살짝 들어 올리면 귀여운 느낌으로 푹 눌러쓰면 감각적인 느낌을 전해 줄 수 있다. 모자의 종류는 너무 많고 다양하지만 자기 취향에 맞는 모자 선택도 매우 중요하다. 나와 같은 경우 10여 종의 모자를 보유하는데 외출용으로 창이 굽고 상부가 둥그스름하여 주름이 없는 야구모를 선호한다. 색상도 다양하지만 화이트 계열을 제외한 어두운 계열이다. 그리고 겨울에는 가급적 비니를 쓴다. 귀와 두상 피부를 보온하기 위함이 우선이지만 그 선택마저도 비니에 대한 디자인, 두께감, 착용감에 보다 신경을 쓰는 편이다. 여름에는 자외선으로부터 피부를 보호해야 하므로 가급적 통풍이 유리한 매쉬 캡을 선호하며 직사광선으로부터 머리 두상이 직접 노출되지 않도록 세심한 주의가 필요하다. 모자는 상대성 원리가 잘 들어맞는 아이템이다. 두상이 큰 편이라면 두상이 작아 보일 수 있는 과장된 형태의 모자를 쓴다. 챙이 넓고 큰 모자를 써서 커버하는 방법과 모자 위 각도를 살려 낸 뉴스보이 캡을 선택하여 얼굴크기를 작게 보이게 할 수 있다. 같은 모자라도 사이즈에 따라 확연히 느낌이 달라진다는 것이다. 그렇게 이 귀한 모자는 나에게 없어서는 안 될 필수 패션 애용품이다. 세상에는 정말 다양한 모자가 나를 기다리고 있다. 나만의 스타일을 완성시켜 줄 모자를 찾을 때까지 계속 모자를 써보는 것만이 자신만의 아이템을 갖는 길이다.

모자와 함께 콤비로 모실 분은 안경이다. 눈이 나쁘건 좋건 간에 안경을 쓴 자체는 지적이거나 준비된 개성으로 받아들일 수 있다. 특히, 대머리 스타일 중 안경을 쓰는 사람은 자신 얼굴형에 맞는 안경테를 선택하는 것이 무엇보다도 중요하다. 안경테만 잘 고르면 자신의 매력을 한껏 부각할 수 있으니 안경 쓴다는 것을 너무 괴롭게 여기지 않기 바란다. 잘 아는 후배 여동생에게 대머리 남성이 안경을 썼을 때 어떤 느낌인가를 물었다. 후배는 두꺼운 뿔테를 쓴 방송인 홍석천 씨를 떠올렸다. 그리고 홍석천의 대머리보다 안경과 얼굴 외모에 집중하게 된다는 말을 듣고 안경이 대머리에 대한 고정된 편견을 감출 수 있다는 생각을 했다.

나는 TV 프로그램에서 한 민머리 남성이 최근 유행하는 개화기 안경을 썼을 때 어딘가 차가워 보이면서 지적이고 세련된 느낌을 받았다.(가수 하림을 떠올린 것 같기도 하다) 하지만 안경 쓴 남자의 최대 장점은 안경을 벗었을 때 그 이전과는 또 다른 페르소나가 발현될 수 있다는 가능성과 기대감을 안겨준다는 것이다. 안경 벗겨보고 그런 게 도저히 보이지 않을 것 같은 남자는 그다지 재미가 없다. 대머리가 매력적인 것은 그런 기대감을 보는 사람들에게 안겨주기 때문이다. 당신이 눈이 나쁘지 않다면 안경점으로 향해 패션안경 하나 정도 장만한다면 외모에 대한 꽤 짭짤한 투자였음을 알게 될 것이다.

여기에 플러스하여 안경과 필수 한 쌍인 선글라스는 대머리 스타일 완성에 필수다. 선글라스는 얼굴 생김과 형태에 맞는 선글라스를 찾되 너무 작거나 원형 프레임으로 된 선글라스는 자칫 청나라 마지막 황제 '푸이'를 연상시킬 수 있으니 이왕이면 대중적이고 유행을 타지 않는 스타일을 선택하는 것이 좋겠다. 국·내외 대머리 패셔니스타 및 연예인이 주로 착용하는 것은 대게 '레이벤' 스타일이다. 보잉 레이벤과 뿔테형 레이벤 두 종류를 번갈아 착용하면 보다 대머리 스타일에 패셔너블함 + 카리스마가 조화로움을 이뤄 줄 것이다.

안경을 벗으면 보이는 것 바로 '눈썹'이다. 한국 사람을 포함 동양인은 눈썹 숱이 그다지 많지 않다. 또한 눈썹에 별 신경을 안 쓴다. 하지만 멋있게 보이려면 눈썹 관리도 해야 한다. 숱이 많거나 삐져나올 듯 정돈이 안 된 털은 손질이 필요하다. 귓속 털과 코털 역시 정기적으로 다듬어 주어 청결함을 유지해야 한다. 대부분 그런 털에 신경을 안 쓸 것이라 생각하지만 유독 여자들은 털 하나에 예민하게 반응한다.

대머리 스타일 중 특히 신경 써야 할 것 중 하나가 바로 벨트다. 머리 스타일과 벨트가 무슨 상관이 있냐라고 물을 수 있지만 벨트 위치가 중앙에 위치한 만큼 사람과 사람이 동일한 위치에 서서 서로를 바라볼 때 벨트 쪽에 시선이 갈 수밖에 없다는 것이다. 저가 벨트나 다 헤져 누추해진 벨트로는 절대 매력적인 모습을 연출할 수 없다. 그리고 벨트의 제일 바깥쪽 구멍이나 제일 안쪽 구멍을 사용하는 것도 사람을 아주 우스워 보이게 만든다. 그러므로 중간 정도의 구멍을 사용할 수 있는, 몸에 맞는 벨트를 해야 한다. 뚱뚱한 사람은 지나치게 화려한 버클은 피하는 것이 좋다. 그런 것을 하면 여자의 시선이 뚱뚱한 허리로 집중된다.

기본적인 패션을 점검하고 코디하였다. 그러나 조금 개성이 없다라고 느꼈다면 패션 타투 스티커를 부착하여 강인한 이미지를 보여주자. 패션 타투 스티커는 아직 대중화되어 있지는 않지만 온라인으로 손쉽게 접할 수 있다. 실제 문신과 매우 비슷하며 다양성, 가격대, 접착력, 정교함도 좋은 편이다. 문신 스티커를 귀 뒤쪽, 목 뒷덜미 상단, 뒤통수 중앙에 오백 원짜리 동전보다 살짝 큰 정도 한두 개 부착하면 강한 남성적 포인트를 줄 수 있는 특별함이 있다.

이 글을 읽는 나의 동지들은 모두 열등감을 극복한 자신감으로 충만되어 있고 특별한 개성이 뚜렷하다. 머리털이 풍성한 존재의 사람들은 과연 외적, 내적으로 우릴 어떻게 평가하고 바라보는지 궁금한가? 소설가 이외수 씨가 『글쓰기의 공중부양』이란 저서에서 힌트를 더해 준다.

"대머리들은 스스로 열등감에 사로잡혀 가짜 머리카락(가발)으로 자신의 두부를 업그레이드하지만 안타깝게도 자신의 열등감을 업그레이드할 수는 없다. 특히 외면을 중시하는 인격체일수록 열등감의 농도는 짙어지고 내면을 중시하는 인격체일수록 농도는 옅어진다."라고 말한다.

결국 열등감이란 작은 차이에서 판도를 가른다. 그들과 우린 대등한 존재이다. 아니 더 우월할 수도 있다. 그들 쪽수가 훨씬 많을 뿐이다. 무엇이 나를 움츠러들게 하는가. 정신적, 심리적 싸움에 견주어 보지 않고 물러 설 수 없다. 이제 내가 가진 정확한 무기와 아이템을 갖춘 이상 저 세상 밖으로 나가자. 당신이 그토록 원하던 베틀 그라운드가 기다린다. 그리고 나와 당신은 상호 지원 사격을 해 줄 유일한 대머리 전우이다.

"We go together 무조건 멋있게, 무조건 폼나게!"

나의 절망을 바라는 당신에게

'대머리' 세 글자에 상처받고 우울한 날들이 있었다. "그냥 웃지요"라며 무심코 넘어갈 때도, 절망할 때도, 좌절할 때도 있는 상처투성이 가슴이었다. 내가 웃었기 때문에 그들은 오늘도 괜찮을 것이란 나름 착각을 하며 다음에 볼 때도 기억을 더듬어 세 글자를 끄집어낸다. 그럼에도 불구하고 모든 것을 내 발 앞에 둔다는 생각 전환을 통해 대머리라는 단어를 긍정으로 받아들여야 한다. 세계가 나 자신을 위해 존재한다고 생각하며 우리를 둘러싼 환경의 미묘한 차이를 당신 눈과 귀로 하찮도록 만들어 나 스스로 거대하고 존엄한 존재가 돼야 한다.

멕시코 민화 중 흥미로운 이야기가 있다.

어느 날 악마가 폐업을 선언하고 사용하던 영업 도구들을 경매에 붙였다. 경매 시장에 나온 악마의 영업 도구들은 꽤 여러 가지 종류였는데, 단 한 가지

도구만 빼고 모두가 새것처럼 반짝반짝 윤이 났다.

"여보세요, 악마 양반. 당신 장사가 잘 안 된 모양이구려. 장사 기구들이 전부 다 새것인 걸 보니 말이오. 한데 이건 대체 어디다 썼기에 이렇게 다 닳아 버렸소?" 다 닳아서 뭉툭해진 기구를 집어 들며 한 남자가 물었다.

그러자 악마는 팔짱을 낀 채 낄낄대며 웃었다.

"그건 내가 제일 즐겨 썼던 장사 도구였수. 그것 한 가지만 쓰다 보니 그렇게 죄 닳아 버린 거라우."

악마의 대답에 그 사람은 호기심이 생겨 다시 질문을 던졌다.

"이 도구의 이름이 대체 무엇이길래 이것 한 가지만 사용했단 말이오?"

악마는 여전히 낄낄 웃으면서 비밀을 얘기하듯 속삭였다.

"그 도구는 절망이란 이름으로 불린다우. 사람들을 유혹하는 데는 이 절망이란 이름의 도구처럼 효과 만점인 게 없수. 그래서 이 도구만 사용해 사람들을 낚아 대었다우. 하도 많이 쓰다 보니 다 닳아 버리긴 했으나…"

악마의 비밀 무기는 바로 절망이었던 것이다. 인생이라는 전쟁터에서 생존해 나갈 자신이 없어질 때 악마는 절망이라는 비밀 무기를 들고 우리 앞에 나타난다. 어떤 일을 하다가 좌절하거나 실망했을 때 악마는 그 무기를 소매 속에 감추고 속삭인다.

"어차피 지는 싸움이야. 절대 이길 수 없는 싸움이라고, 어서 포기해."

악마의 속임수에 넘어가면 우리는 모든 걸 포기한다. 한번 싸워보기도 전 그의 달콤하고도 협박 가까운 말 한마디에 스스로 싸우길 포기하고 좌절해 버린다. 생각해 보면 우리에게도 악마의 도구인 절망을 이겨낼 강력한 무기가 있다. 좌절은 영원한 것이 아니라 일시적이거나 순간적이다. 좌절만 이겨내면 내 허리춤에 차고 있던 강력한 비장의 무기를 만나게 될 것이다.

그것은 바로 희망이다.

역사 속 위대한 성인과 위인들의 삶 속 교훈에서 그들은 과연 위기와 절망을 어떻게 헤쳐 나갔는가. 흔한 영화 속 슈퍼 히어로가 악당들에게 흔들리며 절망하는 순간 후반부 그들에게 주어진 단 하나의 무기가 등장한다. 그 무기에 악당은 오히려 절망하거나 좌절하여 슈퍼 히어로 앞에 무릎을 꿇는다. 이것이 절망과 희망의 상호작용이므로 희망을 모르는 자에겐 절망이 압도적으로 강력하게 작용하는 것이다.

신이 인간에게 주신 희망이라는 비장의 무기를 가진 그대는 강하다. 당당하게 풍차를 향해 달려가는 돈키호테 데 라만차처럼 '희망하는 인간', '행동하는 인간'만이 당신을 더욱 강하게 할 것이다.

대머리라는 별 볼일 없는 세 글자에 나의 절망을 바라는 당신에게 오늘은 어떤 기념일도 되진 않을 것이다.

피해야 할, 해야 할 행동들

대머리가 된다는 것이 쉬워 보여도 결코 쉽지 않다. 앞으로 대머리로 살아가려니 돈 들어갈 걱정 없을 듯한데 천만의 말씀이다. 행복지수를 높이기 위해 대머리라도 그만큼 자기 관리에 투자해야 한다.

벗어던져진 가발을 보라. 화장대에 놓인 발모제 용기를 보라. 그동안 얼마큼 내가 정성을 다해 투자하였는지 보여 준다. 대머리의 구매 심리는 지름신을 통해 행복지수가 높아지고 안정된다. 생각해 보자. 가발이나 발모제를 구매한 후 마치 머리털이 풍성해질 것이란 믿음으로 행복감이 상승되지 않았던가. 그러나 그 행복감마저 90일 안에 원상 복구되었을 것이다. 더 나은 대체품을 찾기 위해 더 나은 내일을 위해 탐험정신으로 무장했을 것이다. 이러한 심리는 결국 우리 대머리들이 가진 약점이기도 하지만 인간이 가진 본능 중 쾌락의 하나이다.

쾌락의 쳇바퀴 이론에 따르면 사람에게 어떤 일이 일어나는지에 관계없이 어느 정도 시간이 흐르면 행복을 느끼는 수준이 원래대로 돌아간다고 한다. 하버드 대학의 심리학 교수 다니엘 길버트(Daniel Gilbert)는 이러한 이론을 뒷받침해 줄 조사 결과를 얻었다.

복권 당첨자를 대상으로 한 연구 결과 일확천금을 얻게 되어 평생 즐거울 것만 같았던 복권 당첨자들의 행복은 겨우 3개월밖에 지속되지 않았다. 최신 자동차를 구매한 사람의 행복도, 이사를 해서 큰 집을 갖게 된 사람의 행복도, 승진으로 높은 자리에 앉은 사람의 행복도 모두 3개월이 지나며 사그라진다는 결과를 도출하였다.

그런데 행복의 반대인 불행도 마찬가지로 이별로 인해 겪은 아픔도, 불의에 사고로 겪은 마음의 상처도, 실직의 막막함도 평균 3개월이면 사그라든다는 것이다. 결국 시간이 지나면서 예전에 느낀 행복과 슬픔이 소멸되기 시작하며 원초적 행복 수준으로 돌아가게 된다는 것이다.

이제 원초적 대머리 스타일을 선택한 당신과 나는 똑같은 실수를 반복하지 않기 위해 무엇을 해야 하는지를 찾아야 한다. 솔직히 인터넷 자료나 기사를 보면 황당할 때가 있다. 대머리는 샴푸를 쓰지 않아 좋겠다, 이발 비용이 들지 않아 좋겠다는 등 잘 알지도 못하는 사람들이 단순 자신이 경험해 보지 않은 추론을 떠들어 댄다. 그런 자료를 접하는 사람들은 고개를 끄덕인다.

하지만 그들이 알고 있는 것과 다르게 우리는 더 많은 관리가 필요하고 준비해야 한다. 일단 머리를 밀려고 마음먹었다면 두피를 건강하게 유지시키기 위한 노력이 필요하다. 머리털이 사라진 두피는 이제 얼굴 피부 이상으로 특별 관리되어야 한다. 그동안 사용하던 샴푸는 필요가 없어진다 해도 두피는 소중한 피부라 비누 또는 클렌징 폼으로 깨끗이 씻어야 한다. 수분이 부족하여 건조한 건성 피부라면 더욱 세심하게 신경 써야 할 것이다. 특히 비듬이란 것이 머리털이 없어도 생겨나는 각질과 같기 때문에 자칫 소홀할 시 안 씻는 사람으로 취급받을 수 있다. 내 친구 중 한 명은 민머리 두피에 유독 각질이 많이 일어나서 피부과 진료를 통해 적절한 피부용 샴푸를 처방받아 사용 중이다.

얼굴 피부와 두상 피부는 왠지 같을 것 같으면서 상극이다. 얼굴은 그동안 정면으로 바람을 맞아 왔기에 거친 반면 두상은 그나마 가진 머리털로 보호받아 연약하기 그지없다. 시간이 지나며 튼튼히 단련될 것이지만 약 3개월간 견뎌내야 할 시행착오는 피부발진, 면도 요령, 면도 상처(면도 상처 치료), 햇볕으로 인한 화상 같은 예상치 못한 상황에 직면할 것이다. 그러기에 이 책을 통해 앞으로 더욱 상세히 해결책을 제시해 나갈 것이다. 먼저 해야 할 것을 살펴보자.

이 책에서 반삭(buzzed)과 삭발(shaved)이란 용어를 사용할 것이다. 흔히 삭발을 '민머리(shaved head)라 부르기도 한다.

반삭은 이발기와 같은 전자기기를 사용하여 머리를 깎은 뒤 두피를 보았을 때 짧은 머리가 남아있게 보이는 형태이고 삭발은 면도날을 최대한 두피에 밀착하여 미는 형태이다. 반삭을 선택했다면 미용실과 이발소가 어디든 있기에 전혀 문제가 없다. ("짧게 깔끔하게 잘라주세요."라고

말하면 그들은 최선을 다해 손질을 해 줄 것이다)

하지만 삭발을 선택했다면 필요한 것은 '도구'이다. 이발기기와 면도기만큼은 헤어 전용으로 구비해야 한다. 아직 우리나라는 (아니 동양권 전역이라 해도 될 것이다.) 대머리에 대한 편견과 인식이 낮아 헤어 전용면도기가 없다. 혹여 대머리가 없는 세상이라 착각한 듯하다. 지난번 독일 티타늄 소재로 만들어 최고의 품질을 자랑하는 W사의 수입 면도기를 큰맘 먹고 구매하였다. 세련된 디자인으로 손에 착 감기는 맛이 훌륭했다. 그런데 이 훌륭한 수입품이 나의 두피를 만족시켜 줄 준비가 되어있지 않았다. '본 면도기는 얼굴 면도에 최적화되어 설계되었으므로 머리 면도 사용에는 주의할 것'이란 설명서 한편 글자가 작게 눈에 들어왔다. (3부에서 좀 더 심층 깊게 접근하겠다.)

쉐이빙 폼마저 콧수염과 턱수염에 최적화되어 만들어졌던지 두상이 화끈거리고 시원했다. 고난도 면도 기술을 갖추지 못한 나는 W사의 면도기로 머리를 수차례 상처 입혔다. 차라리 엄마에게 부탁할 것을 하는 후회가 들었다. 밀어버린 머리 피부는 마치 턱수염이 잘린 피부처럼 삐뚤거리며 거칠었다. 여기서 깨달은 바가 크다. 삭발을 위한 도구 선택이 정말 중요하다는 것. 이것이 나를 위해 준비된 쾌락의 도구였단 말인가.

현실은 어느 것(bald 용품) 하나 우리를 위해 구비되어 있지 않았으니 지금은 동네 이발소 할아버지에게 머리 면도를 맡긴다. 육천 원만 내면(물가상승으로 작년 가을부터 천 원이 올랐다) 15분 동안 저 세상에 다녀온 느낌처럼 편안하다. 귓가 주변머리털이 샥샥샥 예리한 칼날에 정교하게 밀려 내려가는 소리는 ASMR 자체다. 영국은 1.5 파운드(약 2,300원) 정도면 우리 동네 이발소 할아버지 수준만큼 해 준다 하는데 훗날 나의 발드 혁명이 뜻을 이루면 여기 한국도 가격이 내려가겠지 하는 흐뭇한 생각을 해본다.

몇 년 전 부터 '염경환 두피 문신'이라고 알려지기 시작한 두피 문신은 대머리를 더욱 돋보이게 할 또 하나의 대안이라 할 수 있다. 두피 문신은 모발과 유사한 색의 잉크를 사용하여 두상 피부에 문신으로 시술하므로 마치 모발이 자라난 듯한 극적 효과를 보여주는 방법이다. 원래 모발이 풍성한 사람이 스타일과 개성을 이유로 머리를 민 것처럼 보임과 동시에 자신감과 생활 속 만족감을 누릴 수 있는 장점이 있다.

하지만 두피 문신은 말 그대로 '문신'이다. 문신은 이제 젊은이들 사이에 흔한 멋 내기 아이콘 중 하나로 자리 잡았다. 이런 개성과 추억의 상징이 된 문신은 새기는 것은 쉽지만 지울 땐 어렵다는 것이다. 언젠가 한 인터넷 기사에서 본 '무심코 했다가 언젠가 후회하는 문신 7선'을 본 적 있다. 그중 연인 이름, 좌우명, 낙서형, 두피 문양, 만화 캐릭터, 전범 문양이 대표적이라 한다. 그런데 가만 종류를 살펴보니 소싯적 불 타오르던 열정에 새겨진 흔적이란 느낌이 온다. 문신을 선택할 때 반드시 10년 후 나의 모습을 떠올려 보았으면 한다. 세월이 흐를수록 진행되는 노화에도 그 타투가 온전할지 타인에게 비칠 내 모습은 잘 어울릴지를 생각해 보고 선택해 보면 좋겠다. 두피 문신 기술이 얼마큼 진보했는지 잘 모르겠으나 대한민국 유행만 바라볼 것이 아닌 일본, 유럽의 과정도 살펴볼 필요가 있다. 아직 그들 나라에는 두피 문신이란 유행이 오지 않은 듯하다. 아니 군이 해야 할 필요성을 얻지 못한 사회적 인식 때문일 수 있다.

내 친구는 수많은 고민 끝에 과감한 선택을 하였다. 두피 문신을 한 것이다. 삼백여만 원을 투자한 만큼 기대를 저버리지 않았다. 모두 부러워하였고 그 역시 더욱 자신감 넘치는 생활에 젖어들었다. 그런데 그런 친구에게 부작용이 생기기 시작한 것이 3년 정도 지나서였다. 시간이 지날수록 두피 문신이 부자연스러워졌고 두상에 새 머리카락이 드문드문 나면서 서로 부조화를 이루었다. 문신 잉크 색상도 빠져 보여 30cm 거리에서 보아도 육안 상 잘 드러났다. 친구는 다시 가발 착용을 선택하였다. 만약 나처럼 두피 문신을 하고자 하는 친구가 주변에 있다면 몇 년 잘 관찰해 보고 선택하시길 권한다.

어느 날 그 녀석과 소주 한두 잔 마시며 농담을 주고받았다. 친구는 무슨 생각이었을까 이런 말을 했다. "그때 머리 바싹 밀고 그냥 눈썹 문신이나 시커멓게 할 걸 괜히 후회되네." 우린 서로를 바라보며 껄껄껄 웃었다. 그 말이 정말 취중진담이었을까?

유행을 따르는 것의 단점은 그 유행 자체가 유행에 뒤지게 된다는 것이다.

〈 베르나르 베르베르의 소설 '나무' 중 〉

우리는 지력(知力)을 갖추고 있어야 한다. 즉, 내면을 성장시킨 후 자신의 가치를 높여야 한다. 알게 모르게 대머리를 바라보는 잠재적 대

중 인식은 지적이거나 지성인으로 인식하여 '저 사람은 분명 많은 지식을 가지고 있을 거야'라는 생각을 한다.

나 역시 많은 시간을 독서로 할애한다. 그만큼 독서를 통해 얻는 것은 내적 성장을 뛰어넘어 외부인들이 나를 바라보는 시각이다. 대머리인 외모와 귀족적 행위 독서는 환상의 궁합이며 그들이 나에게 함부로 대할 수 없는 보이지 않는 힘을 갖게 한다. 대머리가 된 이상 당신은 어쩔 수 없이 책탐(冊貪)하게 될 운명이다. 당장 책을 멀리하고 탐하지 못하였더라도 그것이 마치 정해진 운명처럼 서서히 다가올 것이다.

서기 5세기경에 활동한 키레네의 철학자 시네시오스는 "대머리가 되는 것을 너무 두려워하지 말라. 사람들이 머리카락이 얼마나 많고 적은가에 관심이 있다기보다 그 머리 안에 무엇이 들어 있는지를 더 궁금해한다."라고 말했다. 독서를 통한 지력을 갖추게 되면 세상을 이해하게 된다. 과거 청 제국을 건설한 변발 민족인 만주족은 이러한 이치를 깨닫고 정복 후 미친 듯 책을 탐하였다. 그 결과 강희제부터 건륭제까지 강건 성세 시대를 누릴 수 있었다. 이를 통해 '두 권 읽은 사람이 한 권 읽은 사람을 지배한다.'라는 독서 원리를 체감할 수 있다. 대머리에게 지성과 교양은 감출 수 없는 본능이다.

프랑스 유명 작가 샤를 단치는 '위대한 독서가는 괴물과도 같다. 어느 선을 넘어서는 순간 위세를 과시하며 겸손한 태도를 벗어난다. 이들은 자신이 소수자임을 잊지 않는다. 독서야말로 특정한 사람들의 영원한 시간이다.'라고 말했다. 지식을 얻게 된 당신은 무한한 지혜와 정신력을 발휘하므로 리더가 되고 지도자가 될 수 있다.

원숭이를 한 예로 보자면 암컷들에게 관심을 받는 원숭이는 덩치가 크거나 체력이 좋아서만이 아니다. 일본 오이타현 벳부의 다카사키야마 국립 야생 동물원에는 약 1300여 마리 원숭이들이 서식한다. 이곳은 순수 원숭이들만 살아가는 야생 서식지이다. 그곳 입구에는 원숭이 동상이 하나 세워져 있다. 동상의 주인공은 초대 원숭이 두목 '주피터'이다. 주피터는 1952~1961년까지 10여 년 동안 원숭이들의 우두머리로 자릴 지켰다. 통상 원숭이들의 수컷이 자라 권력을 탐하는 시기는 1년 주기로 반복된다고 한다. 그런데 주피터가 10년간 권력을 지킬 수 있었던 이유는 그만의 특별한 카리스마가 있었기 때문이다. 주피터는 수컷 원숭이들의 성장을 늘 주의 깊게 관찰하며 눈여겨보는 습관이 있었고 훗날 도전을 받을 시에는 약점을 정확히 알고 때려눕히는 능력이 있었다고 한다. 적을 알고 나를 아는 원숭이였다. 그런 도전을 수차례 받을 때마다 주피터는 젊은 원숭이 참모들의 조력을 받으며 우두머리 자릴 유지하였다. 나이가 듦에도 늘 관찰하고 생각하는 행위를 계속했다는 것이다. 이는 원숭이가 단순히 체격만 크고 싸움을 잘한다고 하여 집단의 우두머리가 되는 게 아니란 것이다. 단지, 미개한 그들에게 '책'만 없었을 뿐이다. 인간도 리더로 살아가기 위해 지력, 체력, 인간미를 모두 갖춰야 하듯 원숭이 세계도 리더가 되기 위해서는 육체적 힘은 물론 동물세계를 지배할 지혜와 정신력이 필수라는 사실이다. 인간에게 '책'이 있다는 게 참 다행이다.

이제 외모에만 신경 쓴다는 것은 아직도 당신의 마음이 모(毛)자람에 대해 고민하는 모자란 사람이란 증거이다. 이기적인 독서가 지금 당신을 기다린다. 그리고 무자비하게 읽자.

인간의 오감 중 단연 본능적으로 반응하는 것이 있다면 후각이다. 수많은 사람 속에서 자신이 좋아하는 향을 맡으면 후각은 예민하게 반응한다. 시각적인 것에 집착하는 인간은 후각적인 것에도 집착하기 때문에 향기를 통해 호감도 역시 상승한다.

자신의 취향대로 즐기고 어필할 수 있는 강력한 무기가 바로 '향수'다. 대머리와 향수가 무슨 상관이 있냐라고 의아해 할 수 있지만 향수는 스타일을 전략적으로 완성시켜 줄 매우 중요한 무기이다. 여성은 남성보다 후각이 3배 이상 더 발달되어있다. 게다가 여성은 다른 향기보다 남성의 호르몬 체취에 매우 민감하게 반응한다. 그러나 대부분 남성은 향수보다 스킨, 로션의 올드한 향에 의존한다. 당연한 말처럼 들리겠지만 비즈니스 관계상 혹은 이성교제 시 그들에게 매력적으로 접근하기 위해서는 좋은 향기가 필요하다.

어떤 향수를 고르냐는 개인 취향이지만 지금 나의 스타일이 대머리인 점을 고려해 "아! 그 사람 냄새"라고 순간 떠올릴 수 있는 그 사람만의 향기를 찾아내야 한다. 두피는 털이 있을 때의 샴푸 향기가 사라진 대신 직접적인 호르몬 분비 향을 두피 밖으로 분출시킨다. 기존 귀 뒤, 목 뒤, 손목에 살짝 향수 체취를 남겼다면 두상 정수리 또는 뒤통수에도 살짝 향수를 뿌려주면 좋다. 향수를 선택할 때 중요한 것은 향이 오래 지속돼야한다는 것이다.

향수는 퍼퓸(perfume), 오드 퍼퓸(eau de perfume), 오드 뚜왈렛(eau de toilette), 오드 코롱(eau de cologne) 이렇게 4단계로 나뉜다.

이 중 퍼퓸(perfume)은 지속력이 약 10시간 정도로 발향력이 최상이고 연회장, 파티 등에 많이 사용된다. 이 향수야말로 지속력, 부향률, 발향력이 단연 최고다. 대표적인 남성 향수로 '블루 드 샤넬 퍼퓸'이 있다.

오드 퍼퓸(eau de perfume)은 지속력이 약 6~7시간으로 발향력도 높은 편이며 뚜왈렛보다 강하고 퍼퓸 쓰기에는 부담인 사람들에게 적합하다. 대표적인 남성 향수로 '아프리모 오드퍼퓸'이 있다.

오드 뚜왈렛(eau de toilette)은 지속력이 약 3시간 정도로 시중에서 판매 중인 대부분 향수가 뚜왈렛이다. 대표적인 남성 향수로 '존바바토스 아티산 맨 오드 뚜왈렛', '몽블랑 레전드' 등이 있다. 퍼퓸, 오드 퍼퓸은 향기가 진해서 자칫 남에게 피해를 줄 수 있기에 뚜왈렛이 부담 없이 쓰이고 향도 적당한 친숙한 향수이다.

오드 코롱(eau de cologne)은 지속력이 1시간으로 짧고 발향력이 매우 약하다. 이는 자극적이지 않고 은은한 향이 많다. 대표적인 남성 향수로 '조말론 오드 앤 베르가못'이 있다.

개인적으로 내가 쓰는 향수는 오드 뚜왈렛 종류로 '구찌 길티 뿌르 옴므'를 사용하는데 이 향기를 찾는 데 꽤 오랜 시간이 걸렸다. 전형적인 '스킨'의 느낌에 가깝고 시간이 지날수록 마른 참나무 장작에서 느낄 수 있는 은근한 달콤함을 남긴다. 향수는 개인 취향으로 선택하지만 가까운 사람을 동행하여 내 취향을 함께 선택한다면 더욱 좋다. 향수는 자신의 매력을 높이고 상대방 기억에 깊숙이 남겨지는 전략이다. 당신을 뒤돌아보게 만들어줄 나만의 향수를 찾아 지금 가까운 백화점으로 차를 돌려라.

지금까지 해야 할 몇 가지 팁을 알아보았으나 피해야 할 두 가지 역시 신중하게 결정하고 실천해야 함을 잊지 않길 바란다.

첫 번째, 비만에서 탈출하여 슬림해져야 한다.

멋진 몸매 유지를 하지 않으면 감점 10점을 받고 시작을 해야 한다는 점이다. 가발기업에서 기획 기사 또는 기획 스페셜 다큐를 통해 줄기차게 내보내는 연출 장면 중 하나는 '여성 결혼 기피 대상 1호 대머리 총각'이다. TV 화면에 비친 소심한 대머리 청년은 각본대로 뚱뚱하고 머리가 벗어진 20대 후반 청년으로 금색 뿔테 안경을 썼다. 시청자들은 이 불편한 장면을 보며 동조 압력에 시달린다. 대머리 때문에 고민을 하던 홍길동 씨는 불편한 진실 앞에 거울을 마주한다. 자신도 TV 속 그와 같아 보인다. 가발업체에서 반복적으로 내보내는 시각적 심리 효과로 인해 그들은 원하는 이득을 보게 되고 대머리들은 자연스레(또는 은밀하게) 가발의 유혹에 빠진다.

절대 PD에게 속지 마라. 그 장면은 당신이 본 연출 장면의 일부다. 멋진 대머리가 주변에 널려있고 그들은 스타일리스트이자 지적인 존경도 받는다. 대머리가 되기 위해 마음을 먹었다면 거울 속 자신을 보자. 배가 나오거나 뚱뚱해져 얼굴이 둥그스름하다면 당신이 가야 할 곳은 '헬스장'이 답이다.

두 번째, 옆머리는 짧게 밀고 남아있는 옆머리로 가운데 부분을 덮어 가리려 하지 말라. 이 최악의 행동을 통해 많은 사람들이 당신을 비웃거나 우스꽝스러운 남자로 만든다. 방법은 그 부위를 말끔히 도려내 듯 없애 버리는 것이다.

2012년 미국 펜실베니아 대학교 와튼스쿨 알버트 맨즈 박사는 머리 카락이 있는 남성의 모습과 컴퓨터 합성으로 동일 인물의 삭발한 모습 을 사진에 담아 344명에게 보여주었다. 그런데 놀랍게도 삭발한 모습 이 그렇지 않은 것보다 키가 더 커 보이고 능력이 강한 남성적 이미지 를 준다는 결과였다. 반면 가장 매력이 없고 빈약해 보이며 힘이 없어 보이는 남성은 머리숱이 좌, 우측 어중간하게 남아있는 스타일이었다. 박사는 머리가 벗어지기 시작한다면 아예 모든 머리털을 밀어 버리는 것이 장점이 될 것이라고 조언했다. 옆머리 몇 가닥으로 눈속임을 하 려 하는 얄팍한 착각에 빠진 대머리 동료가 주변에 있거나 혹여 어르 신이 계시거든 정중히 말씀드리자. 아니 봉변당하기 쉽다 생각이 들면 조심히 이 책을 권해 주기 바란다. 분명 보약이 될 테니 말이다.

스타의 탄생

(패트릭 스튜어트부터 윤동환, 아이고바트까지 롤 모델을 찾아서….)

자신이 가장 좋아하는 매력적인 대머리 롤 모델을 선택하자.

다소 풍자적이라 말할 수 있지만 우리와 비슷한 외모로 당당하게 자신을 내비친 사람을 선택하여 그 사람을 존경하고 모방하는 것은 충분한 가치가 있다. 내가 정말 멋지고 매력적인 사람의 좋은 점을 닮고 싶다면 그와 똑같이 따라해 보며 함께 느끼는 것이 필요하다. 내가 정한 롤 모델과 똑같이 입고 먹고 생각하고 느낀다면 이제 내가 무엇을 해야 하는지 감이 올 것이다. 독일의 디자이너 지그리트 엥겔브레히트는 "롤 모델에게 배우기 위한 전제조건은 다른 사람이 나보다 잘하는 것을 감탄하는 자세"라고 언급하였다.

이제 소개를 이어갈 여러 대머리 연예인 스타, 아티스트들은 많은 사람들이 선택함은 물론 자신들도 역경을 딛고 대머리가 되어 가는 과정을 겪었다는 것이다. 우리에게 그들은 긍정적 롤 모델이자 마음에 깊이 느껴 감동하므로 찬탄할 만한 대상이다. 그러나 단지 다른 사람의 머리만을 모방하는 것이 아니라 그 한 사람 개인으로서 그의 삶을 조명하듯 모방하는 것이 가장 중요하다.

대머리에 대해 온전히 이해하려면 우리는 한참 전 과거로 돌아가야 한다.

스타 트렉(Star Trek)은 미국에서 제작된 SF 장르의 엔터테인먼트 미디어 프랜차이즈이다. 1966년 원작자인 진 로덴베리에 의해 처음 TV 시리즈가 제작된 이래, 수많은 텔레비전 드라마 후속작 및 파생작과 영화, 수십 개의 컴퓨터 및 비디오 게임, 소설과 라스베이거스의 테마물 등이 만들어졌다.

1987년 미드 TV 시리즈 중 가장 흥행한 스타 트렉 후속편 시리즈 제목은 '스타 트렉 더 넥스트 제너레이션(1987~1994까지 177부작 방영)'이다. 엔터프라이즈 호의 함장 제임스 커크(James T. Kirk) 시대를 배경으로 5년 동안 더 넓은 우주를 탐사하고 새로운 생명체, 새로운 문명을 발견하기 위한 목적으로 그려진다. 전 세계 미드 영화의 흥행 돌풍을 일으킨 프로듀서들은 새로운 발상을 하게 된다. 엔터프라이즈 호 우주선 선장을 대머리 스타일로 바꿔 보자는 것이었다.

"대머리 남자가 우주 탐사선을 이끌어 가다니 프로듀서들이 시청률을 포기했거나 정신에 이상이 있는 게 분명합니다."라며 한 시청자가 방송국에 투고하는 사태까지 발생하였다. 이러한 상황을 접한 다른 프로듀서와 연기자들마저 큰 우려를 했다. 하지만 프로듀서들의 최종 선택은 훗날 엑스맨 시리즈의 찰스 역할로 잘 알려진 '패트릭 스튜어트'였다. 그는 진지함과 자신감으로 프로듀서들의 마음을 사로잡았다. 머지않아, 그는 이 시리즈의 많은 팬들로부터 사랑을 받는 배우가 된다.

하지만 이것은 실수가 아니었다.

스튜어트는 시리즈에 바로 합류한 것은 아니었다. 상징적인 함장 장 뤽 피카드(Jean-Luc Picard) 역할에 오디션을 보고 배역을 받아낸 것이 다. 그러나 스타 트렉 팬들은 다르게 이야기하고 있다. 소문에 의하면, 원작 시리즈의 창작자 윌리엄 쉐트너와 새로운 시리즈의 프로듀서였 던 진 로덴베리는 원래 스튜어트를 원작의 함장 역으로 캐스팅하는 것 을 반대하였다고 한다. 윌리엄 쉐트너가 자신의 진부한 접근법으로 우 주선 함장의 자격을 정의해 보니 풍성한 머리를 가진 사람이 적격이었 던 것이다. 그래서 그들은 더 젊고 머리가 풍성한 사람을 캐스팅하고 싶어 했다. 로덴베리는 계속 반대하였지만 스튜어트의 편에 서있는 한 프로듀서가 있었다. 그의 이름은 로버트 저스트맨이다. 그는 오디션장 에서 역할을 향한 스튜어트의 열정과 매력에 큰 감명을 받았다.

저스트맨과 스튜어트는 미드를 후원하는 최고 경영진들을 설득해 야 했다. 최고 경영진들과의 첫 만남에서 스튜어트는 가발을 사용하였 다. 그는 자신만이 지적이고 침착하게 내면에 카리스마를 품고 있는 함장 캐릭터를 소화해 낼 적임자임을 강조하며 쓰고 있던 가발을 벗었 다는 일화가 알려져 있다.

결국 그는 그들의 마음을 누그러트려 우주선 함장(장 뤽 피카드) 배역 을 받아내었다. 이 작품은 에미상 베스트 드라마 부분 18개 분야에서 상을 받았으며 공상 과학 사회에 많은 찬사를 받았다. 스튜어트의 진 지함과 대머리 열정을 캐릭터에 접목시켜 그의 이름을 들었을 때 누구 나 알 수 있는 사람이 되었다. 할리우드에서 대머리도 멋지고 아름다

「영화 '스타트랙 8 - 퍼스트 콘택트' / 1996)」

울 수 있다는 유산을 처음으로 남긴 사람이기도 하다.

　이러한 대머리 스타일 롤 모델에 대해 이야기하는 것은, 우리 대머리들에게 도움이 되어 무엇이 당신의 삶을 뒤흔들어도 당신 역시 성공할 수 있다고 말해 주고 싶기 때문이다. 진작 알아챘을 것이지만 여기 나올 대머리 스타일은 모두가 상이한 모양과 크기, 경제적 여건, 다양한 성격을 가지고 있다. 이 중 공통점이 있다면 이들 모두 머리가 빠져도 열등감에 빠지지 않고 더 넓게 바라보았고 헤어가 그들의 열정을 가로막지 못하였다는 것이다.

　나의 신분이 어떠하든 나의 얼굴이 어떻게 생겼든 나를 기다리는 롤 모델이 지금 어느 별에서 우연히 마주칠 당신을 기다리고 있다. 스타의 탄생은 그렇게 또다시 시작된다.

'남자답고, 리더십이 느껴져요'

'제프 베이조스'

세계 최고 부자는 누구일까?

페이스북 개발자 마크 저커버그, 마이크로 소프트의 빌 게이츠, 알리바바 마윈을 떠올렸다면, 틀렸다. 정답은 아마존 최고경영자 '제프 베이조스'이다. 요즈음 아마존닷컴(Amzon.com)을 이용하지 않는 미국인은 거의 없을 것이다. 미국 최대 전자 상거래 사이트 '아마존'의 제프 베이조스는 포브스가 발표한 자산 10억 달러 이상 억만장자 순위에서 마이크로 소프트의 빌 게이츠를 누르고 당당히 1위로 도약했다. 그의 거대 기업은 1120억 달러, 한화 약 120조 원 자산 규모다.

그의 목표는 최고가 아닌 값으로 최고의 제품을 제공하는 것이다. "가격을 고려할 때 최고의 제품"이 아니고 "어느 가격으로든지 최고의 제품을 제공한다."라고 말했다. 늘 최고를 외치는 베이조스는 백만장자처럼 근사하게 치장하지 않는다. 그런데도 이상하게 세련미가 넘치는 이유는 자기 관리와 생기 넘치는 대머리 이미지에 있다는 분석도 있다. 그는 식단과 운동으로 건강한 생활습관을 실천하며 매일 8시간의 잠을 잔다. 그는 "하루 8시간의 잠은 내게 큰 차이를 만들어 준다. 활력과 열정을 느끼려면 그 정도의 잠이 필요하기 때문에 잠에 우선순위를 둔다."라고 말한다. 억만장자의 자기 관리에 그다지 돈이 들어가지 않는다는 비결이 숨어있다. '대머리는 잠꾸러기라는 사실…' 듣고 보니 나 역시 그런 것 같다.

제프 베이조스는 연례회의 석상에서 "빛나는 것은 지속되지 않기 때문에, 회사는 빛나는 것에 빠지지 말아야 한다."라고 말했다. 달리 생각하면 리더 고유의 빛나는 머리를 가진 조직은 반드시 성공한다는 확신이 그의 외모를 통해 확연히 증명된 것이 아닐까?

'브루스 윌리스'

'대머리' 하면 가장 먼저 떠오르는 할리우드 배우는 단연 '브루스 윌리스'이다.

그가 유명해지기 시작한 건 1980년대 중반 '문 라이트닝'이라는 영화 때문이다. 그리고 가장 통쾌한 액션 영화로 알려져 있는 다이하드에서 뉴욕 경찰을 연기함으로 주목의 대상이 되었다. 영화 다이하드부터 시작된 벗겨진 헤어라인은 점차 대머리가 되어감을 짐작하게 했다. 그는 박스 오피스에서 다이하드 속편 그리고 '12 몽키즈', '제5 원소', '식스 센스', '아마겟돈', '언브레이커블' 등 할리우드 흥행 보증수표로 자리 잡았다. 브루스 윌리스의 헤어라인은 그가 맡은 역할 때문에 가발을 착용하거나 다른 스타일로 바뀌어왔다. 그러나 그는 밖으로 나갈 때 자신의 두피를 당당히 내놓고 다니는 등 본인의 헤어스타일에 전혀 신경 쓰지 않았다. (물론 때때로 화려한 모자를 쓴 사진이 찍히곤 했다.) 확실한 건 자기 외모에 대한 자신감이 충만했다는 것이다. 브루스 윌리스는 자신의 딸이 어떤 헤어스타일을 할지 고민하고 있을 때 머리를 완전히 밀어 보라고 권했다.

"아빠처럼 머리를 밀게 되면 네가 머리에 신경 쓰는 시간을 낭비하지 않고 항상 청결하게 몸과 마음을 관리할 수 있게 될 거야."

능청스러울 정도로 여유로워 보이는 일상과 훤칠하게 벗겨진 대머리는 우리에게 작은 카타르시스를 선사해 준다. 우리가 그를 영원히 사랑하는 이유는 나이 듦에도 여전히 젊음 앞에 밝은 미소를 지을 줄 알기 때문이다.

'제이슨 스타뎀'

제이슨 스타뎀은 내가 가장 좋아하는 배우이자 롤 모델 중 한 명이다.

언제부터인가 안방극장에 혜성처럼 나타나 대머리들의 시선을 주목시킨 스타뎀은 영국 출신 영화배우이다. 영국 국가대표 다이빙 선수로 활약하다가 30대 초반 배우로 데뷔하였다. 사각턱, 작고 날씬한 몸, 탄탄한 근육질은 스타뎀의 매력 포인트 중 하나이며 능숙한 무술 캐릭터로 잘 알려져 있다. 특히 영국 신사처럼 깔끔하게 슈트를 차려입을 때면 지적인 매력마저 물씬 풍기며 남녀불문 가슴을 뛰게 한다. 살아 있는 원펀맨이라고 해야 맞을 것 같다.

수년 전에 그가 처음으로 등장한 영화
'스내치' '록 스탁 앤 투 스모킹 배럴즈'
부터 스타뎀의 머리가 빠지기 시작한 것
은 분명한 사실이다. 그렇지만 이것으로
그의 인기를 막을 순 없었다. 액션 영웅으
로서 전성기는 아직 오지 않았을 수도 있
다. 그는 NBC TV 쇼 프로그램 참석하여
자신의 대머리를 비하하는 진행자에게 이렇게 말한다. "저는 대머리
입니다. 그래서요? 싫으신가요? 그럼 엿이나 먹으세요." "나는 지금 아
주 편하고, 예전으로 돌아갈 수 있다 해도 절대 돌아가지 않을 것입니
다."라고 말했다. 물론 미국식 농담이긴 하지만 그의 자신감은 옆머리
와 뒷머리를 조금 남겨놓음으로써 위 사실을 다시 증명한다. 그는 또
한 거뭇거뭇하게 자란 수염을 하고 다닌다. 그럼에도 불구 이성 관계
에 있어서 전혀 문제 될 것이 없다.

이런 매력적인 영화에서의 모습 때문일까! 제이슨 스타뎀과 브루스
윌리스는 강인하면서도 순정적인 매력으로 세계적인 스타 켈리 브룩,
배우 데미 무어와 오랫동안 뜨거운 사랑을 나눠 세간의 많은 관심을
받았다. 거칠고 터프한 영웅! 그러나 사랑 앞에선 한없이 부드럽고 다
정한 남자!

나는 오늘도 제이슨 스타뎀을 떠올리며 헬스장 러닝머신에 몸을 맡
긴 채 쉴 새 없이 달린다. 혹여 스타뎀으로 변할지 모를 내일을 상상하
며….

'드웨인 존슨'

헐크 호건 다음 WWE 프로레슬러 중 더 카리스마가 있고, 더 유명하며, 이름이 주는 힘이 더 강하며 외적으로 자신감이 넘치는 사람이 '더 락' 말고 더 있을까? 나는 그런 사람이 존재하는지 오랫동안 고민해 왔다. 그는 레슬링 커리어를 괜찮은 헤어스타일로 시작했으나 해가 지날수록 불길한 조짐이 보였다.

존슨의 머리가 조금씩 벗어지기 시작했다. 하지만 그는 대머리가 되는 것을 선택하였다. 이것이 존슨을 스타덤에 올려놓았으며 할리우드 최고의 액션 배우들 중 한 명이 되게 만들었다.

그가 WWE 레슬러 시절 상대 선수가 그의 빠진 머리를 비웃자 그는 특유의 카리스마 넘치는 눈빛을 쏘아대며 이렇게 말한다.

Rock Says (락이 말하길)

Know your role and shut your mouth! (네 주제를 알고 입 닥쳐라!)

'마이클 조던'

'23'이란 숫자를 보고 떠오르는 게 있다면 당신은 역사상 가장 위대한 농구 천재 마이클 조던의 팬이다.

마이클 조던, NBA를 한순간에 인기 있는 스포츠로 급성장시킨 장본인인 그는 많은 사람들의 우상이었다. 마이클 조던 마크가 붙은 상품들은 불티나게 팔려나갔고, 그의 말과 행동 하나하나가 많은 이들에게 영향을 끼쳤다. 농구 좀 한다는 친구들은 그를 따라 하기 위해 자진 삭발식을 했다. 조던의 플레이를 보고 있으면 '경이롭다'라는 말이 저절로 나오게 된다. 그의 농구 명성이 최고조일 때의 사진과 지금의 모습을 비교해 보아도 그는 여전히 어려 보이고 에너지 넘치고 활기차 보인다.

조던은 많은 농구 전설들 중에서도 최고로 꼽힌다. 조던은 본인이 머리가 없어도 멋져 보일 수 있다는 걸 증명해 보였다. 은퇴 후 많은 사람들이 그에게 "어떻게 하면 최고가 될 수 있나요?"라고 물었다. 그는 한결같이 이렇게 말한다.

"먼저 즐겨라. 남보다 빨리 배운 너는 실패를 피할 수 있겠지만 남보다 즐길 줄 아는 너는 실패 따윈 보이지도 않을 테니까." 그리고 대머리로 고민하는 당신에게 조던은 이렇게 말해 줄 것이다.

"네가 지금 느끼는 그 두려움은 결국 환상일 뿐이다."라고…

'거요우(갈우)'

중국의 주윤발, 유덕화, 장국영은 한국인에게 너무나 유명하다. 하지만 대륙인이 가장 사랑하는 국보급 배우는 '거요우'다.

거요우(葛优)를 우리식 한자 발음으로 읽으면 '갈우'가 된다. 중국 유명한 소설 '활착(活着)'을 장예모 감독이 영화화한, 공리와 거요우 주연의 '인생'은 다시 봐도 큰 감동을 자아내는 명작이다. 거요우는 이 영화에서 크게 주목받으며 칸 영화제 남우주연상을 받았다.

그는 중국 대중에게 막강한 인기를 누리고 있으며 코믹 영화 부문에서 서민적 연기력을 발휘하는 실력파 배우이다. 또한 프랑스 정부에서 수여하는 문화예술 공로훈장을 받아 서양에서는 '동양의 코미디 황제'로 불리며 성룡 이상의 인기를 누린다. 거요우는 영화뿐만이 아니라 먹는 광고와 마시는 광고에도 종종 등장한다. 삶 속에서 먹고 마시는 것에 대한 의미를 강하게 부여하는 중국 사람들의 문화를 생각해 본다면, 거요우는 그야말로 중국 사람들의 마음속에 깊이 자리 잡고 있음을 알 수가 있을 것이다. 부드럽고, 편안하다고 해야 할까? 대중에게 편안함을 주며 막힘없는 입담으로 자연스러우면서 인간미 넘치는 대머리 외모는 더없는 웃음을 선사해 준다.

얼마 전 한 라디오 진행자가 "요즘 여성들은 잘생긴 남자보다 유머와 재치 넘치는 남자를 더욱 선호한다는 연구결과가 발표되었어요." 라고 말하는 내용을 접했다. 계속 듣다 보니 이 분을 예를 들어 상세히 설명하고 있었다. 거요우처럼 재미있게 이야기할 수 있는 유머러스한 감각과 여유, 순발력을 가지길 바라는 것이다. 폭소가 아니라 가볍게 미소 짓거나 사람을 인간적으로 흐뭇하게 할 수 있는 유머 능력이 필요한 것이다. 거기에 대머리는 1+1 전략이다.

"유머 감각이 없는 사람은 스프링이 없는 마차와 같다. 길 위의 모든 조약돌 마다 삐걱거린다." (헨리 와드비쳐)

'구준엽'

일본에 '스티브 아오키'가 있다면 한국에는 '구준엽'이 있다.

EDM 뮤직으로 대한민국을 대표하는 매력남 '디제이 쿠, 구준엽'은 여전히 준수한 외모와 단련된 근육질 몸매를 유지하며 나이가 무색하리만큼 멋진 대머리 스타일로 유명하다. 최근 TV 예능 프로그램 '연애의 맛'에서 알콩달콩한 연애와 훈훈한 일상이 공개되며 그의 준수한 인성에 또 한번 감탄이 흘러나온다. 구준엽은 클론 시절부터 현재에 이르기까지 EDM 클럽 뮤직의 선두주자임에 틀림없다.

사실 클럽의 어원은 고대 스칸디나비아 클루바(klubba)인데, 단어의 의미는

'때리는 굵고 무거운 막대기'였다. 13세기에 클루바가 영어로 클럽(club)이 되었다. 17세기 클럽은 동사로 쓰여 '함께 덩어리를 만들다' '모으다' '결합하다'라는 의미로도 사용되었다.

클럽 문화를 탄생시키는 데 한몫을 한 시대 영웅이 구준엽이다. 그야말로 구준엽은 클럽이라는 큰 함선을 지휘하며 자신을 따르는 팬들을 하나로 응집시키는 진정한 커맨더(commander)형 아티스트이다. 그를 포함 개성 있는 소수의 대머리 아티스트가 음악가, 작가, 운동선수,

배우에 고루 분포되어 자신들만의 무대를 주름잡으며 지친 영혼들을 마음껏 지휘한다.

우리들의 롤 모델 구준엽이 자신의 당당한 외모를 빛나는 개성으로 승화시켜 주었기에 우리들이 더욱 세상 앞에 용기 내어 당당해질 수 있었다. 나는 언젠가 디제이 쿠가 내려 주신 주문을 걸며 피로했던 오늘을 위로받는다.

"암클럽디제이 암고나매큐뭅 암디제이쿠 암고매큐댄스"

'이준익'

대한민국에서 가장 존경받는 영화감독 중 한 명은 단연 '이준익' 감독이다.

얼마 전 방송 시상식에서 그의 외모를 비하하던 스텝들의 언행이 생방송 사고로 이어졌다. 하지만 덤덤한 미소로 "그럴 수도 있다."라며 별일 아닌 듯 받아들이고 말았던 감독을 보며 진정 인간미 넘치는 리더의 모습을 보았다. 대인다운 그의 행동은 대머리들이 현실에서 마주하는 편견을 맞받아치는 가장 현명하고 지혜로운 방법임을 이미 알고 있었던 것이다.

심리학에서 인간의 생리학적 행동 중 남을 비하하고 험담하는 행동은 상대의 지위를 낮추고 자신은 높이고 싶은 욕망 때문이라고 한다. 대머리는 비하, 폄하할 수 있는 외모적 편견 요소를 가지고 있다. 그런 그들을 대하는 태도야말로 차분하고 의연, 겸허하게 받아들이며 무시하는 것이 결국 이기는 법이란 사실을 본능적으로 터득한 것이다.

지적이고 온화한 미소를 지닌 이준익 감독의 외모를 볼 때면 마치 동네 형처럼 훈훈하고 느낌이 좋다. 이처럼 감독에게 투영된 영화는 우리에게 위로와 해학으로 삶을 끌어안아준다. 그의 영화『변산』을 보며 마음이 찡하게 울림 받았던 장면이 있다. "내 고향은 폐항. 내 고향은 가난해서 보여줄 건 노을밖에 없네." 이 한 줄에 온 정신이 멍해짐을 느꼈다. 그 느낌이란 게 멀리 떠나온 세월에 대한 그리움이랄까.

가끔 영화보다 더 보고 싶은 인간 이준익을 통해 즐거움과 행복을 찾는 지혜를 얻길 바란다. 이준익 감독의 빛나는 머리보다 그의 따스한 마음이 더 빛나고 있을 것이라 믿기에 나는 여전히 그의 영화가 좋다.

'홍석천'

앞서 소개했던 남성적이고 강렬한 리더십을 가진 인물들을 간단한 예를 들어 소개하면서 자신에게 적합한 '아이돌'을 찾으라는 몇 가지 주문을 하였다. 우리 주변을 돌아보면 대머리를 당당히 드러내 자신의 존재를 더욱 빛나게 하는 멋진 소수의 사람들이 많다. 꼭 연예인이 아니라도 내 주변에는 존경과 존중을 받으며 살아가는 나와 닮은 사람이 더 많다. 이를 볼 때 '대머리'로 살아가는 즐거움과 활력이 생긴다.

남성미와 리더십과는 조금 거리가 있지만 이 시대 대머리 아이콘에 빠질 수 없는 중요한 보석이 있다. 우리 곁에 친숙한 그 이름은 사업가이자 예능인 '홍석천'이다. 그의 매력적인 외모처럼 젊고 활기찬 마인

드와 완벽한 매너로 대머리 스타일에 중요한 포인트를 더해 준다. 자신에게 부끄럽지 않게 살아갈 진정한 용기가 있는 홍석천을 이 시대 '어 퓨 굿맨(a few good man)'이라 칭하고 싶다. 그는 우리에게 몸소 할 수 있는 모든 것을 다 보여 주었다. 그거면 됐다. 책을 통해 그저 '감사하다'라고 전해 볼 뿐이다.

'윤동환'

할리우드 액션배우 '제이슨 스타뎀'을 연상케 하는 한국 배우가 있다면 단연 '윤동환'이라 말하고 싶을 정도로 그는 단단한 근육질 몸과 이글거리는 눈빛을 가졌다. 그의 훤칠한 키와 개성 있는 외모는 발드맨들에게 훌륭한 롤 모델이 될 가능성이 충분하며, 뒷장에 이야기할 발드 패션(마켓)에 가장 적합한 모델을 선정하라면 당연히 '윤동환'을 추천하고 싶다.

그가 지상파 방송에 자신의 대머리를 처음 공개하며 등장했을 때 많은 사람들이 놀랐었다. "아니 배우 윤동환이 대머리였어?"라고 서로들 말했지만, 이제 사람들은 당연히 '윤동환'하면 대머리를 떠올리며 정말 잘 어울린다고 생각하게 된 것 같다. 화려한 가면을 써야 하는 직업임에도 불구하고, 배우 윤동환은 이렇게 자신이 가진 외모에 대한 집착도 과감히 버림으로써 있는 그대로의 자신을 드러낸 자유로운 영혼이다.

내가 그를 처음 만났을 때 그는 걱정과 근심을 모두 없앤 건강하고 풍성한 삶을 살고 있었다. 요가와 명상  수업을 진행하는 윤동환은 수행자들에게 "모든 근심과 걱정의 원인이 되는 집착을 버리십시오."라고 말한다. 세 시간 조금 넘는 요가 명상수업에 참여하며 가부좌 자세로 지그시 눈을 감고 허공을 응시하는 윤동환의 모습에서 나는 마치 부처를 마주한 듯 신선하고 오묘한 느낌을 받았다. 그의 숨소리는 마치 경지에 다다른 자처럼 평온하기만 하였다.

명상에 들어간 그를 한참 바라보다 순간 최초의 불교 경전 「숫타니파타」에서 부처가 말씀하신 어록이 생각났다.

"우리를 생존에 얽어매는 것은 집착이다. 그 집착을 조금도 갖지 않은 수행자는 이 세상도 저 세상도 모두 버린다. 마치 뱀이 묵은 허물을 벗어 버리듯"

그렇다. 배우 윤동환은 다시 태어나고 있었다. 그의 모든 것이 뒤바뀌면서 더 나은 완벽한 인간체로 거듭나고 있었다. 수많은 고통과 절망의 시간을 극복해 낸 그의 말은 나의 뇌리에 더욱 깊숙이 파고들었다.

"무엇인가 문제가 생기면 그냥 내버려 두세요. Let it be! 있는 그대로 편안하게 내려놓고 그냥 바라보면 당신의 문제가 해결이 됩니다." 그는 나의 어깨에 살짝 손을 얹고 미소 지으며 말했다. 그의 말에 순간 숨이 막히는 듯 심장이 요동쳤다. 아직 내려놓지 못하였기에, 남을 너무 의식하며 살았기에 대머리가 부끄러웠던 나의 지난날들이 머릿속을 스치듯 지나갔다. 수행 중인 그의 뒷모습을 바라보다 나는 깊이 고개 숙여 작별인사를 하였다.

내가 본 배우 윤동환은 진정 삶을 깨우친 수행자였고 그가 세상에 숨지 않고 당당히 보여준 외모는 그를 세상에서 가장 매력적인 인간으로 기억하게 할 것이다. 그래서 내가 인간적인 너무도 인간적인 배우 윤동환의 광팬인지도 모른다.

'아이고바트(iGoBart)'

네덜란드 국적의 전문 유튜버이자 여행 작가인 '바트'는 우리에게 북한을 소재로 한 여행 이야기로 잘 알려진 유튜버이다. 그가 다녀온 은둔의 나라 북한을 소개하는 영상이 대한민국 국영 방송 뉴스에 나오는 것을 보며 아이고바트를 처음 알게 되었다. 192cm의 큰 키에 훤칠한 외모와 매력적인 대머리는 아내 휘아가 첫눈에 반해 버린 특징 중하나라고 말한다.

바트의 유튜브 영상 채널을 보면 대머리를 소재로 한 브이로그 영상이 간혹 등장하게 된다. 영상을 보면 아내 휘아가 대머리에 대한 호기심으로 질문하는 장면이 있다. 대머리가 되어 좋은 점과 나쁜 점이 있다면 어떤 것이냐고 묻는다. 바트는 몇 가지 예를 들어 말한다. 짧은 시간에 면도를 하고 씻을 수 있으며, 미용실에 갈 필요가 없으니 돈을 절약할 수 있고, 더욱이 무더운 여름에 시원하고 상쾌하다고 말한다.

그런데 바트는 한국에 와 가끔 이상한 질문을 받는다고 한다.

"너는 왜 대머리야?"라는 질문은 서양인으로서 좀처럼 받아들이기 어려운 문화적 이질 감이 든다고 한다. 하지만 한국에 적응해 가면서 사람들이 대머리에 대한 편견이 있다는 것을 알게 되고 스스로 이 현상을 겸허히 받아들이기로 하였다. 그리고 대머리가 진행되어가는 사람들을 볼 때면 머리를 완전히 밀어 버리라고 말한다. 바트 역시 머리를 완전히 밀어 버림으로 자신의 원초적 개성을 표현함과 동시에 자신감이 생긴다고 한다. 대머리가 되기 전 누구나 느끼는 것은 남이 나를 어떻게 바라볼까 하는 두려움 때문에 위축되지만 대머리를 받아들임으로 진정한 나 자신을 찾을 수 있어 행복했다고 전한다.

바트는 누군가 당신의 대머리 외모를 비하하며 말한다면 마음속으로 이렇게 외쳐보라고 한다. "나 머리 밀었어. 세상은 너의 것이 아니야. 모두 각자의 세상에서 살아가. 네 주변에서 일어나는 것들은 그저 작은 부분들일뿐이야. 아무도 네가 대머리가 되어가는 것에 대해 신경 쓰지 않아, 난 지금 내 모습 이대로가 좋아!" 바트는 이렇게 생각을 하면 자기 자신을 더 소중하고 존귀한 존재로 변신시킬 수 있다는 확신이 든다고 한다.

또 바트는 언제나 자신의 영상에 캐릭터 모션인 엄지 척을 하며 큰 소리로 구호를 외친다. "대머리 파워!"

바트가 미남 대머리인 비법이 이거였구나. 네덜란드인에게 한 수 배웠다.

Chapter 2

기 원
(Bald Origins)

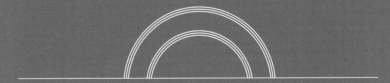

신의 형상으로 창조된 인간

"잊지 마, 전에 너에게 일어났던 일을 잊으면 안 돼.
잘 기억하고 있다가, 말을 할 수 있게 되거든 나에게 얘기해 줘.
난 모든 걸 잊고 말았거든"

〈베르나르 베르베르 장편소설 '신' 중에서〉

앞으로 '우리가 어디에서 왔으며 누구이고 지금 어디로 가고 있는가?'에 대한 고민으로 스스로를 마주하게 될 것이다. 대머리로 창조된 (또는 진화된) 운명과 우리가 가진 고유의 아이덴티티를 찾아 나선다.

신은 인간을 창조하고 자신의 존재를 경전 속에 가두었다. 그는 경이로운 존재로 인간이 스스로 답을 찾길 원하였다. 신의 모습은 인간처럼 머리털을 가진 형상인가? 신은 인간에게 해답을 찾도록 경전을 내어주었다. 반전은 바로 이것이다.

"신에게 머리털이 없다."

인간과 신을 구별하기 위하여 미묘한 차이를 남겨두었다.

두 가지 유형, 머리털이 있는 인간, 머리털이 없는 인간의 창조이다. 신과 가장 닮은 인간이란 점을 알게 된 다수의 머리털 있는 종은 오랜 시간 소수의 그들을 세상에서 차별하였다. 결국 머리털이 없는 인간은 자신들의 기원을 망각해 버렸다. 타고난 고귀함을 부끄러워하기 시작하며 가발을 쓰기도 했다.

1~7세기 당시 그리스도 교회의 성직자들은 '가발을 착용하는 것은 신에 대한 예의가 아니며 축복을 거부하는 행위'라고 판단하여 가발을 벗도록 많은 설득과 대안을 내놓았지만 교회 밖 귀족들의 동조 압력에 의해 가발 유행은 계속되었다. 7세기경 교황청은 가발 착용자에게 파문 선고와 엄청난 벌금까지 물도록 했다. 하지만 가발은 끝까지 살아남았고 머리가 빠지는 고뇌는 신을 닮기보다 인간으로 살기 위한 신앙에 대한 도전이었다.

인류는 수세기에 걸쳐 과학적 노력을 기울였음에도 불구 아직 제대로 된 대머리 치료제 하나 만들어 내지 못한다. 인간의 끝없는 과학적 탐구가 더 필요하다. 어쩌면 영원히 찾아내지 못할 것이다. 마이크로소프트 창업자 빌 게이츠는 "말라리아 치료에 쓰는 돈보다 더 많은 돈이 탈모 치료에 투입되고 있다."라고 말했다. 또한 그는 "대머리 발모제를 개발하면 전 인류의 희망이 될 것이고 노벨상 후보에 오를 것이다."라고 장담했다. 하지만 우리들은 알고 있다. 내 두상 위로 빠진 머리털은 다시 돌아오지 않는다는 사실을 말이다.

이제 대머리의 반격이 시작됐다. 미국 한 대머리 사설 클럽 모임은 이제 "대머리여서 자랑스럽다. (Proud to be bald)"라고 말한다. 주목할 만한 것은 대머리가 미국과 유럽에선 '정상적인' 헤어스타일로 자리잡아가고 있다는 사실이다. 북미에서 머리를 주기적으로 삭발식 면도하는 인구는 약 2000만 명 이상 추산한다. 스타 연예인들의 멋진 민머리가 깊은 영감을 준 것이다. 나 역시 머리에 대한 콤플렉스가 완전히 없다고 자신할 수 없지만, 이미 빠져버린 이마를 상징처럼 들어 내놓고 다닌다. 내가 당신들보다 더 귀족적이고 우월한 존재라고 생각하면 되는 것이다.

톨스토이 단편선 중 '두 노인'에는 '예핌'과 '엘리세이' 두 명의 노인이 등장한다. '엘리세이'는 일찍부터 대머리였고 '예핌'은 머리숱이 풍성했다. 두 노인은 예루살렘 성지순례를 위해 여정을 떠나고 순례 중 '엘리세이'가 기아에 허덕이는 한 가정을 정성껏 보살피느라 자신의 모든 것을 잃어 성지순례를 포기하며 고향으로 다시 돌아간다. 다른 친구였던 '예핌'은 친구의 소식을 알지 못한 채 홀로 예루살렘의 성지에 도착하여 그토록 원하는 고행의 순례를 시작하지만 그는 '엘리세이'를 꼭 닮은 대머리 성직자를 반복해 보게 된다. '예핌'은 순례를 마치고 돌아오는 길에 그의 친구 '엘리세이'가 기아에 허덕이는 딱한 사람들을 위해 헌신한 과정과 다시 고향으로 돌아간 사실을 알게 된다. '예핌'은 고향으로 돌아가 그의 친구를 보기 위해 집 앞에 섰을 때 "긴 회색 외투를 입고 자작나무 밑에 서서 두 팔을 벌리고 하늘을 쳐다보고 있었다. 그러자 그의 대머리는 예루살렘에서 본 대로 자작나무 잎 사이로 햇빛이 타는 듯이 빛을 뿜고 있었다. 대머리 둘레로 금빛 꿀벌이 동그라미를 그리며 날고 있었지만 쏘지 않았다."라고 말했다. 과연

예핌은 친구 '엘리세이'를 통해 무엇을 보고 무엇을 생각하였을까?

어느 따스했던 주일날 오전, 예배당 창가 구석진 곳으로 자릴 잡아 앉았다. 나는 여느 때처럼 예배에 임했다. 그런데 반대쪽 중앙에 앉은 한 아이가 엄마에게 말하는 소리가 들렸다.

"엄마! 엄마! 저기 봐요. 창가 쪽에 예수님이 있어요."

아이에 말을 엿들은 다른 아이들도 "와! 예수님이다."라며 내가 앉은 방향을 손짓하며 쳐다보았다. 아이들의 별난 행동에 다른 교인들 시선도 나에게 향했다. 왜 아이들은 나를 '예수'로 가리킨 것일까?

목사님은 예배가 끝나고 그 광경을 잘 설명해 주었다. 창가에 앉은 내 머리 위로 햇빛이 반사되면서 광채가 난 것이다. 반사된 빛이 큰 달 덩어리처럼 밝았다라고 말하였다. 눈 위로 예배당에 걸린 예수님의 사진이 보였다. 순수한 아이들 눈엔 그리 보였나 보다. 빛을 만드신 이유가 하나님의 계획된 의도가 아닌가 하는 억지스러운 상상을 해본다.

미국 국립문서기록관리청(NARA) 현관 입구에 "지난 과거는 다가올 미래의 서막이다. (What is past prologue)"라는 문구가 새겨져 있다. 이는 현재는 과거의 지배 아래 있고, 미래는 축적된 과거의 반영이다. 이제 우리는 과거 여행을 통해 현재와 미래의 대머리가 가진 정체성을 인식하여 내가 '어디에서 왔으며 누구이고 어디로 가고 있는가?'에 대한 해답을 찾을 것이다. 신의 형상으로 창조된 당신의 위대함을 믿어라!

신의 형상은 어떤 모습인가? 창세기로부터

"빛이 생겨라" 하시자 빛이 생겼다. 하나님께서 빛을 보시니 그 빛이 좋았다. 하나님께서는 빛과 어둠을 가르시어 빛을 낮이라 부르고 어둠을 밤이라 부르셨다.

<창세기 1:3~5>

신이 세상을 창조할 때 어둠의 심연 속에서 하늘과 땅을 만들고 빛과 어둠을 만들어 그것을 다시 낮과 밤이라 하였고 해와 달을 만들며 모든 만물을 하나둘 창조한다. 그런데 여기에 공통점이 있다면 모든 만물을 하나가 아닌 둘을 통해 남자와 여자, 카인과 아벨 등 서로 조금 다른 성별, 성격 등 두 가지 서로 상반된 특징을 부여하여 창조하였다.

신이 처음 인간을 흙으로 빚기에 앞서 그는 어떤 모습으로 인간의 형상을 기획하였을까? 신은 이렇게 답을 준다. "우리와 비슷하게 우리 모습으로 사람을 만들자."라고 하였다. 그리고 자신과 꼭 닮은 모습으로 사람을 만들어 낸 후 매우 기뻐한다. 신이 만든 인간에게 '사람'이라 부르며 사람에게 생각을 주어 사람이 지칭하는 모든 만물과 생물이 그대로 이름이 되었다. 성서에 기록된 '빛'이란 단어만 220개가 등장한다. 신은 사람을 만들기 전 빛을 만들었다. 자신이 곧 빛이었고 자신에게 발광되는 빛이 곧 신체(몸)였을 것이다. 즉, 온몸에 털이 없는 그의 두상에서 빛이 뿜어져 나왔을 것이다. 위대한 작품 인간은 완전한 신과 동일체였다. 신과 닮은 사람은 신처럼 몸에 털이 없었다. '사람(아담)과 그 아내는 둘 다 알몸이면서'라고 창세기가 기록하였고 신 역시 옷을 걸치지 않았다는 증거를 남겼다. 동물의 털은 그저 환경에 대한 보호수단으로 진화된 게 틀림없다.

수천 년 이후 이스라엘의 위대한 왕 다윗은 자신의 존재를 깨닫고 시편 8편에 이렇게 말한다. "인간이 무엇이기에, 사람이 무엇이기에 이토록 돌보아 주십니까? 신들보다 조금 못하게 만드시고 영광과 존귀의 관을 씌워 주셨습니다." 다윗이 알게 된 사실은 당신과 '조금 다르다'라는 사실이다. 다윗은 왜 신과 인간의 차이를 조금 다르다라는 생각으로 비교하였을까. 성서는 신과 마주한 사람이 쓴 경이롭고 성스러운 책이다. 신을 마주한 다윗은 그를 똑바로 쳐다보며 사람과 외모적으로 조금 다름을 목격한 것이다.

하지만 그는 신에게 택함 받은 인간 세계 왕이었기에 다윗 역시 대머리 가능성은 충분하다. 성서는 '털이 없는 사람은 다른 사람들 위에서 군림하는 선택받은 자'라는 중요한 이야기를 남겨둔다. 구약성서에 털이 없는 '야곱(Jacob)'은 장막에 사는 '차분하고 경건한 남자'이다. 어느 날 사냥에 능한 광야의 남자, 털이 많은 그의 형 '에서(Esau)'에게 장자권과 장자의 축복을 빼앗긴다. 성서는 '털이 있다. 없다.'란 묘사로 야곱과 에서를 구분한다. 결국 털이 없는 야곱이 사기를 쳤음에도 불구 그는 신에게 택함 받아 큰 벌을 받지 않고 이스라엘 12부족 조상이 된다.

반대로 수천 마일을 비행기로 날아 '달라이 라마의 나라, 티베트'로 가 보자. 히말라야 산맥 부근 티베트는 독특한 사상과 문화로 달라이라마를 숭상하는 민족이다. 티베트 종교는 불교이다. 종교는 티베트인에게 중요한 문화의 한 부분이다. 티베트인들은 이전에 죽은 신앙의 지도자 달라이 라마가 다시 환생하여 계속 달라이 라마가 된다고 믿는다. 이런 독특한 신앙을 고수해 온 민족에게 신비스러운 신화가 전해 내려오고 있다.

먼 옛날 이 설역 고원은 바다였다. 바람이 일고 파도가 치니 거품이 일어나고 이 거품들이 쌓이고 쌓이자 육지를 형성하였다. 시간이 또 흘러 남해 바다 관세음보살은 변종으로 나타난 원숭이를 보고 그를 대륙으로 보내어 살게 했다. 원숭이는 불도를 지키며 계곡의 한 동굴에 살게 되었는데, 이후 나찰녀(사람)와 원숭이 사이에서 서로 다른 성격과 외모를 가진 여섯 자식을 낳았다. 그 후손들은 점차 털이 줄고 꼬리가 짧아지며 대지에 두발로 일어나 사람처럼 변하였고 결국 사람이 되었다.

(달라이 라마가 들려주는 티베트 이야기 중 / 토머스 레어드 지음 / 웅진지식하우스)

이와 같이 티베트 신화는 민족의 수호신 관세음보살 중매로 수컷 원숭이가 사람(여자)과 결합하여 원숭이 털이 사라졌다. 원숭이와 사람을 결합시킨 관세음보살은 자기와 같이 완전한 진화가 이루어진 모습이 아닌 두상 위로 머리털을 남겨두는 방법을 취했을까. 그것은 분명 진화된 신분을 구분하기 위한 상징적 의미로 털을 남겨두었을 가능성을 생각해 본다. 인간이 직립했을 당시 하늘과 가장 가까이 맞닿는 부위는 머리다. 하늘에 있는 신이 내려다보아서 가장 눈에 띄는 부위도

머리다. 신과 인간을 구분하는 방법은 간단히 말해 머리털이다.

티베트인은 부처의 가르침에 아주 작은 의문조차 품지 않는 특별한 민족임이 틀림없다. 그들이 신앙으로 섬기는 티베트 불교 사원에서 승려들을 보게 되면 모두 머리를 삭발하고 있다. 모든 불교(일부를 제외한)가 이 같은 헤어스타일을 고집하는 이유는 과연 무엇인가? 그들의 기원을 고민해 보면 최초로 신을 마주한 인간이 신을 흉내 내기 위해 자신이 가진 머리를 밀어 버린 것이라 추정해 볼 수 있다.

행복의 기원을 쓴 연세대 심리학과 서원국 교수는 "사과가 빨갛게 보이는 것은 뇌가 만들어 낸 '쇼'다. 사과의 빨간색은 사과 속에 있는 것이 아니라 그것을 본 사람의 머릿속에서 생겨나는 경험이다."라고 말했다.

분명 최초의 어떤 승려 중 한 명이 신과 대면한 것이다. 승려는 신이 가진 외형을 최대한 비슷하게 닮기 위한 흉내를 낸다. 아주 간단할 정도로 그저 머리만 밀었을 뿐이다. 생물학적으로 누군가의 흉내를 내는 것은 높은 지능을 가진 동물에게 중요한 특징이다. 모든 문화와 전통은 최초에 시작한 사람이 있는 것이고 그것을 후속하여 모방하고 따라 하는 흉내 내는 행위는 다음 세대와 세대를 거쳐 더 확장된 문화로 만드는 요인이 된다.

삭발은 정치적 권력을 나타내기도 한다. 고대 이집트를 배경으로 하는 영화 십계에서 람세스를 연기하는 율 브리너처럼 이집트 왕은 머리를 모두 밀어 버린 형상이다. 영국의 엘리자베스 1세 초상화를 보면 당시 14~16세기 귀족 여성은 이마가 돋보이게 앞머리를 밀어버리거나 머리털을 일부러 뽑기도 했다. 이와 같은 유행을 바라본 일반 시민들은 영어로 'high brow(넓은 이마)'라고 불렀으며 이 단어는 '엘리트'라는 의미로 바뀌게 된다. 모든 역사적 전통에 근거하여 머리털은 매우 중요한 종교적 의미를 함축하고 있으며 성직자는 대머리 모양을 흉내 내려 함으로 신과 한 언약을 상징한다.

처음 머리를 밀어버린 사람은 석가모니 부처이다. 부처는 출가를 결심하고 궁을 빠져나와 제일 먼저 머리와 수염을 깎고 지나던 사냥꾼과 옷을 바꿔 입는다. 불교 경전 중 '과거현재인과경'에는 "태자가 이제 수염과 머리를 모두 깎았사오니 일체의 번뇌와 죄장을 끊어 주소서"라고 말하자 인드라가 나타나 그의 머리털을 가지고 떠나며 이렇게 말한다. "장하십니다. 장하십니다." 사람으로 살다 머리만 밀었을 뿐인데 도대체 뭐가 그리 대단한 행동이란 말인가. 그 뒤 삭발은 불교에서 신앙의 계율이 되었다.

불교에서 머리카락은 번뇌의 상징으로 바라본다. 즉, 속세에서 간직하던 머리카락을 출가 후 계속 기르게 되면 속세의 잡념에서 벗어 날 수 없다는 것이다. 그래서 불교에서는 머리카락을 '무명초(無明草)'라 하여 사람만이 가진 세속적 욕망의 상징이라 여겼다. 그럼에도 불구 당시 삭발은 엄격하게 지켜지지 않았다. 부처의 제자들 중 수염과 머리를 기르고 기름을 바르는 행동을 하여 부처가 "그렇게 하지 말라"며 견책하였다고 '사분율'은 전하고 있다.

어떤 스님이 말하길 머리를 모두 깨끗이 밀고 나면 마음이 정결해 지고 기(氣)가 머리 위로 모인다고 한다. 그래서 삭발하는 날 중식으로

기를 내려주는 찰밥을 취식하는 전통이 있다. 인간만이 가진 칠정육욕(七情肉慾)을 과감히 버림으로 신을 닮은 나를 발견하는 의식이 곧 삭발이란 것이다. 그렇게 나라는 존재는 곧 신과 맞먹을 만큼 위대한 존재의 인간이 된다.

19년 개봉한 장재현 감독의 영화 '사바하'는 불교 용어로 원만한 성취란 의미를 가지고 있는 흥미로운 오컬트(occult) 영화이다. '사바하'는 신흥 종교집단 뒤를 캐는 박 목사(이정재)와 다크한 의문의 사건과 연결된 인물을 대상으로 전개된다.

냄새가 진동하는 개 사육장에 갇혀 짐승처럼 살아왔던 '그것'이라 불리는 존재는 처음부터 반전까지 모두 괴물이거나 귀신 정도로 생각했다. 하지만 '그것'의 정체는 신의 모습으로 변하였다. 악마라 생각했던 의문의 존재가 생각지도 못한 신의 모습으로 재탄생하는 장면은 신선한 충격이었다. '그것'이란 존재는 자신이 가진 모든 털을 벗어던지며 가부좌를 튼 순수한 신의 모습으로 변모한다. 우리에게 나타난 신의 얼굴은 처절한 고통을 승화시킨 성스러운 어린 나비와 같았다. 수북했던 머리털과 눈썹은 모두 빠져 버렸고 어둠 속에 갇혀 있던 주변은 빛으로 가득했다. 감독은 인터뷰를 통해 '그것'을 절대자 신이라 말했다. 영화 속 박 목사는 처음부터 끝 장면까지 어지러운 세상을 버려둔 채 어딘가에 있을 신을 찾는다. 신이 있다면, 신은 어디 있고 어디로 사라졌는가. 털 난 짐승의 형상으로 추하게 탄생한 '그것'이 아닌 화려하고 기적적인 연출력과 품위 있는 자세로 등장하게 될 신비로운 절대자를 갈망하는 인간의 이중적인 마음을 엿보게 한다. 그럼에도 불구하고 신은 언제나 우리 곁에 가까이 있었고 다가오실 그분의 모습은 늘 갈망했던 영화 속 '그것'의 모습처럼 도적같이 아무도 모르게 오신다는 것을 소망해 볼 만하다. 아주 가까이 있지만 작은 차이 하나로 신을 제대로 알아보지 못한다면 그처럼 비극적 실례가 어디 있겠는가. 아직 모르겠다면 먼저 머리를 살펴보아라. 그가 대머리인지 아닌지.

이스라엘 다윗 왕이 노래한 시편 8편 의미는 신이 인간을 신처럼 창조하였고 '작은 차이'만큼 인간은 신을 신답고 경이롭게 숭배하는 것이다.

고대 이집트에서 파라오가 죽으면 신이 된다고 믿었다. 이집트인은 사람이 죽으면 가장 먼저 제사장이 죽은 이의 남아있는 머리털을 제거했다. 제사장이 알고 있는 비밀은 죽은 자가 신에게 다가갈 수 있는 아주 미세한 차이를 두고 의례를 치른 것이다. 이렇게 신을 본 인간은 '작은 차이'를 극복하기 위해 끊임없는 인고의 노력으로 신의 경지에 근접하고자 한다. 승려, 수도승, 제사장들이 머리를 미는 종교의식은 인간만이 신의 대리자임을 거듭 증명하는 수행 과정인 것이다.

우리가 잘 알고 있는 중국 고전문학 서유기에서 삼장법사를 모시고 서역으로 향하는 손오공은 어느 날 인간이 되길 바란다. 백마 탄 삼장법사는 천방지축 날뛰던 손오공에게 사람 되는 법도를 가르쳤고 손오공이 비뚤어질 때마다 하늘의 신이 엄한 벌로 다스렸다.

결국 손오공은 수많은 시련을 극복하고 그토록 바라던 인간이 되었다. 인간이 된 손오공은 자신이 한낱 원숭이였다는 사실을 망각해 버린다. 그리고 자신에게 깨우침을 주어 사람으로 만들어 준 삼장법사는 애써 지우고 싶은 내면의 타투와 같다. 손오공 기억 속 잔잔히 떠오르는 과거는 머리 위 남겨진 머리털로 인해 자기가 어디서 왔고 지금 무엇이 되었는지 기억을 되짚어 주는 열쇠였다. 그것이 오래전 짐승이었다는 원초적 본능을 자극해 끊임없이 자신을 괴롭힌다. 손오공은 "두 마음이 세상천지를 어지럽히니 내 한 몸 깨달음 얻기가 그토록 어렵구나."라고 혼잣말을 한다. 인간적 고뇌를 통해 털이 수북했던 그 시절 향수를 더욱 절실히 느끼는 것은 아닐까. 그게 사실이 아니라면 손오공은 지금보다 더 완전한 신이 되길 원했을지도 모를 일이다.

열심히 살고 있는 재가자는 죽은 후 '저절로 빛이 난다'는 신들 곁에서 태어나리라.

- 숫타니 타파 -

대머리야 물러가라, 대머리야 물러가라

BC 9세기경 이스라엘에서 신의 능력을 받은 선지자 '엘리사'는 가는 곳마다 신기한 기적을 여럿 보여주었다. 당시 이스라엘의 용맹한 장군 '나아만'이 문둥병에 걸려 엘리사를 찾아왔다. 엘리사는 애써 찾아온 나아만을 내다보지도 않고 "요단강에 가서 몸을 일곱 번 씻으시오."라며 하인에게 처방전을 전하였다. 장군은 무례한 엘리사의 태도에 크게 화가 나 "만일 낫지 않거든 가만두지 않겠다!"라고 다짐했다. 그런데 장군이 요단강에서 몸을 일곱 번 씻자 놀랍게도 병이 깨끗이 나았다.

엘리사는 그 후로도 이스라엘을 두루 다니며 놀라운 능력을 많이 펼쳐 보였다. 그런 그에게 신의 형상이 확연히 드러날 만한 충격적이고 기이한 사건 하나가 이스라엘 변방에서 실제 발생한다. 이 충격적 사건의 발단은 선지자 엘리사의 대머리를 놀리면서 시작된다. 전능하신 스승 '엘리야'가 하늘로 승천하는 것을 본 엘리사는 스승의 영감과 능력을 받게 된다. 스승 엘리야가 승천한 곳은 여리고성 일대 요단강 맞은편이었고, 엘리사는 그때 함께 있었으며, 그 일이 있은 후 엘리사에 대한 소문이 삽시간에 퍼졌다. 그 일이 있은 후 엘리사가 여리고에서 벧엘로 올라갈 때에 젊은 아이들(youth)을 만났는데, 이 젊은 아이들은 무리를 지어 다니며 나쁜 짓을 일삼는 불량 청소년(당시 일진)들이다. 그들이 엘리사를 향해 조롱한 내용은 '대머리여 올라가라, 대머리여 올라가라.'였다. 그들도 스승 엘리야가 하늘로 승천했다는 것과 그 자리에 엘리사도 함께 있었다는 것, 그리고 자기들이 조롱하고 있는 사람이 엘리사라는 것을 알고 있었다. 엘리사에게 '엘리야가 하늘에 올라간 것처럼 너도 한번 올라갈 수 있으면 올라가 봐.'라고 조롱한 것이었다. 엘리사는 자신의 외모를 대머리라 부르며 조롱한 아이들을 저주했다. 신의 선지자와 신의 능력까지도 함께 조롱한 것이라 생각하였다. 그런데 이때 숲 속에 있던 불곰 두 마리가 기어 나와 저주받은 마흔두 명의 아이들을 무참히 살해한다. 그것도 모자라 아이들 사지를 갈기갈기 찢어 야지에 널브러뜨려 죽였다고 열왕기하에 상세히 기록한다.

성서의 대표적인 잔혹사는 이렇게 대머리를 놀린 최후를 보란 듯 기술해 놓았지만 이야기는 결국 신이 가진 외모는 엘리사처럼 대머리란 증거를 가지고 있으며 머리털이 수북한 중동 아이들이 성스러운 엘리사 외모를 놀리면서 비참한 저주를 받는 장면은 한편 통쾌함을 가져다준다. 이처럼 경전에서 대머리에 대한 과민 반응은 주연급 '신'의 외모를 비하하지 못하게 초반부터 못을 박은 것일 수 있으나 시간이 지나 성서는 대머리에 대한 신성 부여를 계속해 나간다.

기원전 8세기, 모레셋 출신인 미가는 남유다에서 활약한 예언자 이사야와 동시대에 활동한 비범한 예언자로서 이스라엘 멸망(BC 721년) 직전부터 유다 왕 히즈키야 시대까지 활동하였다. 그런 그가 후대에 남긴 자신의 저서 '미가서'에 의미심장한 예언을 남겼다. 미가서에는 "너희들이 기뻐하는 자손들과 후대로 너희 머리털을 밀어서 대머리 같도록 하여라. 그리고 너희들 머리가 항상 벗어진 모습으로 살아가게 하고 그 모습을 대머리 독수리처럼 하여라."라고 기록되어 있다.

유대인들이 쓰고 다니는 모자를 키파(Kippa)라고 부른다. 탈무드 키두쉰 31a, 샤봇 156a에 기록된 키파의 뜻은 '신에 대한 공경의 마음으로 인간이 가진 거만함과 더러운 정수리를 가린다.'는 뜻과 함께 신을 두려워하는 자신의 겸손을 표현하는 방법이다.

이런 키파는 정통 유대인들이 상시 착용하고, 일부 개혁 유대인들은 예배와 기도 시에만 착용한다. 6~7세기 중세시대 유럽 그리스도 국가 수도승들은 머리 중간은 밀어버리고 가운데 주변머리만 남겨놓았다. 이러한 스타일을 라틴어로 '톤슈라'라고 부르며 유대인 키파와 비슷한 모자인 주케토 또는 필루스를 착용한다. 수도승의 성스러운 헤어스타일 톤슈라는 당시 유럽 백성들도 따라 하는 행위가 만연하자 교황은 일반인의 톤슈라 헤어스타일을 금지하였다.

성서의 2부 신약 성경의 핵심이라 불리는 사도 바울은 그가 전도 사역을 시작하던 중 겐그레아 지역의 성전에서 자신의 머리를 모두 밀어 삭발을 단행한다. 바울이 본래 대머리란 사실은 잘 알려진 바 그가 결국 남아 있는 머리마저 모두 밀어냈다는 것은 그가 전도 여행을 떠나 이방신을 섬기는 중동인의 외형에 큰 충격을 받아 단행한 결과라 본다. 또한 그들의 율법은 현재도 일부 유대인 머리카락 규정을 엄격히 통제하고 있다. 레위기 기록을 근거로 유대인들에게 머리의 페아(구레나룻)를 자르지 말고, 수염의 페아를 자르지 못하게 규정하는 등 구레나룻을 길게 기르거나, 기른 구레나룻을 꽈배기처럼 돌려 구레나룻 모양을 만드는 '페옷(פֵאוֹת)'이란 규정을 준수한다. 그들이 쓰는 검은색 중

〈인도 'Qotzin'의 유대인 초상화(1901년)〉 　　〈사도바울(Paul)〉

절모 속에는 가운데 머리를 면도기로 바짝 밀어버리고 귀 옆머리만 남긴 독특한 대머리 스타일로 만든 유대인을 종종 볼 수 있다.

　엘리사가 행한 대머리를 비하했던 끔찍한 저주는 오랜 시간 유대인을 반성하게 하므로 그들은 자신들이 무엇을 어떻게 해야 신에게 사랑받는지를 자각한다. 그래서 유대민족을 '신이 선택한 민족'이라 하지 않던가. "이 나라에서 대머리는 축복이다."라고 말하는 이스라엘 역사학 교수 '유발 하라리' 언어에서 나는 왠지 모르게 그대들이 서럽게 부럽다.

너의 머리털을 모두 베어 버리고 벗겨진 산 위에서 통곡할지어다.

일곱째 날에 그는 모든 털을 밀되 머리털과 수염과 눈썹을 다 밀고 그

의 옷을 빨고 몸을 물에 씻을 것이라 그리하면 정하리라.

〈사사기 16장, 레위기 14장〉

※ '털이 많은 자'와 '털이 없는 자'는 이미 예정된 자이다.

구약 성서 중 열왕기상과 열왕기하에 등장하는 엘리야와 엘리사는 구약시대 많은 선지자 가운데 특히 유명한 인물이다. 엘리야가 등장하는 열왕기상을 이어 열왕기하는 열왕기상의 이야기를 그대로 이어가고 있다. 그러므로 열왕기하의 기록 연대는 열왕기상과 동일한 B.C.561-538년 경이다.

스타워즈를 감독했던 조지 루카스가 이런 둘의 모습을 상상해 '제다이 기사단'을 창조해 내기도 했다는 이야기가 있다. 성서에 엘리야는 털이 많은 사람으로 등장하고, 엘리사는 대머리로 등장한다.

이연철 작가의 장편소설 『엘리사의 질투』에는 두 명의 선지자에 대한 모습이 잘 그려져 있다. 「엘리사는 눈을 크게 뜨고 상대편 엘리야를 자세히 살폈다. 나이는 중늙은이, 배가 볼록 튀어나왔고 키는 작았다. 살집이 많아 오동통했고 드러난 팔뚝과 다리에는 털이 많아 마치 털북숭이 같았다. 희끗희끗한 새치가 반쯤 섞인 머리카락은 숱이 많았다. 무성하게 짙은 눈썹과 커다란 눈동자가 강인한 인상을 풍겼다」

엘리야는 이와 같이 '털이 많은 사람'이었다. 열왕기하(1:8) 기록에도 '엘리야는 털이 많은 사람인데 허리에 가죽띠를 차고 있다.'라고 말한다. 반면 우리가 앞서 살펴본 엘리사는 '대머리'였다. 그중 엘리사는 영성에서나 기적을 행하는 데 엘리야 보다 몇 배 더 뛰어난 능력을 가지고 있었다. 엘리사는 약 50여 년 동안 친절과 자비로 숱한 이적을 행하며 당시 역대 왕들에게 커다란 영향을 주었다. 그들이 위기에 처할때에는 지체 없이 구원해주러 가곤 했다. 악하기로 소문난 왕비 이세벨에 의해 반입된 사이비 종교 '바알 숭배'는 결국 30년 뒤 엘리야, 엘리사에 의해 완전히 종결된다.

본 표는 열왕기하에 기록된 선지자 엘리사의 대표적인 사역이다.

① 요단 강의 물을 가르다.	⑧ 나아만의 나병을 치유한다.
② 여리고에서 물을 맑게 하다.	⑨ 게하시에게 나병의 심판을 예언하다.
③ 벧엘에서 불량배들을 심판하다.	⑩ 요단 강에서 잃은 도끼를 찾아주다.
④ 빈 그릇에 기름을 채우다.	⑪ 사환이 천군 천사를 보도록 기도해주다.
⑤ 수넴에서 죽은 소년을 일으키다.	⑫ 아람 군대의 눈을 멀게 하다.
⑥ 길갈에서 유독한 국을 해독하다.	⑬ 사마리아의 굶주린 백성에게 구원을 약속하다.
⑦ 보리떡 20개, 채소 한 자루로 100명을 먹이다.	⑭ 엘리사 자신이 죽은 후 죽은 사람을 살리다

* 자료출처 : 성경전서 개역 개정판 '성경'(2012) / 생명의 말씀사

엘리사는 엘리야보다 훨씬 강력하고 눈부신 이적을 보여 주었으며 보여 준 이적의 횟수도 열왕기상보다 열왕기하가 더 많은 비중을 차지한다. 선지자 엘리야는 열왕기상 전체 장수에 모두 등장하지 않는다. 총 22장 중 엘리야의 등장을 알리는 17~22장은 분량이 겨우 5장으로

그중 19장 19절에 엘리사와 운명적 만남을 예고하며 후계자의 등장을 알린다. 엘리사가 등장하는 열왕기하는 1~13장까지 총 13장 분량과 이전 열왕기상에서 엘리야를 따라 행한 활동을 포함하면 더 많은 엘리사 행적을 추적할 수 있다. 결국 엘리야는 엘리사를 위해 '열왕기 비기닝 스토리(beginning story)'를 확실하게 만들어 주고 엘리사가 본편을 화려하게 장식하고 마무리한 케이스가 된 셈이다. 이는 엘리야의 발자취를 보아 알 수 있는데 바알 선지자와 싸워 이긴 굵직한 사건을 제외하고 주로 엘리사 등장을 예고한 후계자 양성과 후대 사역을 위해 노력했음을 알 수 있다.

본 표는 열왕기상에 기록된 선지자 엘리야의 사역이다.

① 3년 반 동안 가뭄이 온다고 선언하다.	⑧ 악한 아하시야 왕이 떨어져 죽을 것을 예언하다.
② 가뭄이 그칠 것을 예언하다.	⑨ 자신을 잡으러 온 군사들에게 불을 내려 죽게 하다.
③ 아합과 이세벨의 죽음을 선언하다.	⑩ 요단강을 가르다.
④ 사르밧 과부의 죽은 아들을 일으키다.	⑪ 죽음을 보지 않고 하늘로 들려 올라가다.
⑤ 바알 선지자들과 대적해 850명을 죽이다.	
⑥ 로뎀나무 아래서 여호와의 사자를 만나다.	
⑦ 엘리사에게 특별한 사역을 맡기고 준비시키다.	

* 자료출처 : 성경전서 개역 개정판 '성경'(2012) / 생명의 말씀사

엘리야와 엘리사는 구약성서의 가장 핫한 클래스를 가진 등장인물이다. 이들의 등장은 항상 두 명이 가진 서로 상반된 외모를 통해 비밀이 숨겨져 있다.

최초 등장인물을 소개할 때 그의 형색을 '털' 또는 '털옷을 입은 자'로 소개한다. 엘리야와 엘리사는 캐릭터 그대로 신약의 성서로 옮겨가면서 이 둘과 유사한 세례 요한과 예수의 등장을 초반부에 선보인다. 이 둘의 만남은 극적이면서 새로운 시대가 왔음을 알려주는 대 서사시의 시작부이다.

그런데 이 둘의 운명적 만남에도 특징이 있는데 세례 요한은 예수가 나타나기 전 낙타 털옷을 입고 있다고 말한다. 다시 열왕기상에 엘리야를 상기시키는 듯한 의미를 함축하고 있다. 당시 예수란 젊은 청년이 등장하기 이전까지 당 시대를 호령한 세례 요한의 입지는 매우 강했다. 그런 그 앞에 후계자격인 예수가 나타난다. 이어서 등장한 예수의 행적과 이적은 마치 엘리사가 행한 사역을 많이 닮아있다. 예수가 행한 사역이 엘리사와 흡사하다면 분명 외모도 닮지 않았을까.

엘리야와 엘리사, 세례 요한과 예수를 떠올리며 닮은 듯 닮지 않은 서로를 마주한 두 명은 서로의 머리를 바라보며 말했을 것이다.

"내 생각처럼 당신 역시 대머리였군."

고뇌하는 대머리여, 십자가에 못 박혀라

1995년 여름, 나의 고향 춘천에 제자교회라는 작은 개척교회가 있었다. 고인이 되신 담임목사 탁학수 목사는 새벽같이 일어나서 늘 하나님께 기도를 드렸다. 언제였을까. 나는 우연히 단 둘이 예배당에 남아 기도를 드리던 중 놀라운 광경을 접했다.

그는 몸을 부르르 떨면서 마치 현실을 초월한 듯 땀을 온몸으로 쏟아냈다. 그다음엔 자기 앞에 놓인 성경책 위로 머리털이 우수수 함께 떨어져 내렸다. 신 앞에 선 중계자가 기도라는 수단으로 대화를 나누던 모습을 보며 분명 '그는 신을 보았다'라는 생각이 들게 만들었다. 그의 기도는 마치 피땀 흘리며 고뇌하는 여린 인간의 모습이었다. 탁목사를 가까이 바라보며 한 인간으로 왔다 돌아가신 예수의 생애를 떠올렸다.

수 세기 전 황량한 팔레스타인 지역에 메시아가 나타났다. 대놓고 "내가 메시아 예수다." 엄포를 내놓으며 진정한 신의 말씀을 전하려 들자 사람들은 예수를 모함하여 십자가에 매달아 참혹하게 살해한다. 예수는 십자가에 매달려 신을 알아보지 못하는 인간을 측은하게 바라보며 이렇게 말한다. "저들은 저들의 죄를 모르나이다."

그리고 예수가 진정한 메시아였다는 사실을 알게 된 후세 사람들은 예수를 형상화한 다양한 예술품을 창조해 냈다. 각가지 예술로 승화된 예수는 순정만화에 나올 20대 후반의 금발머리 백인으로 그려진다. 뿐만 아니라 영화와 종교시설에 걸린 수많은 예수의 형상은 한결같이 긴

미국 WTVD 방송 기상학자
돈 슈웨네커 페이스북 캡처
〈영국 리처드 니브 맨체스터 대학
교수가 복원한 예수〉

머리에 잘생긴 얼굴이다. 그러나 실상은 다르다. 예수는 당시 팔레스타인 민족의 외모를 가지고 태어났다. 곱슬머리에 코가 크고 태양에 그을린 구릿빛 피부를 가진 목수 출신의 건장한 청년이었다.

2015년, 영국 맨체스터 대학교 리처드 니브 교수 연구팀은 이스라엘 예루살렘 인근에서 발굴한 1세기경 성인 남성 두개골 수천 구를 첨단 과학기술을 동원하여 분석한 결과 당시 예수 얼굴을 복원했다. 아쉽게도 두상에 대한 복원 실험은 이루어지지 않았다.

하지만 기독교인들은 이런 사실조차 애써 부정하고 싶었다. 이유는 기독교가 경멸하는 이슬람 민족과 너무 닮았기 때문이다. 당시 예수 활동 시기 이전 팔레스타인 민족은 구약 경전을 숭상하므로 그들은 모두 대머리처럼 머리를 깎는 풍습이 있었다고 이미 설명한 바 있다. 그렇다면 신의 말씀을 전하고 세상을 구하고자 사람들 앞에 나선 예수의 머리 모양은 어떤 모습이었을까? 구약을 계승하던 유대인 예수였기에 당시 풍습대로 머리를 밀었거나 대머리였을 가능성을 짐작해 본다. 성서에서 예수가 대머리였는지 아니었는지 정확하게 기록하지 않으나 영화나 명화 속 장면처럼 긴 파마머리는 성서기록과 맞지 않다. 예수의 생애를 가장 가까이 접했던 사도바울도 '남자가 머리를 기르는 것은 수치'라고 말할 정도다.

또한, 영국에서 복원된 사진을 보더라도 예수는 우리가 상상하는 것처럼 잘생긴 미남이 아니다. 그렇다고 아주 볼품없지는 않지만 평범한 외모를 가진 청년이었다. 그리고 머리는 매우 짧거나 오랜 수행을 통해 대머리가 되었을 가능성이 높다고 본다. 당시 풍습을 중요시하던 유대인의 헤어스타일이 모두 짧거나 밀어버린 '페옷' 스타일이었기에 영화처럼 흰색옷과 긴 머리로 치장하고 거리를 활보했다면 특별하게 취급되었거나 눈에 잘 들어와 찾기 쉬웠을 것이다.

요한복음, 누가복음에 기록된 예수는 '사람이 많은 무리 속 그를 쉽게 찾기가 힘들었고'라고 말한다. 매우 평범하였다는 사실적 근거는 성서 곳곳에 등장한다. 이미 오래전 예언자 이사야가 이스라엘을 구원할 메시아 예수에 대한 언급을 한다. 그런데 이사야는 사람들이 메시아를 메시아로 보지 못한다고 한탄하며 예수가 정말 볼품없고 못생긴 외모에 초라한 모습이라 말한다.

요한복음(8:57)에 기록된 글을 보면 한 시민이 지나가던 예수를 가리켜 이렇게 말한다. "여보시오, 당신은 이제 나이가 이제 겨우 쉰 살인데 당신 민족의 조상 아브라함을 보았소?"라고 질문한다. 당시 예수의 나이는 30대 초반(32세라 추정함)이었다. 그런데 예수의 외모를 가리켜 나이를 오판한 것은 예수가 그만큼 본 나이보다 훨씬 더 나이가 들어 보였다는 증거이다. 대머리 외모가 '나이 들어 보인다'라고 말하는 요즘 시대의 차가운 시선과 무관하지 않다.

만약 예수가 풍성한 머리털을 가지고 있어 머리를 손질하였다면 역사는 심각하게 뒤바뀌었을 것이다. (그가 머리를 감고 이발을 했다면 작은 행적마저 현대에 신성한 유적지로 남아 관광객을 끌어들이고 있었을 것이다.) 하지만 기독교 사도들은 자신들이 예수의 가르침을 따르고자 머리를 짧게 밀고 대머리처럼 성스러운 의식을 해 왔던 것이다.

유대교도들은 예수를 메시아라고 인정하지 않는다. 예수가 랍비였다고 믿기 때문이다. 하버드 대학교 하비 콕스 교수는 그의 저서 '예수, 하버드에 오다'라는 책에서 예수가 랍비였다고 확신한다. 그는 요한복음(3:1~2절)을 증거로 유대 지도자 한 사람이 예수를 찾아와 '랍비님(스승님)'이라 불렀다는 게 확실한 근거라는 것이다. 만약, 예수가 랍비였다면 예수의 헤어스타일은 대머리 가능성이 높다.

예수는 자신의 예고된 죽음을 알게 된 후 산속에 들어가 피땀을 흘리며 기도하였다. 그도 평범한 육신을 가진 사람인지라 다가올 공포 앞에 고뇌와 좌절을 경험하게 된다. 예수가 피땀을 흘렸다는 사실을 근거로 할 때 당시 엄청난 스트레스와 함께 머리털도 빠졌을 가능성이 높다.

미 육군사관학교 심리학과 교수 데이브 그로스먼은 자신의 경험을 바탕으로 살해학(추후 퓰리처상 후보작 살인의 심리학으로 재탄생)이라는 유명한 저서에서 아래같이 기록한다.

『전투에 참가한 군인은 적이 눈앞에 나타나면 극도의 공포감이 최고조로 올라가는데 실제 2차 세계대전에서 전투를 앞둔 대부분 병사가 공포심으로 인해 바지에 대변과 소변을 의지와 상관없이 쏟아냈으며 전장 공포는 개인에 극심한 탈모를 유발한다.』

저자는 예수를 메시아로 믿고 싶다. 다만 그가 인간의 신체로 고뇌했으며 과도한 피땀(혈한증 추정)을 흘렸을 당시 상황은 인간으로서 견딜 수 없는 최고조의 스트레스와 고통의 연속이었음을 확신한다.

〈 예수 상상도 〉

십자가 위에 매달려 있던 예수 형상은 과연 어떤 모습이었을까? 패기 넘치던 팔레스타인 출신의 건장한 젊은 청년의 얼굴, 고뇌하여 다 빠져버린 대머리가 된 예수의 모습은 우리가 아는 연약하고 가녀린 예수와 전혀 다르다는 것을 다시 한번 생각해 보게 한다.

만약, 거대한 십자가에 매달린 근육질의 대머리 드웨인 존슨 같은 사람이 예수였더라면 당신은 그를 메시아가 아니라고 부정 하였겠는가?

'보라. 십자가에 매달린 예수는 신의 아들임을 증명하기 위해 고뇌하는 대머리가 되었노라.'

누가 '고타마 붓다(깨달음을 얻은 자)'의 머리에 가발을 씌웠는가

동양 문화에 가장 많은 영향을 끼친 종교는 불교이다. 불교라 하면 가장 먼저 떠오르는 것은 당연지사 '부처'이다.

그런데 부처는 석가모니, 석존, 싯다르타, 고타마, 붓다 등 다수의 이름으로 불리고 신비스러운 외모와 놀라운 기적으로 후세에 자취를 남겼다. 그의 존재는 어떻게 시작되었고 부처가 열반하고 행해진 포교로 가려진 시대적 전말을 다시 짚어본다. 하지만 내가 원하는 것은 다름 아닌 부처의 살아생전 원래 모습을 다시 찾아 돌려놓고 싶을 뿐이다. 예수처럼 싯다르타 역시 종교적 미화로 잘 포장된 사실을 그의 헤어스타일에서 찾는다면 고타마 붓다 역시 대머리 또는 스스로 삭발을 한 곱슬머리이다. 믿을 수 없다면 시간을 돌려 2천5백여 년 전으로 거슬러 올라가 본다.

인도와 네팔의 국경 부근에서 네팔 쪽에 근접한 한적한 농촌마을 따라이 지역에 한 인간이 탄생한다. 존재하는 모든 것을 있는 모습 그대로 깨달아 '붓다Buddha'라고 불렸던 그는 바로 '고타마 싯다르타Gotama Siddhattha'이다. 가문의 성씨가 '고타마 Gotama'이며 아버지는 '고타마 숫도다나'이다. 탄생 후 지어진 이름 싯다르타는 '목적을 성취한 사람, 성공과 영광을 얻은 사람'이란 뜻으로 훗날 싯다르타가 깨달음을 얻어 '붓다'가 된 후 그를 '고타마 붓다'라고 불렀다. 고타마 일족은 '샤카부족' 구성원으로 샤카족은 농업이 발달한 작은 소국이었다. 이들 부족은 운동과 활쏘기에 능하며 자부심이 강한 민족이었다. 이렇게 샤카Sakya족 출신의 성자(무니)란 의미에서 '샤카무니Sakyamuni'라 부르기도 하였다. 이러한 샤카무니가 중국으로 전해지며 '석가모니' 또는 '석존'으로 불리게 된다. 그런 후 교리의 전개 과정 속에서 신앙의 대상이 되는 구제자로서 여러 깨달음을 얻은 것을 상정하여 소위 '부처'라 통용되었다. 그리스도교에서 하나님 한 분을 다양한 성서와 시대적 상황에 맞게 '야훼, 여호와, 아도나이(주님), 엘로이'로 부르는 것과 유사하다.

싯다르타의 부모는 세력이 별로 크지 않은 무사계급인 샤카족 지도자였고 현재 남부 네팔 '카필라바스투'에 위치한 작은 궁궐에 살았다. 싯다르타 왕자의 운명적인 만남이 시작되는 장면은 그가 북문 밖을 산책하면서 일어난다. 싯다르타가 북문 밖을 나서는 순간 그의 앞에 법복을 입고 고행 중인 한 사문(沙門)을 만나게 되었다. 싯다르타 왕자는 사문을 신기하게 바라보며 자신의 신하에게 사문에 대해 묻는다.

"내 앞에 보이는 머리를 밀어버린 저 사람은 대체 누구인가?"

"사문이라 하옵니다."

"사문은 무엇을 하는 사람이더냐?"

"사문은 진리를 추구하는 사람으로 자신이 가진 모든 것을 버리고 고행과 명상을 통해 직접 해탈하기 위한 출가자로 자신을 잘 다스릴 줄 압니다. 또한 물질에 대한 욕심이 없고 생명을 아끼며 고통을 만나더라도 전혀 근심하지 않는 무거운 자입니다."

"그래, 매우 옳은 일이로다."

싯다르타는 신하의 말을 듣자마자 사문에게 가까이 다가섰다.

"여보시오, 사문. 그대는 출가하여 머리를 모두 밀어 버린 다음 무엇을 찾아 헤매십니까?"라고 사문에게 묻자 사문은 그의 두 눈을 응시하며 말했다.

"출가는 마음을 다스려 영원한 번뇌를 버리고자 하는 것이오. 자비로 모든 중생을 사랑하여 괴롭히지 않습니다. 저는 오직 마음을 비워 법대로 살길 바랄 뿐이오."

사문의 말을 들은 싯다르타는 너무 기쁜 마음으로 궁궐을 향해 내달렸다.

"드디어 찾았다. 이것이다."

싯다르타의 나이 29세, 서력 기원전 537년의 일이다. 도대체 싯다르타는 무엇을 보았고 무엇을 찾았다는 것인가. 싯다르타의 출가를 '마하비닛카마나'라 부르며 해석하면 '위대한 포기(The great renunciation)'

라는 뜻이다.

싯다르타는 출가하여 머리를 밀고 사문이 된다. 이 시발점은 앞서 설명한 것처럼 밥을 빌어먹으면서도 어떠한 집착과 증오가 없이 마음의 평정심을 유지한 사문과 운명적 만남이 계기가 된 것이다. 싯다르타는 사문과 첫 만남에서 '머리를 왜 밀었는지'에 대한 관심이 가장 많았다. 싯다르타는 고행을 시작하기 전부터 열반하던 순간까지 사문과 같이 머리를 민 형태였다.

다른 예를 보면 싯다르타가 깨달음을 얻어 붓다가 된 후 당신의 아버지 숫도다나의 요청으로 고향 카필라바스투로에 여행을 하기로 한다. 아버지와 가족들은 붓다가 온다는 사실에 들떠 기뻐했다. 아버지는 자신의 아들이 금의환향하는 모습을 백성들에게 자랑하고 싶었다. 그리고 멀리 붓다가 보이면 손짓하여 '저기 내 아들이 있다'라고 크게 외치고 싶었다. 하지만 상황은 아버지 생각과 달랐다. 붓다가 고향에 입성했을 때 이미 약 2만여 명의 수도승들이 붓다를 따랐기 때문이다. 아버지는 수많은 탁발승 사이에서 자기 아들이 누구인지 알아볼 수 없자 크게 낙심했다.

이처럼 붓다 역시 자신이 다른 이와 구별된 모습으로 나타나지 않았으며 열반하던 날까지 한결같은 민머리 형태를 고수했다. 붓다가 제자들에게 고행에 대한 자신의 생각을 말하였다. "자신을 정화하기 위해 머리카락을 남겨두지 말지어다.(SN:248)" 붓다가 이렇게 말했다면 본인 역시 머리카락을 그냥 두지 않았을 것이다.

대부분 불교 성전에 들어가 보면 고타마 붓다 불상을 한눈에 만나

볼 수 있다. 그런데 불상에서 이상하다 여겨지는 것은 붓다 머리에 난 돌기와 더불어 마치 머리털이 있는 듯한 모습 때문이다. 후대에 사람들은 불상을 보고 붓다를 생각해 낸다.

"아…, 저 분이 그 유명한 고타마 붓다구나"

그러나 불상은 붓다가 열반 후 바로 생겨난 것이 아니다. 붓다가 세상에서 눈을 감는 순간 화장하여 거둔 사리를 여러 곳에 배분하여 사탑을 만들기 시작한다. 당시 이러한 사찰 속 탑이 붓다에 대한 경외심을 느낄 유일한 대상이었고 포교에 사탑이 신앙심을 고취시킬 수단이 된다는 사실을 알게 된다. 그리고 사후 500여 년 동안 어떤 불상도 사탑을 대신해 존재하지 않았다. (붓다의 유언대로 자신의 형상을 한 불상이 만들어지지 않았다.)

하지만 500여 년이 지난 후 신앙과 포교의 대안으로 불상이 만들어지게 된다. 프랑스의 저명한 인도학 박사 '장 부아슬리에Jean Boisselier'는 그의 연구 저서 '붓다 꺼지지 않는 등불'에서 불상이 만들어진 과정을 이렇게 설명한다.

「붓다를 인간의 형상으로 재현하는 것이 오랫동안 금지되었기에 붓다는 현학적이면서 비 우상적 이미지를 갖게 되었다. 아무튼 이런 전통 덕에 불교는 세존을 묘사한 이미지에 성스러움을 인식하도록 후세에 전수하게 된다.」

최초의 불상은 서북 간다라 지방과 북부 마투라 지방에서 거의 비슷한 시기에 만들어졌다. 마투라 불상은 전통적 기법과 소박함으로 인도 고유의 모습을 닮았을 것이고, 간다라 불상은 중앙아시아와 유럽

『라호르 박물관 간다라 최고 걸작 '고행상', 파키스탄 국보 1호 / 간다라 미술』

의 영향으로 서구적인 외양에 근접해 있다. 간다라 문화는 기원 전후 수 세기에 걸쳐 파키스탄 서북부 간다라 지방을 중심으로 발달한 불교 문화, 헬레니즘 문화의 영향을 받은 이른바 간다라 양식의 불교 미술이 성행하였고, 이 미술 양식은 중앙아시아, 중국, 한국 등에 널리 전파되었다. 간다라 불상은 간다라 미술의 영향을 받아 탄생한 그리스풍의 불교미술이다.

500여 년에 걸쳐 지속된 무불상(無佛像) 시대는 간다라와 마투라에서 인간의 모습을 한 불상이 등장하면서 마침표를 찍었다. 그런데 그리스 헬레니즘 영향을 받아 아테네 신전의 신들과 비슷하게 외모가 변모하기에 이른다. 특히 로마시대에 신을 표현한 작품 거의 대부분은 신과 인간을 코에 비유한다. 이마에서 눈 아래 코까지 일직선이면 '신'이고 이마에서 눈 아래 코 까지 움푹 들어가 있으면 '인간'이라고 표현

했다. 당시 유행이었던 간다라풍 미술에서 대부분 작품들의 헤어스타일을 거칠고 파도치는 듯한 곱슬머리로 표현한 영향을 받아 고타마 싯다르타 불상 제작 시 달팽이 모양의 나발형 헤어스타일 된 것이다. 오랜 시간이 지나며 불교가 보급된 나라의 지역, 문화에 특성에 맞도록 불상 형태도 점차 변모한다.

결국 한 예술가의 혼이 담긴 상상력에 만들어진 고타마 붓다 불상은 불자의 마음속 깊이 자릴 잡았으며 붓다의 머리가 불자들 외모와 동일하다는 신앙적 일체감을 주기 위한 포교의 수단이 되었음을 인정해야 할 것이다. 다시 불상의 두상을 원위치하기에 너무 오랜 시간이 지났다.

하지만 불상의 모습을 보면 저마다 뜻을 품고 있다. 불상 자체가 깨달음을 얻은 자의 신비이자 귀를 크게 만든 이유가 중생들이 못 알아듣는 것까지 경청하겠다는 의미이며, 삼라만상을 깨달은 자만이 듣기 위함이다.

머리는 머리카락이 속으로 숨겨 세상적 번뇌를 마음으로 되돌려 지혜로 쓴다는 의미를 담고 있다. 불상을 바라볼 때마다 고독한 한 인간의 모습을 담고 있다는 생각이 들었다.

가끔 고요한 적막이 흐르는 사찰을 지날 때 붓다와 마주한다. 볼 때마다 붓다의 머리가 더욱 무겁게 느껴지는 이유는 그가 아직도 번뇌를 위한 고행의 길을 걷고 있다는 살아있는 증거라 믿고 싶다.

프로메테우스 베일을 벗다

진흙으로 인간을 창조하고 제우스가 감춘 불을 인간에게 가져다준 그리스 신화의 '프로메테우스'는 인간을 이롭게 해 준 올림푸스의 신이다.

프로메테우스는 흙과 물로 만들어진 2개의 인형을 신들이 사는 올림푸스에 가져가 인간으로 변화시키려 한다. 제우스의 불을 가져와 생명을 불어넣고 인간을 만들었지만, 한낱 미약한 생물에 지나지 않는 존재라는 사실을 깨닫고, 인간을 파르나스 산으로 데리고 간다. 이곳에서 비극의 여신 멜포메네로부터 사랑, 은혜, 미움, 저주 등을 배우게 하고, 희극의 여신 탈리아로부터는 웃음을 배우게 하고, 무용과 합창의 여신 테르프시코레에게 춤을, 바커스에게서 술의 장점을 배우게 하므로 완전한 인간으로 창조한다. 하지만 제우스로부터 인간에게 불을 가져다준 형벌의 고통을 감수하면서도 신이 가진 행복을 인간에게 분담한 행동에 후회와 미련은 없었다. 그럼에도 불구하고 인간은 프로메테우스를 잊었다. 아니 기억에서 영원히 지웠다. 아니 그래야만 했을지 모른다. 스스로 신이길 원하며 살아가는 인간에게 창조주는 오히려 열등함을 부추길 만큼 곱지 않은 부담이 되었다.

우리가 잘 아는 베토벤은 자신의 고뇌를 담은 신념으로 드높은 인류애를 위대한 음악에 담아 후세에 남겼다. 베토벤은 이런 프로메테우스의 영웅적 휴머니즘에 매료되었다. 그는 프로메테우스에 대해 남다른 애착을 보였다. 베토벤은 발레음악 '프로메테우스의 창조물'을 작곡했고, 마지막 곡에 선율을 교향곡 3번 「영웅」 4악장에 사용한다. 또한 에로이카 변주곡이라 불리는 피아노 변주곡 Op.35에도 이러한 선율을 사용한다. 베토벤의 평생의 화두인 휴머니즘은 교향곡 9번 「합창」에서 절정에 이른다.

그는 마지막 교향곡을 초연할 때 무대 위에 있었다. 그의 열정적인 음악이 끝났을 때 관객들은 베토벤을 향해 우레와 같은 함성과 함께 박수를 쳤다.

하지만 베토벤은 청중의 뜨거운 박수 소리를 전혀 들을 수 없었다. 이를 본 소프라노가 베토벤을 객석 방향으로 돌려세웠다. 그때서야 베토벤은 수많은 관객이 자신이 만든 음악에 뜨겁게 환호하고 있다는 것을 알게 된다. 인간에게 불을 가져다주고 형벌의 고통을 감수한 프로메테우스처럼 베토벤은 청각 상실의 고통을 이겨내고 인류에게 아름답고 영원한 음악을 선사했고, 스스로 프로메테우스였기를 바랐다. 인류의 가슴을 뜨겁게 지필 수 있는 음악이라는 불을 가져다준 베토벤을 통해 오랫동안 잊고 있던 버림받은 신 '프로메테우스'를 우리들의 흐릿한 기억 속에서 서서히 끄집어낸다.

리들리 스콧 감독이 만든 영화 '프로메테우스'는 인류의 기원을 찾는 태초로의 우주 탐사 여행을 감행한다. 그리고 탐사대는 지구상의 모든 역사를 뒤엎을 가공할 만한 진실을 목격한다. 2085년, 인간이 외계인의 유전자 조작을 통해 탄생한 생명체라는 증거들이 속속 발견되면서 인류의 기원을 찾기 위해 탐사대가 꾸려진다. 우주선 '프로메테우스호'를 타고 외계 행성에 도착한 이들은 인간을 닮은 창조주(엔지니어)의 거대한 석상과 캡슐 속 동면상태에서 갓 깨어난 엔지니어를 바라보며 신과 자신들이 너무 닮아있음을 확인한다.

여기서 인간은 머리털과 의류를 착용하고 있다는 작은 차이를 제외하면 눈 앞의 창조주(엔지니어)는 너무나 거대하고 완전무결 할 것 같은 초인적인 모습에 한 번 더 놀란다. 이렇게 서로 조금 다른 모습

《영화 프로메테우스 Prometheus, 2012 / 리들리 스콧》

을 하며 마주한다. 눈앞에서 신을 마주한 과학자는 자신이 신과 외모적으로 아주 조금 다르다는 것을 눈으로 확인한다. 결국 털이란 미개함이 신 앞에 선 인간을 더욱 초라하게 만드는 장면이었다.

영화 속 창조주라 불리는 엔지니어의 건장하고 깔끔한 외모는 인간이 만들어낸 상상력의 결과물이었다. 상상력은 우리가 바라는 완전한 신의 모습을 스크린에 그려냈다. 결국 인간이 진정 바라는 외모는 영화에서 보았던 원초적이거나 신적인 엔지니어의 모습이었는지도 모른다. '프로메테우스' 그는 인간이 닮고 싶은 과거이자 미래이다.

'아르기 파이오 대머리족' 그들은 어디로 사라진 것인가?

영원한 존재자는 한 번 존재하면 영원히 존재한다.

〈블레즈 파스칼의 팡새 中〉

대머리들만 살았던 세상이 과연 존재했을까? 과거 식인 풍습을 가진 부족, 여인 왕국, 난쟁이 앨프족이 살거나 거인족이 사는 그런 판타지 영화 같은 일이 정말 사실이었을까? 믿기 어려울 수 있지만 모두 존재했던 사실이다.

기원전 484년, 역사의 아버지라 불리는 '헤로도토스'는 오늘날 터키 남서쪽 해안도시 보드룸(Bodrum)의 그리스계 페르시아인으로 살았다. 헤로도토스는 고대 세계를 어우르는 먼 여정을 통해 자유롭고 진취적인 탐구심과 관찰력으로 불후의 역작이자 대탐험 여행서『역사』라는 위대한 저서를 남겼다.

그의『역사』제1권 서문에 다음과 같은 글로 시작한다.

「인간 세계에서 일어난 일은 시간이 흐름에 따라 망각되기 마련이다. 그리스인이나 이방인이 이룩한 위대하고 놀라운 갖가지 업적, 특히 무엇 때문에 서로 싸우게 되었는가에 대한 사정은 어느 정도 시간이 지나면 사람들의 기억에서 잊혀 갈 것이다.

이 책은 할리카르나소스 출신인 헤로도토스가 이 망각을 염려하여 자신이 직접 연구·조사한 것을 적은 것이다」

그가 살았던 고대에 얼마나 많은 놀라운 일이 일어났는지를 보여주는 대목으로 망각된 기억 속 존재를 다시 끄집어내기 위한 역사적 계시였다.

불후의 역작『역사』제4권 멜포메네에서는 헤로도토스가 이민족의 나라를 여행하며 스키타이인들의 국토를 횡단하기에 이른다. 스키타이인(Scythians)은 시베리아 남부 일대 거주한 유목민으로 이들에 문화가 기원전 900년~200년 사이에 크게 번성하여 중국과 흑해 연안 유라시아 전역에 많은 변화를 주었다. 또한 스키타이인을 묘사할 때 "스키타이인을 공격하는 자는 도망칠 수 없고 그들이 숨고자 하면 누구도 그들을 찾지 못한다."라고 하였다.

스키타이 국토를 여행하는 헤로도토스가 끝이 없는 자갈과 바위투성이 황무지를 지나

높은 산맥 한가운데 마주한 종족은 '대머리 인종'이었다. 헤로도토

스가 본 종족의 이름은 '아르기 파이오'라 부르며 남자, 여자 모두 태어날 때부터 머리털이 없는 대머리였다. (일부 눈썹마저 없는 사람도 있었다.) 그리고 코가 작고 납작하며 옷을 입지 않고 자신들만의 특정한 언어를 구사했다. 또한 폰티콘(야생앵두)이란 열매를 주식으로 먹으며 적은 가축과 천막생활을 하였다. 이들 민족은 싸움하는 것을 싫어하고 어떠한 무기도 소지하지 않았다. 외부 민족들은 이러한 대머리 종족을 신성시하여 아르기파이오에게 전쟁을 중재시켜 달라 부탁하거나 패전으로 망명 시 이들에게 보호를 요청하는 경우가 많았다.

이들 대머리 종족 '아르기 파이오'에 대한 소문은 스키타이 민족에서 머나먼 그리스까지 알려지기에 이르렀다. 분명 대머리 종족이 존재했음을 주목해 볼 대목이었다. 앞서 아르기파이오 종족에 대한 외모를 찬찬히 살펴보다 보면 왠지 모르게 친근한 현재 우리 동양인 모습이 어렵지 않게 떠오른다. 이들의 신비스러운 존재가 차츰 세상에 알려지면서 아르기파이오 종족은 스스로 자취를 감추었거나 혹은 현존하는 우리와 함께 뒤엉켜 살아가고 있을지 모른다.

헤로도토스가 보았던 대머리족과 상반되는 또 다른 종족이 있었으니 영화나 소설의 소재로 너무 유명한 '늑대인간'들이다. 헤로도토스가 여행 중 만난 신비한 종족 중 하나인 이들의 정체는 '네우로이인'이다. 이들은 일정기간 늑대처럼 온몸에 털이 풍성하게 나고 시간이 지나면 다시 본래 사람처럼 돌아간다고 설명한다.

이와 비슷한 이야기로 북유럽 일대에 일찍부터 전래되어왔던 '베어울프'의 전설을 보면 인간들이 동물들의 힘을 부러워하여 주술로 힘을 얻고 인간들은 저주를 받아 늑대와 같은 얼굴로 혐오와 불쾌감을 주는 몬스터로 살아가게 된다는 이야기다. 이렇게 호기심과 흥미로운 이야기를 가진 늑대인간은 중세시대부터 본래의 정체를 서서히 드러내기 시작한다.

"늑대 인간 증후군"이라는 별명으로 알려지기 시작한 '다모증'이었다. 암브라스 증후군(Ambras syndrome)이라고도 불리는 다모증은 선천성 털 과다증 중 하나로 스타워즈에 등장하는 '츄바카'를 떠오르게 한다. 이 증후군 역시 탈모 치료처럼 의학적으로 해결하지 못하였다. 놀랍게도 전 세계적으로 다모증을 겪는 환자가 상당히 많다는 사실이다. 그렇다면 이들은 헤로도토스가 본 '네우로이인'의 피가 흐르는 후손이 틀림없다.

그들도 오래전 대머리 종족처럼 자취를 감추었으나 인간들의 상상력으로 만들어진 무섭고 혐오스러운 늑대의 얼굴로 재탄생하여 옛날부터 서커스나 쇼 등 여흥의 즐길 거리로 취급되어왔다. 헤로도토스는 대머리 종족을 신성한 인간으로 표현하고 늑대인간은 야만스럽다라고 말한다. 자신들의 진화되기 전 형상을 직접 눈으로 보는 것에 대한 혐오일까. 대머리 종족이건 늑대인간들이건 우리들의 신비한 기원은 헤로도토스라는 탐험가를 통해 세상에 알려지며 자의적으로 종적을 감추었다.

주변에서 개미집을 가만히 들여다보면 그 안에는 다양한 벌레, 작은 곤충이 공생한다. 개미집 내부는 집주인 개미들에게 공격받지 않는 이상 가장 안전한 공간이기 때문인데 개미들은 자기 집 내부에 자신들의 독특한 페로몬을 내뿜어 같은 종류의 개미라도 다른 집개미라면 공격을 가한다. 공생하는 벌레들은 이러한 이점을 활용하여 개미들이 가진 페로몬을 자신들이 활용하므로 개미들이 같은 개미라는 동족 의식을 갖게 하여 타 개미와 침입자들로부터 안전한 공생을 보장받는 영민함을 보인다.

대머리족들도 그렇게 평범한 인간 세계에 접근하여 그들과 공생하며 살아간다. 프랑스가 낳은 천재학자 블레즈 파스칼은 흔히 과학자, 수학자로 더 많이 알려져 있지만, 실제 철학과 신학에 정통하여 수많은 사상적 영향력을 전파하였다.

그는 저서 '팡세(18편 449번)'에 "신이 스스로 숨기를 원하였다." 그리고 '만약'이란 전제 하에 "단 하나의 종교만이 있다면 신은 그 속에 명확히 자신을 드러낼 것이다."라고 말한다. 성서 속 예언자 이사야 역시 "진실로 주님은 숨어 계시는 하나님이다."라고 기록한다. 신은 어딘가에 숨어있고 아르기파이오 역시 어딘가에 숨어있다. 만약 누군가 그들은 어디에 있느냐라고 묻는다면 우리 인간들 삶 속에 숨어 있을 가능성이 농후하다. 그렇지만 그들이 숨어있는 모습이 너무 단순하기 짝이 없으니 지금 이 글을 읽는 바로 당신이 아르기파이오 종족의 피가 흐르는 오래된 후손이다. 오히려 신성시되는 대머리 종족의 잘 숙성된 후손이란 역사적 사실에 한편으로는 안도감이 든다.

'광명의 神 발데르(Baldr)'를 기억하라

영화 '토르'에 등장하는 대부분 헤어스타일은 하나 같이 파마
(Permanent)한 장발이거나 긴 생머리이다.

그 이유를 아는가? 이 영화의 원조 격 소재가 된 북유럽 신화(게르만
민족사)에 '대머리 신'이 있었는데 그는 일찌감치 신화 속 주연급에서
배제되어 토르와 함께 세상을 구할 여지가 없어졌다.

북유럽 신화는 그리스 로마 신화, 켈트 신화와 더불어 유럽의 3대
신화이다. 세계적 종교학자 미르세아 엘리아데(Mircea Eliade)는 "신화
를 안다는 것은 사물의 기원에 관한 비밀을 배우는 것이다."라고 하였
다. 다시 말해 신화를 통해 사물이 어떻게 기원하고 탄생하였는지 그
사물을 어디서 찾고 그것이 사라졌을 때 다시 어떻게 해야 하는지를
신화를 통해 배우는 것이다.

이러한 위대한 북유럽 신화 속에 오랜 시간 숨겨져 왔던 대머리 신
이 존재한다. 이는 발데르(Balder)이며 광명의 신이자, 오딘의 둘째 아
들이다. 그는 세상 모든 신 중 가장 외모가 출중하고 모든 신들에게 사
랑받는 인기남이었다. 아시르 신족 중 가장 자비롭고 현명하며 존재가
퍼팩트한 매력의 신이었다. 누구든지 그에게 말을 걸면 화려한 언변
력에 당할 자가 없었고 신의 세계에서 이미 아이돌 인기를 누리고 있
었다. 아시르 신족을 혐오하는 거인족마저 발데르가 죽었을 때 눈물을
흘렸다고 한다. 그의 외모는 두말할 필요 없이 아름답고 넓은 대머리
가 하얀 꽃처럼 빛이 났다. 그러나 이러한 인기남에게도 안티가 있었

으니 발데르를 지독히 미워하고 질투한 '로키'이다. 발데르가 탄생하였을 때 그의 어머니 여신 프리가는 세상 모든 만물들이 발데르를 헤치지 못하게 약속을 받았다. 그런데 그 약속을 받아낸 계절이 하필 여름이었는데 아쉽게도 '겨우살이'라는 단 하나의 미미한 겨울 기생식물에게만 약속을 받아내지 못했다. 이런 사실을 눈치챈 교활한 로키는 놀이를 가장한 창던지기를 발데르의 맹인 동생 호드(Hod)에게 권한다. 겨우살이는 긴 창이 되어 순간 발데르의 가슴속 깊숙이 파고든다. 발데르가 죽음을 맞이하는 순간 세상은 어둠으로 바뀌었고 도의가 지상으로 떨어짐에 최후의 결전 '라그나로크(신들의 황혼)'시대를 맞이하며 종말을 예고한다. 이후 발데르가 부활하여 새로운 세상이 열리기까지 전쟁과 여름이 없는 혹독한 겨울이 계속된다.

광명의 신이라 불린 매력적인 신 '발데르'는 부활 후 자취를 감추었다. 그는 라그나로크 결전에 열외하여 어디로 간 것인가? 삼국지연의 유비는 조조의 식객으로 머물며 스스로를 낮추어 조조의 경계심을 약화시킴으로 때가 오길 기다렸듯이, 영리한 발데르는 도광양회(韜光養晦)를 위한 선택을 했을 가능성도 충분하다.

또한 발데르는 평화의 신이었다. 그리고 발데르는 스스로 인간이 된 것이 틀림없다. 인간 세계에 남겨진 발데르의 이름에서 그가 인간이 된 사실적 근거를 아래와 같이 알 수 있다. 영어로 대머리는 Bald(발드, 볼드)이다. 아이슬란드 사가에서 이 발음은 광명의 신을 가리키는 어원 발데르 또는 발더(Balder)라 부른다. 인간이 된 신은 자신이 가진 외모를 그의 이름처럼 부르게 한 것이다.

어찌 이뿐이겠는가. 기독교 종교 행사 중 부활절, 즉 "이스터(Easter)"라는 명칭은 성경에서 말하는 예수 그리스도의 부활과 전혀 다르다. 미국인 연례 기념일 편람(The American book of Days)에는 이렇게 기록한다.

"게르만 전설에 의하면 오스테르 여신은 발할라 신전 문을 열어 발데르를 기다린다. 발데르는 그가 가진 순수함으로 인해 백색의 신이라 불리며 그의 넓은 대머리는 인류에게 빛을 비춰 주기에 태양신이라 불린다. 초기 교회들은 이 고대 이교 관습을 받아들이므로 이 관습들에 기독교적 의미를 부여하는데 의문의 여지가 없다. 오스테르 축제가 봄에 소생하는 것을 기념하는 것으로 사람들이 이 축제일을 예수 그리스도가 죽음으로부터 다시 부활한 것을 기념하는 날로 바꾸는 것은 매우 손쉬운 일 중 하나다."

기독교 부활 행사에서 부활을 상징하는 계란의 의미를 예수의 부활과 연계하여 해석한다. 하지만 실제 기원과 상징성은 계란이 가진 대머리 형상, 즉 부활한 발데르의 얼굴을 기억하고자 북유럽에서 시작된 전통이다. 또한 서양에서는 부활절에 겨울 모자를 봄 모자로 바꿔 써서 봄을 알리는 풍습이 있다. 이 모자를 이스터 보닛이라 부르며 작은 챙이 달린 부인용 모자이다. 이들 전통에서 발데르의 흔적을 조심스레 찾아볼 수 있다. 곳곳마다 자신의 흔적을 남겨둔 채 지금도 어디선가 신화 속 주인공처럼 사랑받는 인기남으로 살아가고 있을 발데르를 기억해 본다. 어쩌면 영화관 한편에 연인과 다정하게 팝콘을 즐기며 토르 Marvel Comics 시리즈를 감상할지도 모를 일이다.

검은 머리 짐승은 누구인가?

'검은 머리 짐승은 거두는 것이 아니다.'라는 우리 옛 속담이 있다.

이 속담은 과연 어디서 누구로부터 시작되었을까? 문구를 짐작해 보아 누군가 검은 머리털을 가진 자를 거둔 것이 분명해진다. 검은 머리털을 가진 자를 자신의 휘하로 거두며 큰 배신을 당했거나 지배층의 몰락을 가져온 계기가 되어 이를 증오하는 마음에 새긴 교훈으로 전래시킨 것은 아닐까 추측해 본다. 그렇다면 검은 머리털을 가진 사람을 지배한 것은 결국 머리털을 가지고 있지 않던 대머리 형상을 한 지배층이 한 시대에 존재했다는 것이다. 검은 머리를 가진 짐승은 오직 사람밖에 없다. 즉, 사람은 은혜를 입고도 꼭 배신을 하며 은혜를 원수로 갚는 경우가 많기 때문이다. 신이 자신들과 인간을 구분 짓기 위해 두상에 머리털을 심어 놓았다는 앞선 나의 주장과 일치하기도 한다.

몽골 구전설화 중 이와 비슷한 이야기가 있다.

아주 먼 옛날 몽골고원에 큰 추위가 닥쳤다. 몽골 유목민 부족장은 더 이상 이동이 불가하여 눈 내린 초원 한가운데 부족민의 게르(GER)를 설치하기에 이른다. 밤이 깊어가자 게르 밖 설원에 다 죽어가는 듯 누군가의 신음소리가 들리기 시작했다. 몽골인들은 게르 밖으로 나가 눈 속에 덮여 다 죽어가는 사람을 발견한다. 눈 속에서 꺼낸 사람은 검은 머리털이 수북하게 자라 얼굴을 가리고 있어 어떤 인상인지, 어떤 외모인지 분간이 힘들 정도였다. 그리고 잠시 후 근처에 웬 커다란 사슴 한 마리가 눈밭에 허우적거리며 생사를 헤매고 있어 이를 본 몽골 부족민들은 어렵사리 사슴을 구해낸다.

부족장은 지극정성으로 다 죽어가는 검은 머리털을 가진 사람과 사슴을 살려냈다. 추위가 잦아지고 건강을 찾은 사슴은 자신의 길고 커다란 뿔을 잘라 부족장에게 건네주며 말했다. "당신 부족에게 드릴 것은 이것뿐이요. 팔면 큰돈이 될 터이니 받아주시오." 사슴은 자신에 뿔을 잘라 건네고 유유히 초원 들판으로 사라졌다. 부족장은 사슴의 뿔을 내다 팔아 큰 부자가 되었다. 이를 지켜보던 수북한 검은 머리털을 가진 사내가 부족장에게 다가가 제안을 했다.

"부족장님! 저는 드릴 것이 이 머리에 난 수북한 털뿐이라오. 이거라도 잘라 당신의 대머리에 씌워드린다면 분명 추운 겨울에 따뜻한 머리를 갖게 될 것이오."라고 말하며 자신의 머리에 난 모든 털을 밀어 부족장의 머리에 덮어 씌워주었다. 대머리였던 부족장은 그가 준 수북한 머리털을 뒤집어쓰고 평소 느끼지 못한 따뜻함을 느꼈다. 그런 다음 방금 잡은 양고기를 식탁에 올려 배불리 먹고 있었다. 그런데 갑자기 부족장 게르 입구 앞에서 누군가 호통을 치기 시작했다.

"네 이놈! 너를 살려두었더니 부족장님을 잡아먹느냐. 너야 말로 짐승이로구나."

소릴 듣고 게르 밖으로 나가려던 부족장은 자신의 머리에 씌워놓은 머리털을 벗겨내려 해 보지만 검은 머리털은 착 달라붙어 전혀 벗겨지지 않았다. 그 순간 게르 입구 장막이 열리며 "부족장이 죽었다."라는 외침이 퍼졌다. 이를 본 몽골인들은 놀람과 동시에 화를 참지 못해 검은 머리털을 뒤집어쓴 자에게 달려들어 돌로 그를 때려죽였다. "은혜를 모르는 짐승 같은 놈 죽어라"

부족장은 짧은 비명만을 남기며 먹다 남은 양고기 음식에 코를 박고 죽었다. 몽골 부족은 슬픔에 잠긴 채 부족장이 먹다 남긴 음식을 부족장의 시신이라 생각하여 봉인해 매장하고 자신들이 돌로 때려죽인 시신은 불태워 없앤다. 몽골 부족들은 슬픔에 잠긴 채 자신들의 게르로 돌아갔다. 그리고 밤이 되자 초원 밖으로 부족장의 식량과 보물을 가득 훔쳐 도망하는 한 사내가 급히 말을 내달리며 부족 마을을 향해 외친다.

"멍청한 이 몽골 놈들아 살려줘서 고맙다. 이제 난 부자야! 부자라고…"

사내의 목소리는 어둠을 타고 부족 장막에 퍼져나갔다. 그 날 낮에 부족장의 게르 밖에서 살인을 고발한 낯선 사내 목소리가 분명했다. 몽골 부족은 죽은 부족장 게르 내부에 도둑이 든 사실을 알게 되었고 그제야 자기 부족민이 속았음을 알게 된다. 몽골 부족은 고개를 좌우로 저으며 "그는 어차피 죽어 돌아올 목숨이니 아침을 기다립시다."라며 서로를 안심시켰다.

사내는 부족이 추격해 오지 않자 그들에 대한 조롱을 멈추고 힘차게 말을 달렸다. 그러나 사내는 자신이 지금 달리는 곳이 초원의 땅끝인 절벽이었다는 사실을 전혀 몰랐던 것이다. 그는 깊은 절벽 아래로 말과 함께 굴러 떨어져 죽었다. 아침이 오자 몽골 부족은 사내의 시신을 찾아내 그의 머리에서 다시 자라난 긴 검은 머리털을 한 줌 칼로 베

〈 '마두금'을 연주하는 몽골인과 '말꼬리' 〉

어낸 뒤 가져가고 머리통을 절단하여 가장 높은 나무에 매달아 독수리 밥이 되게 하였다.

몽골 부족은 자신들이 저지른 과오을 잊지 않기 위해 사내 머리에서 잘라낸 검은 머리털을 자신들의 말 엉덩이에 붙여 말 꼬리를 만들어주었다. 말은 이때부터 꼬리를 갖게 되었고 몽골 후손들은 말 엉덩이를 채찍으로 힘껏 내치며 "검은 머리털을 가진 짐승은 일단 경계하고 더욱 멀리하라."는 선조들의 교훈을 가슴에 새긴다.

또한 매년 말의 꼬리가 점점 자라나 길어지면 말 꼬리털을 잘라 악기를 만든다. 몽골어로 '모린호르'라고 불리는 '마두금'이라는 이 악기는 2개의 현으로 이루어졌는데, 수말의 꼬리털 130가닥과 암말의 말 꼬리 털 105가닥으로 만든다. 마치 초원의 야생마가 울부짖는 소리처럼 들린다는 마두금은 오늘날 그 가치를 인정받아 '초원의 바이올린'이라 불리며 유네스코의 '무형유산 걸작'으로 선정되어 있다.

설화 속 검은 머리털을 가진 사내는 정말 누구였을까를 생각해 본다. 어쩌면 멀지 않은 곳 가까이 눈을 돌려 찾아본다. 검은 머리털을 가진 사내는 여기 나와 함께 있을 것이고 나는 그를 보고 그는 나를 본다. 검은 머리 짐승은 거두는 것이 아니라는 우리 옛 속담이 문득 뇌리를 스쳐 지나간다.

공생하여 널리 인간을 이롭게 하라

동전은 앞면만 있지 않다. 동전의 양면성처럼 서로 떼려야 뗄 수 없는 필연적 관계로 우리들은 앞이나 뒷면이나 다 같은 동전이라 부른다. 같은 듯 각자 다른 모양을 하고 있지만 동전은 동전으로써 가치를 인정받고 세상에 공존한다. 동전을 만든 이가 있고, 동전 자체도 있고, 동전을 사용하는 사람도 있다. 그렇게 보면 동전은 창조자의 흔적과 같다. 앞면과 뒷면에 새겨 넣은 암호 같은 숫자와 그림을 통해 화폐로써 쓰임 가능하게 증명해 주는 동전은 공생하는 인간의 모습이다.

대머리는 머리털이 있는 사람과 유전적으로 다른 종이다. 대머리 종은 신화적 고대시대부터 지배자로 군림하며 살아왔었고 번식력이 강한 머리털이 풍성한 인간 종의 세력다툼에 밀려 스스로 자취를 감추거나 공생하며 살아남았다. 마치 동전처럼 뒷면의 모습이 대머리 종과 같다고 비교하고 싶다. 동전의 앞면은 위인 또는 상징성 있는 동식물이 포함된다. 하지만 대부분 뒷면은 숫자이다. 앞면의 위인을 일으켜 세워 줄 가치는 결국 뒷면 숫자에 있는 것이다. 앞면의 가치를 뒷받침하며 살아왔던 대머리 종은 머리털을 가진 종을 이롭게 하기 위해 더 많은 것을 희생하였다.

은행이란 창조자의 뜻대로 수많은 동전이 세상 가득 퍼진 후 이전 화폐 수단을 대체했던 미개한 조개껍데기, 동, 옥, 은의 가치를 세상에서 사라지게 하였다. 동전은 앞면에 인간의 자신감을 새겨 넣었고 뒷면에는 앞면 가치를 말해 줄 숫자가 새겨진다. 대머리는 스스로 뒷면이 되어 살아남았던 것이다.

데미안 셔젤 감독의 영화 위플래시(Whiplash)는 최고의 드러머가 되기 위한 음악대학 신입생 '앤드류'와 최고의 실력자이자 최악의 난폭함을 지닌 '프레처' 교수가 서로 재능을 견제하며 진행되는 음악에 미친 두 남자의 재즈 같은 영화이다.

주인공 앤드류는 최고의 드러머가 되기 위한 꿈을 갖고 미국 최고의 음악대학 쉐이퍼에 입학하여 거칠고 난폭한 말투로 유명한 플레처 교수와 밴드에서 마주하게 된다. 교수의 외모는 훤칠하게 밀어버린 대머리에 강렬한 눈빛과 세월을 이긴 듯한 팔자주름이 입 주변 사이로 또렷하게 나타나 있다. Whiplash 뜻은 '채찍질', '자극'이란 단어의 뜻을 가지고 있는 것처럼 플레처 교수의 지독한 교육방식은 폭언과 학대 속에 좌절과 성취를 동시에 안겨주므로 앤드류의 잠재된 천재성을 이끌어내기에 이른다. 영화를 보는 내내 '교수가 너무 심하지 않은가' 하는 우려를 하면서도 최고의 제자를 탄생시키기까지 과정은 앤드류의 연주를 통해 흥분과 전율로 스승을 뛰어넘는 박진감 넘치는 한 인간의 모습을 보여주었다. 플레처는 "난 지휘를 한 게 아니야. 한계를 뛰어넘도록 몰아붙이는 게 내 역할이었지. 난 반드시 이런 과정이 필요하다고 본다."라고 말하며 앤드류를 깊이 있게 주시한다. 앤드류에 대한 결함을 잘 아는 플레처는 앤드류에게 극심한 자극제가 되어 한계를 뛰어넘는 인간으로 탄생시킨다. 앤드류는 플레처의 자극을 통해 자신을 철저하게 채찍질하여 진정한 천재는 노력으로 완성된다는 과정을 보여주었다.

플레처 교수는 현실에 비친 우리들 대머리들의 모습과 많이 닮았다. 대머리들이 지배해 왔던 지난 역사와 위대한 예술인의 삶과 경험을 통해 필연적인 관계를 맺고 있는 종을 이끌어 온 대머리는 세상의 지배자이자 나침반이었다. 또한 인간의 동물적 본능으로부터 탈출하므로 머리털을 남긴 진화 생명체에게 나침반이 있는 배는 절대 길을 잃지 않는다는 것을 가르쳤다.

우리나라 삼국유사에 백일 동안 신령한 쑥과 마늘을 먹으며 인내한 곰이 웅녀(熊女)가 되어 잠시 사람으로 변한 환웅과 혼인하여 단군왕검을 낳았다는 신화가 있다. 이 중 호랑이는 테스트를 견디지 못하고 뛰쳐나가 버렸다. 여기서 단군의 아버지 환웅이야 말로 플레처 교수와 같은 방법으로 두 마리 동물을 철저한 채찍질과 자극(동물이 먹지 못하는 쑥과 마늘을 먹게 하는 고통)을 통해 곰이 가진 한계를 뛰어넘어 완전한 인간으로 만든다. 신 환웅과 인간 웅녀의 세상 속 공생은 단군을 통해 홍익인간 정신을 뿌리내린 바 위플레쉬의 프레처 교수와 앤드류는 음악이란 고뇌를 통해 미친 듯 몰아치는 예술적 창조로 승화시킨다.

《영화 Whiplash, 2014 》

　천재화가 폴 고갱은 '우리는 어디서 왔는가, 우리는 무엇인가, 우리는 어디로 가는가'란 자신의 마지막 작품을 통해 존재의 기원을 질문한다. 인류의 역사는 오랜 시간 이러한 반복된 질문으로 답을 구했으나 우리가 만족할 만한 답을 구하지 못했다.

　성서를 보면 생물체 상호 간의 구조적인 유사성은 창조자, 신 한 분이 설계를 하였다는 사실을 알 수 있다. 창조자는 여러 종류의 생물을 만들 때 하나의 기본 모형을 염두하고 그 모형에 따라 여러 가지 변형된 모양을 만들어 그러한 생물이 살아갈 환경에 맞도록 세상을 지으셨다. 모든 동식물이 한 지구행성에서 같은 환경 같은 공기 속에 먹고사는 모든 것을 비슷하게 만들고 필요에 따라 조금씩 변화를 준 것이다.

사람이 진화론에서 말하는 것처럼 원숭이에서 진화된 산물이 아닌 창조자 신에 의한 설계의 위대한 산물이다. 우리는 신의 형상대로 창조됨을 창세기를 통해 근거하며 신은 영(Spirit)이란 존재이기에 신의 형상을 닮았다는 것은 육체적인 것을 닮은 것 이상으로 신이 가진 인격과 생각마저 닮았다는 것이다. 신은 동물을 창조할 때 '그 종류대로(창세기 1:24)' 만들었으나 이들에게는 자신이 가진 영을 주지는 않았다.

유대인의 전통적인 학습기법 '하브루타'는 두 사람이 함께 짝을 지어 토론하고 논쟁하는 말하는 공부법이다. 이들 랍비가 말하길 "말로 할 수 없으면 모르는 것이다."라고 이야기하듯 생각은 언어로 표현되어 인간을 더욱 인간답게 만들었다. 인간만이 할 수 있는 언어는 혼자 중얼거리는 것이 아닌 반드시 상대방이 있어야 하므로 세상은 언제나 한 쌍이 존재했고 상호 공생을 통한 위대한 사회로 발전하게 된 계기가 된다.

가장 먼저 창조된 첫 번째 인간 대머리와 이후 창조된 머리털을 가진 인간과의 차이는 유전자가 서로 다른 '머리털이 있다, 없다'로 구분된다는 사실을 통해 우리는 호모 사피엔스 사피엔스가 아닌 '호모 사피엔스 발드(Bald) 사피엔스'라 불러주길 간절히 소망한다.

0.1%, 호모 사피엔스 발드 사피엔스

"악마의 사제가 아니면 누가, 이런 꼴사납고 소모적이며 실수를 연발

하는 저속하고 끔찍할 정도로 잔혹한 자연의 소행들에 대한 책을 쓸 수 있겠는가."

〈'종의 기원' 집필을 시작할 무렵 1856년의 찰스 다윈〉

나는 고뇌하는 진화론자 찰스 다윈을 믿지 않는다. 다만 그를 인정할 뿐이다.

오늘날 지구상에는 193종의 원숭이와 유인원이 살아간다. 이 중 192종은 온몸이 털로 뒤덮여 있다. 그러나 이중에는 몸에 털이 없는 원숭이 '호모 사피엔스 사피엔스(Homo Sapiens Sapiens)'가 존재하였다. 18세기 스웨덴 식물학자 칼 폰 린네(Linne, Carl Von)는 현생 인류에 '호모 사피엔스(Homo Sapiens)'라는 이름을 주었다. 린네는 인간이 유인원과 원숭이에 속해 있고 인간이 다른 동물이나 식물처럼 자연의 일부라는 주장이다. 특히 생물학적으로 유인원과 유사함을 강조한다. 린네가 부여한 인간의 새 이름 '호모 사피엔스'는 지혜를 가진 사람이란 뜻이지만 린네는 인간의 유일성과 독특성을 겨우 지혜 하나로 한정 지어 호모 사피엔스를 만든 것일까. 호모 사피엔스 사피엔스는 두 개의 종이다. 현존하는 인류 중에는 네안데르탈인의 후손도 아직 존재하고 과학자들은 호모 사피엔스가 서로 다른 유전자적 특성을 가지고 있다는 연구결과를 근거로 서로 다른 종으로 구별 지었다.

그렇다면 아주 단순하게 접근해 보면 호모 사피엔스와 똑같은 언어를 구사하고 동일 사회 구성원으로 살아가는 '대머리'는 단 0.1% 차이로 유전적으로 '종이 다르다'라는 생각을 더해본다. 머리가 벗어진 사람을 대머리라 부르며 자신들과 외모적으로 다르게 생각할 때도 있다. 그런데 사피엔스를 구분할 때는 하나의 인간 사피엔스로 단정하나 앞서 서두에 설명했듯 대머리는 창조주 형상으로 완전하게 진화된 인간이며 지능적으로 유전적으로 훨씬 우성인자이다. 제3의 침팬지 저자 제레드 다이아몬드 교수는 우리 인간과 가장 흡사하다는 침팬지는 DNA가 98.4%가 똑같고 불과 1.6%의 유전적 차이가 인간과 침팬지를 갈라놓았다고 말한다. 그는 1.6%의 차이를 정교한 언어라 보고 있다. 털과 언어, 이 두 가지는 우리가 1.6%의 차이를 가진 침팬지와 분류해낼 유일한 단서이다.

　털은 종을 선별해 낼 좋은 단서이다. 예를 들어 인간과 유전자가 비슷한 동물 돼지는 두 가지 종류로 구분한다. 야생을 활보하는 멧돼지와 가축화된 집돼지이다. 돼지 언어를 인간이 알아들을 방법은 없지만 두 종의 돼지를 육안으로 구분 짓는 방법은 누가 보아도 '털'이다. 온순한 집돼지는 주인의 소중한 재산이며 돼지가 자신의 가치를 증명할 때가 오기까지 주인은 영양가 많은 밥과 잠자리를 제공한다. 또한 질병과 늑대와 같은 외부 침입에 보호받으며 안락한 생활을 보장받는다. 그러나 야생 멧돼지의 경우는 다르다. 멧돼지는 언제나 생태계의 포식자 망에 놓여있고 질병과 자연재해 위험에 항상 노출되어 있다. 사냥꾼에게 잡혔을 경우 먹지 못할 만큼 억센 고깃결 때문에 멧돼지는 숲속에 버려진다. 이 두 개의 종은 서로 돼지라는 공통점을 갖고 있지만 야생 멧돼지가 보유한 털과 가축화되어 보호받는 집돼지의 탈모 현상을 통해 서로 다른 유전적 다름을 나타낸다. 야생을 포기하고 인간에게 길들여지기로 결심한 날 집돼지는 인간에게 모든 것을 다 바치며 죽는 그날까지 주인의 보호를 받는다. 분명 같은 돼지임에도 불구하고 환경적 차이로 털이 사라지는 진화가 된다. 물론 진화된 과정이 환경의 영향도 있겠지만 돼지나 다른 가축처럼 제3자의 계획된 도움으로 진화과정이 이루어지는 것이다. 동물에게는 인간이, 인간에게는 신이 변화를 주도하는 것이다.

가끔 이런 생각에 잠긴다.

왜 사람들은 우리 인간이 원숭이로부터 진화되었다고 생각할까 하는 의문이다. 진화를 반대로 생각하면 원숭이 등 192종이 우리 인간의 변이로 진화된 것이라 생각할 수도 있는 것인데 말이다.

최근 EBS 다큐 프라임 5부작 『다섯 개의 열쇠』란 프로그램에서 돌연변이에 대한 흥미로운 이야기를 접하였다. 영국 세인트 앤드류 대학의 피터 푸르스트 교수가 국제 학술지 『진화와 인간 행동』에 기고한 자료에 따르면 15만 년 전 빙하기 말 북유럽에 금발 돌연변이가 처음 등장한다. 이 지역 사람들 중 80% 이상이 금발머리를 가지고 있다. 그런데 만 년이란 시간 동안 유럽전역으로 금발이 빠르게 퍼져나갔다. 연구진에 따르면 '열성인자 금발머리가 사라지지 않고 널리 퍼진 이유가 이성에게 매력적으로 보였기 때문이다.'라고 말한다. 그리고 이런 다양한 모양의 외형이 계속 변이를 일으켰다는 것이다. 우성은 자신을 철저히 보호하므로 좋은 성질을 쉽게 내주지 않지만 열성은 감기 바이러스처럼 급속도로 퍼져나간다.

이를 통해 미 캘리포니아 대학 아지트 바키 교수는 "유리한 돌연변이는 사람들 사이에 점점 퍼져 모든 사람들이 돌연변이를 갖게 되므로 이것이 진화의 토대가 된다."라고 덧붙였다. 이런 이론과 더불어 인간과 침팬지의 유전적 차이를 연구하던 과학자들은 침팬지에게는 있지만 인간에게는 없는 유전자가 존재한다는 것을 발견한다. 침팬지와 인간은 1.6% 유전자 중 수백 가지가 넘는 다른 점이 있는데 이 중 인간과 침팬지 사이에는 세포 표면에 큰 차이를 두고 있다는 사실이다. 감히 침팬지가 넘을 수 없는 선이 인간 세포에 존재한다는 것이다. 설령 원숭이가 인간과 닮았다 한들 원숭이로부터 진화가 된 사실은 명백히 오류인 것 같다. 다시 말해 신으로부터 창조된 인간은 '대머리' 아니 온몸에 털이 없는 인간이 창조된 것이고 이어서 독특한 머리털을 가진 변이 인간이 재등장하는 것이다. 흑인, 백인, 황인종 등 모두 그렇게 각자 변이를 일으킨 진화를 통해 다양한 인간으로 거듭나게 된다. 하늘을 날면 모두 새라 부르지만 새는 독수리, 까치, 까마귀, 참새, 비둘기 종류가 수백수천 가지 다양하다. 그런데 서로 모양이 닮았다 하여 까치에게 까마귀가 네 조상이라 하면 얼마나 자존심 상하겠는가.

복고주의는 과거의 체제, 풍속이나 제도, 전통으로 회귀하는 현상주의이다. 모든 스타일, 문화가 과거를 그리워하듯 변이는 결국 돌고 돌아 다시 원래대로 갈 것이라 믿는다. 원래대로 돌아갔을 때 혹성탈출의 원숭이로 돌아가는 것이 아닌 우리가 앞서 말한 우리 모습 그대로 '대머리부터 다시 시작되는 종의 기원'으로 회귀할 것이라 확신한다.

그것이 창조주가 바라는 인간의 가장 아름다운 최종 모습이다.

우리의 모습과 닮은 사람이 다스려라

유대인들은 유대교 성서 '토라'를 랍비들이 해석하여 '미드라쉬(Midrash, 토라 해석서)'를 탄생시켰다. 미드라쉬는 구약성경의 의미를 다른 구절과 비교 대조하여 여러 가지 진리에 가까운 의미를 찾고자 노력했다. 창세기 미드라쉬 랍바에 기록된 내용을 잠시 살펴보면 그들이 무언가 대머리의 비밀을 숨겨놓은 듯한 느낌을 준다. 세계에서 몇 명밖에 되지 않는 수메르어 전공학자이신 '조철수 박사'가 번역한 『랍비들이 풀어쓴 창세신화(서해문집, 2008)』를 근거하여 신이 숨겨놓은 단서를 살펴보았다.

『제자가 랍비에게 물었다.

쉬무엘 바르 나흐만 랍비는 이렇게 대답하였다.

"찬미를 받으시는 거룩하신 분이 첫 번째 아담을 만들어 내실 때 그분은 그를 두 개의 얼굴 모습으로 달리 만드셨다. 그리고 그분은 그를 잘라내어 등을 두 개로 만들어 한 등은 여기에, 한 등은 저기에 만드셨다. 이와 달리 하와는 아담의 갈빗대로 만들었다."』

『제자가 랍비에게 물었다.

크파르 하닌 출신의 야콥 랍비는 이렇게 대답하였다.

"'우리의 모습과 닮은' 이들은 다스릴 것이며 '우리의 모습과 닮지 않은' 이들은 내려갈 것이다. 그리고 '우리의 모습과 닮은' 이들이 와서 '우리의 모습과 닮지 않은' 이들을 다스릴 것이다."』

랍비의 대답을 듣고 보면 둘 이상 인물이 신과 인간을 구분한다. 과연 랍비는 무엇을 기준으로 생각한 것일까? 저자는 여기서 호모 사피엔스 발드 사피엔스를 한 번 더 떠올렸다.

"우린 분명 신과 가장 많이 닮은 특별한 존재라는 것을"

공생(共生)

*공생(共生)
서로 종류가 다른 두 생물이 한 곳에서 서로 해를 주지 않고
도움을 주고받으며 이루어져 함께 삶

영화 '검은사제'에서 퇴마 신부의 구마 의식을 통해 등장한 악귀는 이렇게 말한다.

"지혜 있는 자여, 들어라 그냥 밖에 사람들처럼 못 본 척하고 살란 말이야. 호모 사피엔스 사피엔스 개미들아! 미개한 원숭이 너희가 미웠다."

악귀가 처절하게 울부짖던 뼈 있는 대사는 아직 귀에 울림을 더한다. 인간이 소유한 지혜를 통해 악한 존재마저 위협하므로 악귀는 더욱 인간을 시기한다. 인간은 악귀를 초월한 또 다른 신이 되었고 악귀는 인간을 다시 원래대로 돌려놓고 싶어 한다. 그러나 이미 입맛 좋은 세상 모조리 경험해 본 터인지라 다시 미개한 원숭이가 될 수는 없는 법, 차라리 모든 지혜로운 수단을 동원해서라도 악귀가 퇴마되길 바랄 뿐이다. 결국 이 영화에서 악귀는 우리가 미개하다는 것을 보여주지 못한다. 하지만 '검은사제'를 연출한 장재현 감독은 앞서 설명한 바 있는 영화 '사바하'에서 두 명의 서로 다른 쌍둥이 탄생을 예고한다. 털을 가진 아기와 털이 없는 아기가 태어난 후 온몸에 털을 가진 아기는 불길하고 혐오스러운 존재로 인식되어 개들이 사는 가축 창고에 갇힌다. 이처럼 사람들의 심리는 털 많은 원숭이가 내가 아니길 바라는 혐오의 대상이다.

악귀들은 끊임없이 인간이 혐오감을 느끼도록 우리에게 원시적 시절의 우리 모습을 보여주고 싶어 한다. 그런데 이미 알고 있는 사실을 왜 자꾸 보여주려는 건가. 내 생각건대 인간은 머리털을 남겨두므로 자신이 어디서 왔는지 누구인지를 짐작한다.

'혹시'라는 생각을 통해 '내가 원숭이'란 생각을 한다. 그러나 대머리는 그런 생각이 들지 않는다. 전자의 생각을 한 사람들과 우리는 유전자가 0.1% 다르므로 털에 대한 열등감이 없다. 악귀를 만나더라도 전혀 아쉬울 것이 없는 것이 우린 미개한 원숭이가 아닌 악귀의 상관격인 '신'의 형상을 갖춘 '호모 사피엔스 발드 사피엔스'이니까.

2001년 파주 감악산에는 유명한 감악도사 또는 소석 (故) 이진봉 선생이 계셨다. 전통 샤머니즘을 연구하고 해박한 지식으로 잘 알려진 바 그의 붓글씨조차 명필이라 하였다. 그런 그분을 처음 뵌 것은 군 위관 장교 시절 상관의 심부름으로 도사에게 공짜로 붓글씨를 받아오라는 특명을 받았던 터였다. 오랜 시간 찾아낸 깊은 동굴 속에서 도사와 마주친 순간 여든 살 정도 짐작되는 그에게 엄청난 기운을 느꼈다. 무시무시할 정도로 포스가 느껴졌다. 글 하나 써 주길 엄청 고집스럽고 깐깐하단 말을 이미 소문으로 전해 들은 지라 더욱 조심하게 접근했다. 도사라 불릴 만큼 어깨를 넘길 듯한 백발머리에 키는 180cm를 훌쩍 넘었고 그의 왼손에는 드래곤볼 무천도사가 들고 있어야 할 커다란 지팡이가 쥐어져 있었다. 도사는 귀찮은 듯 냉랭한 말투로 나를 쫓아냈다. 하지만 3일 후 다시 찾아가 도사와 마주 앉은 나는 쓰고 있던 전투모를 정중히 벗었다. 빛이 반짝거리는 살구색 머리 피부가 도사의 눈앞에 드러나자 순간 내게 말을 걸어왔다.

"이보게 독두(禿頭) 나를 바라봐 주게."

그런데 처음 말투와 사뭇 다르게 느껴졌다. 나는 대답을 얼른 하고 도사의 눈을 바라보았다. 도사는 "독두(禿頭)가 예수쟁이 구나."라며 어떤 글귀를 받길 원하는지 물었다. 한 번도 내 종교를 밝힌 적 없는데 도사는 나의 눈동자를 깊이 한번 들여다본 뒤 내가 믿는 신앙을 알아맞혔다. 상관이 시킨 꼬깃한 메모를 그에게 주며 잘 부탁드린다는 말을 하였다. 그런데 도사는 내 앞에 두 뼘 남짓한 가위를 내놓더니 이상한 주문을 읊기 시작했다. 그리고 20여분이 지나 가위를 번쩍 들었다. '설마 나를 해치는 건 아닐까'란 겁을 먹기도 했다. 그는 가위를 오른손에 쥐고 왼손을 자신의 머리 위에 갖다 대었다. 그리고 자신의 긴 머리를 한 뭉치 잘라내고는 화롯불 통에 휙 던져 버렸다. 도사는 이상한 춤사위와 함께 마대자루 같은 큰 붓으로 난생처음 보는 글자체를 휘갈겨 쓰기 시작했다. 이 곳을 빨리 나가야 한다는 생각이 머릿속에 가득했다. 하지만 상관이 명령한 심부름은 완수했으니 그나마 다행이란 생각이 들었다.

"이보시게 독두(禿頭) 젊은이"

조용한 동굴 어둠 속에서 도사의 칼칼한 음성이 다가왔다.

"예, 예. 도사님."

도사는 한참 침묵하더니 말을 이어갔다. "내 동굴에 독두(禿頭)가 온 것이 처음이네."

난 그때까지 독두(禿頭)가 무슨 뜻인지 잘 몰랐다.(스마트 폰도 없던 시대라 바로 단어를 찾아볼 수도 없었다.) '독두(禿頭)가 뭐지? 혹 조선시대 독도의 해적 두목? 나이가 많이 드셔서 도사의 기억이 가물가물 한 건가?'라며 속으로 중얼거렸다. 나중에 알게 되었지만 독두(禿頭)란 뜻은 '머리카락이 모두 빠진 머리' 즉, 대머리를 말했다.

어둠 속에서 도사는 계속 말을 이어갔다. "사람은 원래가 독두여서 아직 독두가 되지 못한 사람은 짐승만 못한 것이지, 머리를 가리지 말게. 머리를 통해 빛이 나오게 해서…." 잠시 말을 멈추었다. 그리고 왼손을 하늘로 가리키며 말했다. "저곳이 자네를 찾을 수 있게 비추란 말이지." 나는 내 반질반질한 머리를 쓰다듬며 이제야 도사가 말하는 뜻이 무엇인지 감이 왔다. 도사는 "나는 아직 멀었구나."라며 내 두 손에 자신의 글을 쥐어주고는 다시 어둠 한편으로 사라졌다. 돌아오는 길, 감악도사의 주문 외는 소리가 산길을 뒤덮었다.

마치 오컬트 이야기 같지만 내가 겪은 실화였으니 지금 생각해 보아도 참 기이했던 만남이었던 것 같다. 그와 내가 마주할 때 직감적으로 우린 서로 같은 듯 다른 느낌을 주고받았다. 도사는 처음 눈동자를 통해 내면의 나의 신을 만났고 외적인 나의 모습에 감탄하였다. 도사와 나는 태초에 처음 만난 각개 인간처럼 서로의 눈동자를 깊이 있게 응시하였다. 서로 다름을 인정한 두 개의 종이 만들어낸 세상에서 함께 공생하며 대머리는 더욱 대머리답게 앞장서 나가자. 그러면 자연스럽게 유행은 뒤따라올 것이다.

역사에 기억된 대머리 지도자

앞머리를 빡빡 밀어버린 기괴한 변발을 한 대규모 만주족 기병대가 하늘이 무너질 듯한 괴성과 함께 창칼을 휘두르며 달려들자 혼비백산한 이자성 군대는 변변한 저항도 못한 채 달아나기 바빴다.

〈오랑캐 홍타이지 천하를 얻다 / 장한식著, 산수야〉

고대 바빌로니아 대서사시 중 우리에게 너무 잘 알려진 길가메시 서사시는 신화적인 영웅담을 토대로 길가메시와 친구 엔키두가 모험을 떠나는 이야기이다.

길가메시보다 더 강하고 용감한 인간을 만들어 오만한 인간을 혼내 주고자 신이 만들어 낸 엔키두는 야수들과 함께 무예를 익히며 강한 용사로 성장한다. 그런 엔키두가 샴하트를 통해 여자를 알게 되고 7일 동안 발기하여 사랑을 나눈다. 이 계기가 어떤 깨달음을 주었는지 엔키두는 머리카락을 말끔히 밀어버린다. 그는 머리를 깨끗이 밀자 무시무시한 야만인에서 지혜롭고 현명한 인간으로 변한다. 엔키두의 이런 행동은 동물적 본성의 한계를 끊어낸 것과 동시 인간으로서 문명화됨을 자각하고 깨우친 과정이었다. 이처럼 오랜 역사를 가만히 들여다보는 순간 역사는 말해 주고 있다. 역사 속 대머리 종이 이룩한 인류의 거대한 변화를 통해 대머리가 얼마나 우수한 인간인지를 말해준다.

독수리, 원숭이, 개들의 세계를 잘 살펴보면 태생부터 온 몸에 털이 없거나 머리 모양만 대머리 형태를 갖춘 다양한 동물들이 있다. 한자로 머리카락이 모두 빠진 대머리를 독두(禿頭)라 부른다. 그런데 조류 중 가장 크다 볼 수 있는 독수리는 한자의 禿樹(독수)가 대머리 독과 나무수를 사용해 '나무 정상에 선 대머리 새'라는 뜻이며 순 우리말로 대머리수리이다. 약 8000만 년 전 매에서 갈라져 진화한 독수리는 천연기념물 제234호로 보호종이다. 독수리, 흰머리수리, 콘도르 중 맨 앞의 하나를 대머리수리라 부른다. 이름처럼 머리에는 털이 없다. 이러한 독수리는 하늘의 맹주로 자리 잡은 유일한 새이면서 인간에게 신화와 집단, 국가, 지도자의 상징물이 되기도 하였다.

원숭이 193종 중 멸종 취약종으로 관리 중인 신세계 원숭이(꼬리 감는 원숭이과를 통틀어 말함)에 속하는 우아카리 원숭이는 흰 대머리, 우까얄리 대머리, 붉은 대머리, 노바에 대머리 이렇게 4개종으로 분류된다.

우아카리 대머리 원숭이는 모두 멸종 취약종으로 주로 페루, 브라질 등 정글에서 생활한다. 지혜를 상징하는 대머리 원숭이는 경험이 많고 지혜로운 원숭이가 두목이 되어 자기들 집단 속 나름의 질서를 유지하고 다툼을 방지하는 역할을 한다. 페루 한 부족 전설에 의하면 '태양신이 애완용 대머리 원숭이를 데리고 지상을 산책할 때 태양신이 가진

〈멕시칸 헤어리스 도그〉　　　　〈우아카리 원숭이〉

지혜를 몰래 훔쳐 숲속으로 달아났다.'라고 한다. 대머리 원숭이 얼굴이 빨간 이유는 신의 물건을 훔쳐 도망한 죄책감으로 스스로 붉어졌다고 한다.

또한 기원전 1500년경 멕시코 고원에 살던 고대 아즈텍 부족과 밀접한 관계가 있는 털 없는 개가 있으니 '멕시칸 헤어리스 도그(Maxican hairless dog)'이다. 이 털 없는 개는 멕시코 국견이다. 이 견종 역시 대머리 원숭이처럼 땅의 신 쇼로트롤의 애견으로 인간의 죽은 영혼에 따라붙어 영원한 안식을 취하게 해주는 안내견이라 전해진다. 이 매력적인 견종은 피부에 털이 거의 없으며 균형 잡힌 몸매와 높은 지능으로 매우 침착하고 냉정하기로 유명하다고 한다. 이러한 털이 없는 개는 이집트 피라미드 벽화와 잉카제국 벽화에 존재를 남겼다.

엔키두, 독수리, 대머리 원숭이, 멕시칸 헤어리스 도그 등에게도 찬란했던 스토리와 자신의 역사가 있는데 '대머리 인간'은 얼마나 많은 위대한 역사 속 위인이 존재할까? 헤아리기 어려울 만큼 많지만 이 중 역사에서 기억되는 대표적인 몇 분을 여기에 초대하고자 한다. 소수의 대머리가 다수의 종을 지배했던 그 시절로 다함께 타임머신을 타보자.

최근 '듣지도 보지도 못한 잡놈'의 '듣보잡'이란 줄임말이 유행하였다.

잘 알려지지 않은 사람을 낮잡아 이르는 말이다. 사람은 누구나 금수저가 아닌 이상 듣보잡 같은 삶을 산다. 잡놈처럼 살다 성숙해지는 게 덧없는 사람 인생 아니던가.

그런데 가만히 역사를 돌이켜보면 듣보잡 같던 여진족(女眞族)이 거대 민족을 무너뜨렸다. 그리고 듣보잡 같던 '오다 노부나가おだのぶなが 織田信長'가 전국 통일 꿈을 실현 하였고, 듣보잡 같던 천덕꾸러기 '처칠'이 전 세계를 구했다. 우연이겠지 하다 보니 듣보잡 같던 노동자 '레닌'이 사회주의 혁명에 불을 질렀다. 듣지도 보지도 못한 잡놈 같던 그들이 놀랍게도 우리가 꼭 알고 가야 할 '대머리 인간' 중 한 명이었다.

언젠가 메시아가 다시 오신다면 만수르처럼 태어나지 않을 것이다.

오늘 이 시대적 난세를 바꿀 인물이 존재한다고 난 믿는다.

그것은 분명 우리 '대머리' 중 한 명이다. 쫄지 마라. 내가 무엇 때문에 대머리가 돼야 했는지 앞으로 내가 무엇을 해야 하는지 알게 될 것이다.

그다음 페이지의 주인공은… 바로 너니까.

대머리에게 복종하라 '누르하치'

한반도 민족에게 쓰라린 '삼전도의 굴욕'을 안겨준 '대청제국'은 소수로서 다수의 한족과 중화를 지배했던 여진족(女眞族)의 후예 '만주족(滿洲族)'이다.

17세기였던 1644년 대륙의 주인 자리를 거머쥔 만주족은 1912년까지 대청(大淸)이란 국호 아래 268년간 대륙을 호령한 중국의 마지막 봉건왕조이자 소수 이민족이 세운 국가이다. 비록 소수의 민족으로 중국을 통치했지만, 이들이 보여준 군사적 힘과 감각적 정치를 통하여 세계 역사상 가장 위대한 제국을 건설하였다. 도대체 이 만주족은 어떤 민족이었길래 중원의 패권을 잡고 한족 중심의 다민족 국가를 지배하였는가?

당시 "여진 군사 무리가 1만 명이 된다면 그들은 천하의 무적이 될 것이다."란 말이 여러 유목민 사이에 전해져 왔다. 이들은 단독전투에 능하여 조직적으로 일정한 부대 편성을 갖추게 된다면 아무도 당해낼 민족이 없는 천하무적이란 의미이다. (金史 권 2, 太祖本紀, 25쪽)

실제 12세기 여진인들이 세운 금나라가 송나라 군사와 전투를 벌인 일화가 있는데 당시 금나라군의 기병 17명과 송나라 군사 약 2천여 명이 전투를 벌여 송나라 군대가 대파 당한 사례가 있을 만큼 이들의 힘은 막강했다.

여진족 뿌리를 가진 만주족을 떠올릴 가장 쉬운 방법은 그들만의 대표적인 헤어스타일 '변발(辮髮)'을 생각해 보면 된다. 영화 '황비홍'

이나 중국 드라마 '보보경심'에 등장하는 인물을 머릿속에 떠올리면 쉽게 상상이 될 것이다. 당시 대륙의 최대 유행어는 '유두불유발, 유발 불유두(留頭不留髮, 留髮不留頭)'였다. "머리를 보존하려면 머리카락을 잘 라야 하고, 머리카락을 남기려면 머리는 남아 있지 못한다."는 만주족 이 내세운 경고는 입소문을 타고 대륙 전역으로 빠르게 퍼져 나갔다. 흩어진 건주, 해서, 야인 3개의 여진족을 하나로 규합한 '누르하치'의 대륙 전쟁은 (한족이라는) 머리털을 지키고자 한 민족 VS (여진족이라는) 변발형 두상 민족의 운명을 건 한판 승부였다.

머리털 종족과 대머리 종족의 진검 승부는 오래전부터 예견된 바 1115년 금나라(大金) 초대 칸 '아골타'가 자신의 나라 백성이 되고자 한 다면 머리를 빡빡 밀어 삭발을 하거나, 정수리 부분까지 머리를 밀도 록 하는 전제조건을 제시하였다. 금나라는 여진족(만주족)의 모체이자 뿌리였으며, 당시 금과 대립한 송나라는 명나라 한족의 뿌리를 둔다. 이를 벤치마킹한 누르하치는 자신이 세울 나라의 기본설계 모델을 계 획함에 있어 민족 정체성과 금국 계승이란 전제하에 '후금(後金)'이라 명한다. (누르하치 사망 후 아들 홍타이지에 의해 '청(淸)'이란 국호로 바뀐다.)

또한, 건주 여진 부족에 전설적인 영웅이자 누르하치의 롤 모델이 있었는데, 그의 이름은 속기능(束机能)이었다. 그는 태생부터 앞머리와 옆 구레나룻의 머리가 없었다. 그리고 자신이 가진 헤어스타일만이 민 족을 단결하고 부흥시킬 수 있다는 자부심을 가지고 있던 바 많은 무 리의 장수가 그를 따랐다. 총명한 누르하치는 스스로 변발을 함으로 옛 위인들을 기념하고 민족의 기풍을 새롭게 다졌다.

변발과 관련한 분명한 사례가 있었다. 누르하치가 명나라와의 첫 번째 싸움에서 무순을 함락했을 때 명나라 장수는 투항하며 스스로 머리를 밀었다. 이처럼 누르하치는 이후 어떤 성을 함락하더라도 삭발 여부(변발)를 항복의 기준으로 삼았다. 한족은 오랜 유교문화에 뿌리를 두고 있어 부모가 물려준 머리를 자른다는 것은 천륜을 거르고 오랑캐 풍습을 따르는 것과 같았으므로 수많은 명나라 백성이 머리를 깎는 대신 목을 내놓았다. 그럼에도 한족의 풍속에서 벗어난 변발을 강요한 데에는 한족이 가진 정체성과 존엄성을 모독하여 저항의지를 원천차단, 봉쇄하겠다는 이유가 있었다. 변발은 청 제국이 확고하게 정한 국책 중 하나였다.

이미 조선 정부도 이러한 변발 소문을 접하고 목숨보다 걱정한 것이 상투 존위 여부였다. 한반도 민족이야말로 오랑캐가 놀라 자빠질 만큼 대단한 고집을 가지고 있어 조선을 무력으로 정복한 청 제국 2대 황제 홍타이지 마저 고심하였다. 자칫 조선인의 상투에 대한 유교적 자존심을 건드렸다가는 왕부터 천민까지 모두 자결할 형세라 오히려 새롭게 건국한 청 황조의 품위에 손상을 우려해 조선의 풍습은 그대로 두기로 결정하였다고 전한다. 사실 누르하치는 조선국을 자신들의 여진족과 함께 오랜 혈맹임을 강조하며 왜란 당시 조선을 돕겠다고 명나라 황제에게 여러 번 파병을 요청해 거절당한 사례가 있다. 또한 병자호란 당시 팔기군 군법을 강화해 조선인들의 살생을 철저히 통제했다. 그러나 청 제국 군대는 만주팔기(만주족), 한족팔기(한족투항군), 몽골팔기(연합민족) 등 다양한 팔기군 제도를 가지고 있었기에 조선인을 괴롭히고 살육을 일삼은 것은 오히려 한족과 몽골족이었다. 만주족은 조선인들에게 인심을 잃지 않으려는 꼼수도 있지만, 남한산성이란 영화에서 본 것처럼 극악무도한 오랑캐의 모습이 아닌 잘 훈련되고, 세련된 무장 정규군으로 이들은 다른 팔기군에게 교범이자 모범이었다. 또한, 이들은 자신의 변발을 자주 면도하고 무장을 정비하므로 타민족에게 정복자다운 귀족적 자태를 보이려 애썼고 품위 있는 걸음걸이와 복장에도 매우 신경을 썼다.

이처럼 만주족은 의상과 머리 모양을 엄격하게 통제하여 개인의 사회적, 정치적 소속감을 일치시키려는 역할을 하였다. 누르하치의 아들이자 청 제국 건설자 홍타이지는 '만주족이 중심이 된 대제국'을 만들고자 하였다. 자신들과 같은 소수민족이 두발과 복식의 문화 방면에서 정체성을 잃어버린다면 곧 한족에게 동화되어 민족이 소멸할 것이란 과거의 교훈을 잘 알고 있었기 때문이다.

황제는 두발과 복식제도를 민족 정체성으로 인식하였기에 문화국가로 거듭나기 위한 만주국복식법제(1632년)를 반포하였다. 이는 자신들이 가진 오랑캐 콤플렉스에 대한 후진적인 관습과 폐습을 타파하고 정당한 제도 구축을 통해 민족을 단합시킬 그들의 의연한 의지였다.

명나라를 북경에서 쫓아내고 자금성에 최초 입성한 3대 청 황제 '순치제'는 돌연 곤룡포를 벗어던지고 불가로 출가를 한다. 그가 썼다고 하는 '순치황제 출가시'는 오늘날 불가에서 애송되며 승려들에게 많은 종교적 성찰을 심어주었다. 출가시에서 그는 자금성을 떠나기 하루 전 자신의 처와 훗날 황제가 될 강희제에게 이런 말을 전한다. "나는 본래 인도의 승려로서 산길을 걷다 잠시 쉬는데 들판을 지나는 왕의 행차를 보고 '나도 왕 노릇 한번 해볼 만한 일이구나.'라고 생각한 것이 인연이 되어 훗날 이렇게 황제가 되니 얼마나 후회가 되는지 모르겠다. 18년 세월 왕 노릇하던 세월이 너무 힘들었구나. 난 이제 본래 모습으로 산으로 돌아가니 무슨 걱정 근심이 있겠는가."라고 말을 남기며 아들에게 출가시 한 편을 쥐어 주었다. 천하를 손에 쥐고 자금성에 입성한 행운의 황제 순치제가 갑자기 황제 자리에서 물러나 산으로 입적한다니 정말 특종감이 아닐수없다. 야사(野史)에 의하면 훗날 황제가 된 아들 강희재는 아버지를 그리워한 나머지 오대산으로 향한다. 바위 정상에 앉은 아버지 뒷모습을 발견하자 황제는 아버지를 애타게 부른다. 그러나 아버지 순치제는 "떠나시오. 그대가 나보다 더 백성을 잘 다스리면 됩니다."라고 말하며 뒤를 돌아보지 않은 채 그를 돌려보낸다. 서운했던 강희제는 하산하며 한참 서럽게 울었고 이후 다시는 아버지를 제 입 밖으로 언급하지 않았다 전한다. 순치제의 단순했던 한마디였지만, 강희제는 아버지 말을 실천하여 "내가 그들보다 더 잘 다스리면 되지 않는가!"란 명대사를 후대에 남기며 훌륭한 황제가 되었다. 그리고 강희제는 대를 이어 옹정제, 건륭제라는 걸출한 황제를 배출하므로, 200여 년의 청국 최전성기 '강옹건성세(康雍乾盛世) 시대'를 맞이한다. 제후국이었던 조선 역시 숙종 이후 영, 정조까지 나라 안팎으로 평안하였고 이러한 만주족의 새로운 중화사상은 민족을 차별하지 않고 모두를 공정하게 다스린 아시아 대제국이 되었다.

청 제국 5대 황제 '옹정제'는 유럽 문물 수입을 통해 변화하는 서양

〈 유럽풍 가발을 착용하고 코스프레를 즐기는 청 제국 황제 '옹정제' 〉

문화를 접하게 된다. 이미 서구는 르네상스 문화 예술이 빠르게 뿌리를 내리고 있는 바, 황제 역시 서양인의 삶을 호기심 있게 내다보았을 것이다. 황제는 가끔 유럽에서 유행하는 최신 수입품 가발을 쓰고 황실 코스프레를 즐긴다. 이들은 세련된 서구 문화 앞에서 자신들의 변발 스타일을 언제나 자랑스러워하였고, 오히려 서양 가발을 파티용 코스프레로 즐길 줄 아는 매우 재치 있는 민족이었다.

문명과 야성이 결합해 복합 시너지를 낸 세계 역사상 최대의 이슈이자 이벤트였던 대청제국은 진정한 대머리의 나라, 대머리로 하나 된 나라였음이 틀림없다. 미개한 오랑캐 민족이라 불리며 무시와 천대를 받았지만, 어느 중국 왕조보다 희생과 헌신을 다 바쳐 중국을 일으키고 단결된 나라로 통일한다. 19세기를 거치며 한족 매너리즘에 물든 만주족은 자신들이 가진 야전적 기질과 정체성을 잃어버리므로 찬란했던 제국의 역사도 함께 사라졌다. 그리고 그들이 그토록 애써 보존하려 했던 '변발' 전통마저도 영영 사라졌다. 그러나 청조가 멸망한 이후에도 만주족은 사라지지 않았다. 오늘날 만주족 인구는 약 천만 명으로, 중국 내 55개 소수민족 중 2위지만, 이들은 타 소수민족과 다른 위상을 지니고 있다. 비록 만주족 풍습과 언어는 잃어버렸지만, 자신들이 만주족이라는 민족 정체성은 명맥을 유지한 채 살아간다. 예나 지금이나 중국은 다양한 민족이 혼합되어 살아가는 다민족 국가이다. 하지만 만주족 후예들은 오늘날 정치, 경제 중심의 핵심 인재가 되어 자신들만의 민족성 건제함을 과시한다.

〈아이신 교로 누르하치 Nurhaci〉

대머리가 세운 나라 대청제국은 이제 눈앞에서 사라졌지만, 우리 기억에 영원한 변발 제국으로 그들을 추억한다. 책을 덮고 가만히 눈을 감으면 끝없이 펼쳐진 초원을 달리는 팔기군의 말발굽 소리와 함성이 조용히 귓가에 맴돈다.

"어서, 살고 싶으면 머리를 밀어라."

한 뼘 이마에 통일을 꿈꾼 '오다 노부나가'

혼란스럽던 일본 전국시대를 사실상 종식시킨 장본인은 '오다 노부나가(おだのぶなが)'이다.

전국시대 오케하자마 전투에서 불과 2천 여 명의 군사를 일으켜 열 배 이상의 이마가와 요시모토 대군을 대파하므로 천하에 용맹을 떨친 것으로 유명하다. 노부나가의 뒤를 이어 우리가 너무 잘 아는 도요토미 히데요시, 도쿠가와 이에야스는 일본인들이 가장 존경하는 역사 속 인물이다. 그러나 전국 3웅이라고 불리는 오다 노부나가, 도요토미 히데요시, 도쿠가와 이에야스 가운데 일본인들은 유독 오다 노부나가에게 많은 매력을 느끼곤 한다.

일본 역사소설 또는 드라마를 보면 위 세명의 특징은 언제나 공통점이 있다. 도요토미 히데요시는 왜소한 체격에 얼굴이 원숭이처럼 못생겼고, 도쿠가와 이에야스는 달덩이형 얼굴이거나 다소 뚱뚱한 편이다. 그러나, 오다 노부나가는 용모가 단정하고 눈매가 사나우며 매력적인 남성으로 묘사한다. 또한 야마오카 소하치 소설 '오다 노부나가'에는 잘생긴 노부나가의 '넓고 하얀 이마', '단아한 이마'라고 표현한다.

당시 포르투갈 기독교 선교사 '루이스 플로이스'는 서양인 중 노부나가를 가장 가까이했던 인물로 "그는 한 뼘이 조금 넘는 훤칠하게 벗어진 이마 아래 강렬한 눈매를 가졌고 호리호리한 체구와 160cm의 큰 키를 가진 건장한 청년이다."라고 말한다.

2016년 도쿄 TV 역사 드라마 '노부나가 타오르다'는 히가시야마 노리유키 주연으로 많은 인기를 얻었다. 한 전투 장면 대목에 "오다 노부나가 이마에 반사되는 선명한 광채는 전장의 무사들로 하여금 승리를 예견하였다."란 말이 등장한다. 노부나가는 전장에서 투구를 잘 쓰지 않았다고 전해진다. 자신이 가진 빛나는 이마가 승리를 가져온다는 믿음으로 가리지 않았던 것이다. 또한 그의 가신이 많을 때는 10만 명을 넘었지만 이 중 가장 친애하는 부하 장수 두 명은 대머리 원숭이 '도요토미 히데요시'와 빛나리 '아케치 미쓰히데'였다.

노부나가는 이 둘을 '대머리 원숭이'와 '빛나리'로 불렀다. 가장 총애하는 자에게 별명을 불러 친근감을 표현한 셈이다. 이중 미남 격인 미쓰히데는 노부나가에게 '잘생긴 대머리'란 말도 종종 들었다. 미쓰히데 초상화를 보면 긴 얼굴에 넓고 매끈한 이마를 볼 수 있는데 그 반질거리는 이마를 본 노부나가가 지어준 별명이라 한다.

자신을 닮은 두 명의 대머리 장수는 노부나가가 애써 총애하여 길러냈지만, 미쓰히데와 히데요시는 결국 자신들의 이익만을 좇았다. 미쓰히데는 혼노사의 변으로 노부나가를 죽였고, 히데요시는 노부나가

〈 오다 노부나가 織田信長 (1534~1582) 〉

의 자식을 죽였다.

잘생긴 대머리 무사들의 이야기를 들을 때면 그들 역시 독특한 자신들의 헤어스타일에 상당히 관심을 갖고 있었다는 것을 알 수 있다. 또한, 대머리가 자연스럽게 벗겨진다면 별도의 면도가 필요 없었으므로 면도를 하는 무사들로 하여금 원조 대머리는 부러움의 대상이었다. 전국시대로 시작된 무사들의 헤어스타일은 완전 탈바꿈하기 시작한다. 민족적 독특함이 없었던 왜인들에게 단일화된 대머리 헤어스타일이 자리 잡는다. 물론 노부나가 이전부터 시작된 스타일이지만, 전국시대라는 난세의 영웅들을 대거 배출하는 과정 속에 빛을 발휘한 사람들 역시 원조 대머리였다.

일본 전국시대 사무라이들의 대표적인 상징적 헤어스타일은 '사카야키(さかやき,丁髷)', 우리말로 '촌마게'라 불렀다. 일본 남성의 전통적인 머리 모양으로 이마에서부터 정수리까지 반달 모양으로 삭발을 한

형태로 정수리 뒤쪽으로 남아있는 머리를 상투처럼 잡아 앞쪽으로 구부려 맨 형태이다. 가마쿠라 시대(1185~1333)에 성인식 의식으로 등장하여(조선에서 댕기동자가 상투를 틀며 성인식을 하는 과정과 같다.) 무로마치 시대(1336~1573)에 무사들 사이에 사카야키 스타일을 통해 이는 센고쿠-전국시대에 유행으로 번진다.

무사 권위의 상징이었던 사카야키는 17세기 에도시대에 이르러 평민 계층까지 널리 유행하기 시작한다. 그런데 이러한 사카야키가 무사들 사이에서 유래한 이유가 잦은 전투에 따른 투구 착용으로 땀, 열, 마찰로부터 두피를 보호하기 위함이란 말이 있으나 이는 매우 설득력이 떨어진다.

"기마민족들은 투구를 쓸 때에 땀띠가 나는 것을 막으려고 앞머리 부분을 면도했으며, 호족의 변발이나 일본 무사의 촌마게도 모두 여기서 나온 것이다. 이 머리 모양을 '노정露頂'이라 하는데, 용감한 병사를 일컫는 말로 쓴다."

(김용운 『제2 건국론』 / 1998년 지식산업사)

일본군 투구는 적으로 하여금 나의 군사적 품격을 높이고 위협적이게 보이고자하는 상징성을 가진다. 일본은 유목민이거나 기마족이 아니라 그들 세력간에 전투가 치열하였던 전국시대에 이르러 가문별 화려한 투구와 갑옷에 대한 과시적 경쟁이 일어난다.

하나 더 관심 있게 본다면, 전국시대 무사들은 자신의 무용을 보이기 위해 싸웠다. 항상 전장에는 전투 공적을 따지는 인사참모 '유희쓰'가 있었다. 장수 무리 맨 뒤에는 유희쓰가 '어느 장수가 얼마큼 전공을 세우는가'를 상세히 기록해 보고했다. 장수들은 유희쓰에게 잘 보이기 위해 많은 노력을 해야 했다. 과도하거나 화려한 투구를 착용하거나 갑옷에 방울을 주렁주렁 달아 소리가 들리게 했다. 자신의 모습이 적보다 아군 후방의 주군이 보낸 유희쓰에게 더 잘 보이길 바랐다.

예를 들어 일본 무사의 투구를 살펴보자. 투구의 제원은 가로 33.0cm, 세로 21.3cm, 높이 28.5cm, 무게 3.7kg이다. (무게가 최대 7kg이 나가는 투구도 있다.) 이와 같은 제원에서 보듯 견고하고 묵직한 투구를 쓰고 완전무장(갑옷, 창, 칼, 활, 기타 부수기재)을 한 상태라면, 특히나 당시 평균 신장 140cm 미만의 왜소한 체격을 가진 일본인들이 이런 과중한 무게를 짊어진 채 말을 타고 깊숙이 치고 달릴 수 없다. 빠른 속도로 달린다 한들 투구는 뒤로 재껴질 것이 뻔하고 무게를 이기지 못해 원활한 창술 발휘가 어렵다.

임진왜란 당시 기록을 보면 '왜의 장수들은 말 위에서 화려한 갑옷을 입고 지휘하거나 관망하는 자세로 후방 하위 무사 방패 사이에 에워싸여 있었다.'라고 전한다. 또한, 우리가 영화와 소설에 익숙하여 사무라이가 전투 시 칼을 먼저 들고 돌격하는 생각을 하나, 실은 활을 먼저 쏜 다음 (또는 조총을 사용) 장창을 사용하여 돌격하고 최기 거리에 근접 시, 비로소 몸에 지닌 장검을 뽑아 든다. 현대전을 비교해 보면 완전군장 60kg을 훨씬 뛰어넘을 무게이다.

한국전쟁 당시 인민군들이 철모를 쓰지 않는 이유는 바로 기동성을

〈 대청제국 만주 팔기군 기병대 〉

가장 중시한 전술이었기 때문이다. 중국, 북한군은 주로 치고 빠지는 전술을 통해 공격에 치중하였고 특전사, 그린베레 등 기동성을 중시하는 부대가 투구형 헬멧 착용을 하지 않는 것이 그러한 이유 때문이다. 그래서 변발을 한 만주족 팔기군의 냄비처럼 생긴 관모가 그들의 빠른 기동성을 더욱 보장해 줄 수 있었던 것이다.

기습을 좋아하는 오다 노부나가에게 투구와 갑옷은 속도와 기동성 저하라는 전술적 취약성을 지닌 약점 그 자체였다.

이와 같이 전투 장구류에 맞춰 사카야키나 변발 스타일이 나온 게 아니란 것이다. 오히려 일본식 투구는 풍성한 장발이 안정적인 쿠션감을 주어 말을 탈 때 과도한 크기의 투구 흔들림을 방지하는 장점이 있는 반면 쇠로 된 투구를 쓴 장발형 헤어 스타일은 오히려 두통과 온열 손상을 가져올 수 있다는 생각이다. 물론 나의 축적된 야전 경험이다.

결론적으로 일본인의 사카야키는 투구를 위한 스타일이 아닌 그들이 존경하는 전설적인 한 영웅의 외형에서 받아들인 유행 또는 전통으로 시작된 것임을 강조하는 바이다.

〈 일본 에도시대 사무라이 가문 투구 〉

일본의 상징과 같았던 전통 사카야키는 1871년 근대화 물결과 함께 촌마게 금지령이 내려지며 역사 속으로 사라졌다. 현재는 스모 선수들의 전통의상과 함께 남아있다. 하지만, 전란의 시대를 함께했던 일본인들의 전통 사카야키는 소수정예 부대로 최강의 힘을 자랑했던 오다 군단을 통해 여전히 그 진한 남자의 향수를 전한다.

어느 깊고 적막한 밤 노부나가는 자신이 총애한 두 명의 가신을 앞에 앉힌 채 낭랑한 목소리로 아쓰모리 노래를 부르며 춤을 춘다.

"인간사 오십 년, 돌고 도는 세월 덧없는 꿈같구나. 한 번 태어나 죽지 않는 자 누구인가." 두 명의 가신은 말없이 그의 노래에 맞춰 고개를 떨구었다.

"다시 새벽이 오는구나."

다산 정약용의 대머리 예찬

조용한 강원도 평창 산골에 사셨던 고조할아버지는 작은 서당을 운영하시며 시골 아이들에게 한자를 가르치시는 향반(鄕班, 조선조 ~ 근대초기 시골에 살며 여러대에 걸쳐 벼슬을 하지 못하는 양반을 이르는 말)이었다.

조선 숙종 시절 기울어진 가문을 이끌고 이 곳 향촌으로 이주한 조상님들은 오랜시간 서울 입성의 재기를 꿈꾸며 글을 읽어왔다. 그런 할아버지에 대한 옛날이야기는 조선시대 사극처럼 언제나 정겹다. 그런데 일제시대 무렵 찍었던 할아버지의 사진을 보았을 땐 내 눈을 의심했다. 양반이 쓰던 십이 감투를 쓰신 할아버지 머리는 분명 대머리

〈조선 후기 학자 '윤증'의 초상화 (감투 속에 비치는 대머리)
보물 제1495호 /출처 : 한국민족문화 대백과〉

였고 오른쪽 귀 아래 엄지손가락보다 조금 큰 상투를 틀었다. 생각을 해 보니 사극 영화, 드라마에서 단 한 번도 대머리를 본 적이 없었다.

조선의 학자 중 송시열의 제자 '윤증'이 남긴 초상화는 조선 상투 사회에서 사대부가 대머리를 어떻게 관리했는지를 잘 보여준다.

이처럼 조선시대는 철저히 이들의 존재를 밖으로 드러내지 않았다. 자신들이 혐오하고 경멸하는 중국과 일본 오랑캐의 두상을 닮았다고 생각했기에 유교를 떠받드는 양반으로서 자존심 상하는 문제였을 것이다. 이런 유교정신은 현재 한국인들에게 대머리를 편애편증하는 고정관념 의식이 잠재적으로 형성되어있다. 조선시대에 상투는 성리학을 공부하는 선비의 절대적 상징이자 민족 정체성이었다. 또한, 성인에 대한 인증이었다.

구한말 유학자 면암 최익현은 '목을 자를지언정 상투는 자를 수 없다'며 끝까지 상투를 지키려 했다. 당시의 시대상이 부모로부터 물려받은 것이니 훼손할 수 없다는 유교의 가르침이 주된 이유였지만, 친일내각이 단행한 단발령은 백성들의 강력한 반발을 불러일으킨다. 조선 정부 관리 중 김병시는 공자가 "신체발부는 부모로부터 받은 것이니 감히 훼손치 말라." 하면서 단발령을 반대하는 상소문을 고종황제에게 올린다. 이를 시작으로 단발령 반대운동은 재야의 유생뿐만 아니라 서민들에게까지 번지게 된다. 그러자 내각에서는 각지에 체두관(剃頭官)을 파견해 강제로 백성들의 상투를 잘랐고, 이를 원망하는 통곡소리가 끊기질 않았다. 단, 조선의 대머리 1% 양반과 평민들만이 이러한 시대적 상황에 덤덤한 마음을 가졌을 것이다. 이렇게 유별나도록 상투에 집착하는 사대부와 백성들도 자신들이 행하는 상투가 얼마나 관리 유지가 힘들고 위생에도 취약한지 알면서도 성리학이란 자존심 때문에 지킬 수밖에 없었다.

조선 말기의 실학자 다산 정약용(丁若鏞, 1762-1836)은 18년의 유배 기간 동안 독서와 저술에 힘을 기울여 그의 학문 체계를 완성했다. 그런 다산이 71세에 지은 노인일쾌사(老人一快事)라는 한시에서 자신의 노년 모습과 일상의 이야기를 읊었다. 노인이 되어 대머리가 된 것, 이가 모두 빠진 것, 눈이 어두운 것, 귀가 먹은 것, 마음 내키는 대로 시를 쓰는 것, 대머리가 되어 머리를 감거나 빗질해야 하는 번거로움이 없고, 이가 모두 빠져 치통이 사라졌고, 눈이 나빠져 책을 보거나 학문 연구를 하지 않아도 되고, 귀가 먹어 세상 온갖 소리를 듣지 않아도 되는 노년의 긍정적인 내면을 볼 수 있다. 다산은 대머리가 되는 것을 창피하게 생각하지 않고 오히려 즐거움으로 삼았다. 특히, 조선의 상투 튼 머리 형태가 얼마나 답답했었는지 대머리가 되어 머릴 감고 빗질하는 수고로움이 없어 좋아하였다.

얼마 전 한 유튜브 방송에서 머리를 일주일 이상 안 감았을 때 나타나는 현상을 실험하였는데, 일주일 이후 실험대상 머리에서 참기 힘든 오물 냄새가 난다는 재미난 결과를 보았다. 요즘처럼 씻을 곳이 많지 않고, 비누 등 위생용품이 발달되어 있지 않던 조선시대는 상투 속 악취와 머릿니 때문에 많은 사람들이 고생을 했다. 특히 머릿니는 사람의 머리털에 붙어살면서 피를 빨아먹고 사는 이과의 곤충 중 하나로 사람에게 머릿니 기생증(머릿니 감염증)을 일으키는 절대 기생물이다.

80년대 나의 어린 시절에도 머릿니는 국민적 골칫거리였다. 아이들 머릿속은 머릿니의 알인 서캐가 머리카락 사이사이로 듬성듬성 매달려 있었다. 부모들은 온갖 도구와 약품으로 머릿니 박멸에 나섰지만 결코 쉽게 사라지지 않았다. 조선의 상투야말로 머릿니가 가장 살기 좋은 신도시였으니, 아무리 성리학이 중요했다 한들 가려움 앞에 당해 낼 자 누구였을까.

미국 선교사의 눈에 비친 우리 선조들은 자를 수 없는 긴 머리를 보존하느라 엄청난 고통(가려움, 피부병)을 감수하고 양반, 천민 할 것 없이 조선인은 매우 불결한 민족이라 표현했다. 아마도 다산은 대머리가 되어 이상한 기생물과 결별한 뒤 세상에 없던 자유를 느꼈을 것이다. 오히려 나이가 들어 자연스레 머리가 빠지니 유학자로서 자존감도, 체면도 지나가던 개나 줄 일이었다. 그의 짧은 시 속 한두 줄의 대머리 예찬을 읽으며 당시 수백만 선비들이 '참빗으로 가려운 머리를 긁으며 차라리 대머리가 되었으면 속 시원하겠다'라고 중얼거렸을 그들 속내를 슬며시 짐작해 본다.

너의 신념을 강요하라 '시네시오스'

지성이란 열매는 머리에서 불필요한 장식을 하나둘씩 떨어낸 연후에야 맺을 수 있다. 본래 머리털이 없는 대머리는 신성 그 자체다.

〈키레네의 시네시오스〉

A.D 391 알렉산드리아, 도시 이름부터 알렉산더 대왕의 영광으로 건설된 이 도시는 인구 90만의 거대한 도시였을 뿐 아니라, 다양한 종교들이 함께 공존하면서 평화를 유지하는 곳이다. 로마 유피테르 신전과 유대교 회당이 있으며 313년 이후 공인된 기독교회가 함께 머물렀다. 또한, 학문의 도시였다. 당대 세계 최고의 알렉산드리아 도서관이 그곳에 있었다. 한때 70만 권에 이르는 두루마리 장서가 존재했고 철학과 학문이 날 선 대립과 토론으로 학문의 기틀을 세운 곳이다. 그리고 그 한가운데 시민들이 모여 다양한 활동을 하는 야외 집회장으로 아고라(agora)가 있었다.

리비아 출신의 철학자 '시네시오스'는 오늘 이곳 아고라의 중심에서 '대머리 예찬'을 부르짖었다. 시네시오스는 자신의 동료이자 라이벌인 '디온'이 풍성한 머리털을 자랑하며 쓴 '머리카락 예찬'이란 글을 읽고 큰 충격을 받아 이를 반론하기 위해 대머리의 우월함을 강조한 '대머리 예찬'이란 글을 써 사람들의 공감과 설득력을 불러일으켰다. 그는 머리털이 없는 사람과 머리털이 있는 사람의 차이를 "인간과 짐승의 차이와 같다"라고 말해 논란이 되기도 하였다. 또한, 신과 가장 근접한 존재이자 지적으로 뛰어난 인간만이 대머리가 된다라는 주장을 통해 디온을 압박했다. 인류 최초의 대머리 예찬이자 선언문이었다.

1500년 전 대머리를 대변하여 혁신적인 대머리 돌풍을 일으킨 시네시오스는 당시 외모 지상주의에 억압받는 소수들로 하여금 많은 자신감을 갖게 하였다. 2011년 우여곡절 끝에 개봉된 영화 '아고라'에 젊은 시절의 시네시오스가 등장한다. 패기 넘치는 대머리 청년으로 등장하는 시네시오스는 세기적인 천재 천문학자이며, 매혹적인 여인이자 교수였던 '히파티아'의 총애받는 제자 중 한 명이었다. 히파티아는 알렉산드리아 도서관에서 학생들을 지도하며 질문과 토론하는 자유스러운 분위기를 주도했다. 그녀의 제자들은 자신들 의견과 주장을 가감 없이 발휘하였다. 시네시오스는 히파티아에 대하여 '플라톤의 머리와 아프로디테의 몸'을 가진 스승이었다고 말한다. 미모를 겸비한 히파티아는 자신을 사모하는 한 제자에게 자신의 월경이 묻은 피 수건을 보여 주며 "네가 사모하는 나는 꿈속의 여신이 아니라 그냥 이렇게 평범하고 지저분한 여자일 뿐이다."라고 말한 뒤 짧은 명언을 남긴다.

"보아라. 나는 진리와 결혼했다."

그렇게 모든 사람들에게 사랑받던 히파티아는 당시 혼란스럽던 종교적 갈등의 기로에 선다. 이를 걱정한 시네시오스는 존경하는 스승 히파티아에게 기독교 개종을 권한다. "스승님께서 예전에 이런 가르침을 주셨지요. '만약 어느 둘이 다른 하나와 일치하면 모두 서로 같다.'라고 하셨지요. 보세요, 우리 셋은 모두 같아요. 스승님도 우리와 같은 기독교입니다."

"시네시오스! 신념은 절대로 강요해서는 안 되는 거야."

이후 히파티아는 기독교인들에게 처참히 살해되었다. 스승의 죽음을 목격한 제자는 훗날 진리인가, 종교인가의 딜레마 앞에 고민해야 했고 결국 중도(中道)의 길을 걸었다.

그럼에도 불구하고 자신이 가진 외모에 대한 확고한 진리만큼은 세상에 널리 알려지길 바랐으니 "인간 중에서도 가장 신성한 존재는 바로 머리털을 잃어버린 대머리들이다. 따라서 대머리는 이 지상의 모든 생명체 중 가장 존귀한 존재이며 이것이 진리이다."라고 신념에 찬 주장을 하였다. 역시 그 스승에 그 제자답다는 말이 맞는 것 같다.

여전히 그는 아고라의 중심 한가운데 삐딱하게 선 채 한 팔을 반쯤 들어 올려 힘차게 외친다. "세상 모든 대머리들이여, 그대 어깨를 쫙 펴라."

위대한 대머리 정치가 '처칠'

"You, never give up!"

〈윈스턴 처칠〉

매년 4월 23일이면 금발머리의 영국인들이 경기도 파주시 적성에 위치한 설마리 전투 추모공원을 찾는다. 나이가 지긋한 영국 노병과 함께 어린 현역 병사와 간부들도 이곳에 와 그날의 기억을 회상한다. 나는 지난 몇 년간 영국군 장교와 노병들을 안내하는 임무를 맡아 그들과 함께하였다.

6.25전쟁이 한창이던 1951년 4월 22일, 중공군을 맞이하여 이틀간 혈전을 벌임으로써 수도 서울 진입을 지연시켜 아군 작전에 유리한 여건을 조성한 영국 글로스터 대대가 바로 그들이다. 당시 인해전술을

구사하던 중공군의 4월 공세가 바로 이곳 파주 축선으로 향하여 중공군 3개 사단 약 3만 명 이상이 영국군 글로스터대대를 눈앞에 두고 고전한다. 영국군 대대는 고작 500여 명이 전부였지만, 그들은 악바리처럼 저항하였다. 이러한 극적인 상황 속에도 그들의 방어 진지 무명 235 고지에는 두려움을 잊은 용사 한 명이 트럼펫으로 '릴리 마를린 (Lili Marleen)' 노래를 연주하자 전선에 모든 병사가 노래를 따라 부르며 흥얼거렸다.

'가로등이 환히 밝혀진 위병소 앞으로 아직 그녀가 서 있네. 그렇게 우리는 다시 만나기를 고대하네. 예전에 릴리 마를린이 그랬듯이. 예전에 그녀가 그랬듯이'

영국군은 이 순간 죽기를 각오하고 전장의 혼이 되길 다짐한 것이었다. 기억을 더듬던 한 노병은 두 주먹을 불끈 쥐며 이렇게 말했다.

"우리 영국은 절대 포기하지 않는다."

나는 영국 노병의 비장한 결언을 들으며 세계대전 당시 윈스턴 처칠을 문득 떠올렸다. 처칠의 좌우명은 '절대로 포기하지 마라'였다. 이는 아직도 그를 잊지 못하는 영국인들의 가슴에 지칠 줄 모르는 심장을 가진 처칠이 살아 숨 쉰다는 것이다.

1940년 5월 10일 놀라운 우연의 일치가 일어났다. 히틀러가 서유럽을 상대로 전격전을 개시한 날 마치 운명의 장난처럼 윈스턴 처칠이 영국 총리로 선출되었다. 히틀러에게 유럽 전역이 점령당하고 있는 가운데 처칠은 끝까지 항복하지 않았다. 그리고 히틀러와 처칠은 인류 역사의 향방을 거머쥘 거대한 라이벌 게임을 한다.

윈스턴 처칠은 히틀러에 비해 외모나 옷맵시나 웅변술 등 모든 것에 뒤처지는 모습이다. 하지만 그런 처칠을 매력적으로 보이게 하는 것은 그의 대머리가 아닐까 한다. 그는 짧은 목에 뚱뚱한 162cm의 단신으로 꼰대처럼 담배를 즐기는 전형적인 동네 대머리 아저씨다. 통상 영국 남자를 생각할 때, 우리는 젠틀맨이거나 셜록 홈스, 제임스 본드 정도를 떠올리지만 처칠은 아무리 봐도 섹시한 영국 남자와는 거리감이 좀 든다. 일본인들이 가장 사랑하는 위인을 '오다 노부나가'라고 했다면 영국인들이 가장 사랑하는 위인은 당연 처칠이다. 영국인들이 그를 사랑하는 이유는 풍전등화의 위기 속에서 영국을 미치광이 히틀러로부터 구해낸 단 한 명의 용기 있는 지도자였기 때문이다.

이러한 역사의 라이벌인 히틀러와 처칠은 마치 머리털이 풍성한 매력적인 지도자와 볼품없는 대머리와의 한판 승부와도 같았다. 볼품없어 보이는 처칠은 자신만의 숨겨진 매력을 가지고 있다. 그의 아내 클레멘타인 호치에를 보면 처칠의 진면목을 알 수 있다.

그녀는 스코틀랜드 명문 가문의 딸로서 둘의 결혼은 당시 영국 사교계에 큰 이슈였다. 당시 클레멘타인은 영국 왕실 신붓감으로 거론될 만큼 뛰어난 미모의 소유자였다. 그런데, 처칠의 말보로 공작 가문은 가문 명맥을 겨우 유지할 정도의 중산층이었다. 도저히 이루어질 수 없을 것 같았던 두 사람은 훗날 반려자 이상의 정치적 동반자이자 가장 가까운 친구가 되었고, 1남 4녀를 둔 행복한 가정까지 이루었다. 처칠의 외손녀 실리아 신디스는 "처칠은 위기의 순간마저 즐길 줄 아는 여유를 가지고 있었으며 단 한순간도 포기한 적이 없는 지도자였다."

〈 영국 42대 총리 '윈스턴 처칠' 〉

라고 회상한다. 이는 용기 있는 자만이 미인을 차지한다는 공식을 이 룬 셈이다.

옥스퍼드 대학의 졸업 축사를 마치고 강단을 내려오던 그가 이렇게 말한다.

"우리는 모두 벌레처럼 하찮은 존재일지 몰라. 하지만 나는 그중에 서 가장 반짝반짝 빛나는 벌레일 거야."

누구도 좋아하지 않았던 괴팍한 성격의 처칠은 가장 어두운 시기에 총리가 되어 가장 빛나는 세상에서 가장 사랑받는 사람으로 남겨졌다. 그리고 절대 포기를 모르는 대머리 지도자 처칠의 후손들이 지금 이곳 경기도 파주에서 목숨을 다 바쳐 대한민국을 지켜주었다. 영국 노병의 두 손을 꼭 잡아 주었을 때, 그의 주름진 손에는 4월의 따스한 온기가 그대로 느껴졌다.

가발의 제국 '루이 14세'

"짐이 곧 국가다." 독재와 끝없는 전쟁으로 프랑스 국민들을 기근 속에 요동치게 만든 루이 14세는 절대왕정을 확고히 하기 위한 수단으로 예술에 대한 전폭적인 지원을 아끼지 않았다. 군주의 위엄을 과시하기 위한 상상을 초월한 건축기법과 오직 왕을 위한 정치적 목적으로 탄생한 음악들은 당시 루이 14세의 절대왕권 수준이 어느 정도인지를 가늠해 볼 대목이다.

이렇게 화려한 프랑스 왕정시대에 전 유럽으로 유행 하나가 널리 퍼져나가고 있었으니 그 정체는 '가발'이었다.

가발의 서막은 중세시대 루이 13세가 자신의 대머리를 감추고자 긴 검정 웨이브 가발을 착용하면서 유행이 시작되었고 프랑스 대혁명으로 왕족의 머리가 단두대에서 잘려 나갈 때까지 가발은 약 200년간 유럽 전역을 유행시켰다. 가발은 계급을 구분하는 사회적 지위의 상징으로 사용되면서 화려하고 과도한 모양을 갖춘 패션 아이템으로 자리 잡았다.

1643년 이후 유럽 상류층이라면 프랑스 왕실에서 착용한 가발 하나쯤은 필수였고, 1665년에 프랑스에서 최초의 가발제조업 '길드'를 설립하며 본격적 가발 산업에 뛰어든다. 대머리 루이 13세가 자신이 가진 콤플렉스를 감추고자 쓴 가발이 대머리가 아닌 전 국민이 찾는 명품이 된 것이다. 그리하여 머리털이 있어도 남보다 더 풍성하고 많게 보이고자 경쟁하였다.

태양왕 루이 14세는 아버지 루이 13세의 외모를 유전적으로 많이 닮았다. 젊은 시절 루이 14세는 유럽 궁정의 모델이었다. 그동안 아름답고 멋지게 멋을 부리던 왕이 없었기에 루이 14세는 '아이돌' 취급을 받았다. 그는 깃털, 모자와 화려한 가발, 섬세한 자수와 리본으로 장식한 고급 비단 의상을 즐겨 입었다. 이 중에서 그가 가장 신경을 쓴 가발은 부친보다 더욱 화려하고 완벽한 가발로 발전시켰다. 부친 대에 잠시 유행하던 가발 패션을 자신이 왕권을 잡으면서 부친이 가진 콤플렉스를 그대로 계승하여 극대화시킨 셈이다.

17세기 중반부터 18세기까지 영국에서도 프랑스의 가발이 유행한다. 이를 전파했다고 전해지는 사람은 당시 프랑스로 망명해 있던 '찰스 2세'가 영국의 왕정복고로 인해 1660년 귀국하면서 시작되었다. 영국은 의회파와 왕당파가 서로 정치적 견제를 하며 여당과 야당으로 분리된 시기였는데 의회파는 짧은 민머리 스타일, 왕당파는 긴 머리 스타일을 고수했었다. 마침 선진국 프랑스 패션 문물을 보고 느낀 '찰스 2세'가 귀국하면서 왕당파는 헤어스타일이 자신들의 정치적 당파 영향력을 높이고 여당의 권위를 부각할 대안으로 판단하여 프랑스 가발을 왕당파 스타일에 맞도록 벤치마킹하였다. 이렇게 영국은 앞머리를 높이 세우고 뒷머리는 리본으로 묶는 하얀 가발, 마카로니 가발이 한때 유행하기도 하였다.

패셔니스타 루이 14세의 가발은 아시아 청(淸)제국 옹정 황제까지 전해진다. 그러나 앞서 설명했듯 옹정 황제는 가발을 단순 패션 도구이자 코스프레용으로 취급하였다. 루이 14세는 침대에서도 가발을 벗

〈루이 14세(좌), 영국 가발(우)〉

지 않고 잠자리에 들 정도로 가발에 집착하였다. 만약, 그가 자신이 가진 외모를 부끄러워하지 않고 있는 그대로 자신을 사랑했다면 그는 더 빨리 가발을 벗어던지고 더 편하고 자유로운 삶을 살았을 것이다. 또한 지금 현대를 사는 수많은 대머리들의 수고로움을 조금 덜어주었을 지도 모른다.

1715년 9월 1일 새벽, 프랑스 역사 중 가장 오랜 세월 나라를 지배한 태양왕 루이 14세가 눈을 감았다. 그리고 그가 아끼던 가발도 함께 머리에서 벗겨졌다. 마지막 죽음으로 남기고 싶었던 말은 "짐은 곧 대머리다."가 아니었을까 하는 의문을 더해본다.

유예된 대머리 유토피아 '레닌 공화국'

"하나님께서 온갖 무자비한 어리석음이 난무하는 러시아 폭동의 현장에서 너를 지켜 주실 것이다."

<대위의 딸 中 / 푸시킨>

어느 날 마르크스의 저서 '공산당 선언'을 탐독하게 된 레닌은 새로운 발상을 통해 혁명이란 목표를 이끌어 낸다.

20세기 최대의 사건이자 인류 최초의 성공한 노동자 계급 혁명인 러시아 혁명을 이끈 혁명가이자 사상가 레닌은 "우리 자신도 노동자다."라고 말하며 자신을 노동자 계급에 비유했다. 헐벗은 러시아 민중은 자신들 처지와 비슷한 혁명가 레닌을 적극 지지했다.

혜성처럼 등장한 신예 '블라디미르 일리치 레닌(Vladimir llyich Lenin)' 대체 그는 누구인가? 그는 오로지 혁명만 생각하는 혁명가 자체였을 만큼 재미없고 무뚝뚝하였다. 사람을 대할 때 사적 감정을 품지 않았고 상대방을 개성이 아닌 사상으로 평가하였다. 그는 시종 무뚝뚝한 성격의 인간미 없는 타입인데다 술과 담배를 일절 하지 않았다. 그의 주변 사람들은 레닌을 존경했지만 한편 두려워했다. 그가 가진 외적 카리스마 때문이다. 고집스레 꽉 다문 입술 위에 정돈 안 된 거친 수염 그리고 둥그스름한 대머리, 구겨진 셔츠와 헐렁한 바지는 언제나 짧았다. 달리 보면 러시아의 여느 농민과 다를 바 없었다. 간혹 동료들과 나누던 이야기에 매료되어 작은 눈이 더욱 작아지고, 눈가에 핀 잔주름 몇 개가 더 잡히며 호탕하게 웃었다. 마치 시골 농부같이 털털한 사람이었다. 그러나 레닌이 가진 얼굴에는 언제나 깊은 사색과 감히 접근할 수 없는 냉정함이 함께 서려 있었다. 레닌은 순간 화가 나면 자신의 대머리 부위를 몇 번이나 손바닥으로 쓰다듬으며 안정을 찾으려 노력하는 버릇이 있었다. 언제나 그의 말투는 투박스럽고 논리적이며 공격적이었다. 동료들은 그를 '현인' 또는 '대머리 영감'이라 부르기도 했다. 이러한 동네 아저씨 스타일 레닌이 초기 공산주의 교주로 부각이 된 것 역시 당시 가난한 백성에게 유일한 희망이자 잠정적 메시아였기 때문이다.

이 시기 등장한 사회주의는 왕정을 몰아낼 새로운 이념, 새로운 종교였다. 제정 러시아는 하나의 교회와 진리만이 허용되고 이교도는 철저히 배척되었다. 그러나 1985년 이전까지 공산주의는 교회를 대신하였고, 이념은 종교적 진리를 대체하면서 실질적인 국가정책이 되었다. 교회를 대신한 소련의 창시자 레닌은 인민으로 하여금 절대 숭배자로 받아들여야 했으며, 그의 얼굴 초상과 동상이 어디든 내걸리고 세워졌다. 그것도 모자라 레닌이 죽은 뒤, 그를 미라로 만들어 크렘린 궁 인근 묘지에 전시물로 만들었다.

현재에 와 다시 기독교를 받아들인 러시아인들은 부활절이 되면 이 시기에 태어난 레닌을 함께 기억한다. 이들은 러시아 정교 인사말로 "예수 그리스도가 부활 하셨어요."라고 서로에게 말하며 잊힌 또 다른 한 명을 추억한다고 한다.

여기까지 읽다 보면 왠지 모르게 낯설지만 익숙하다. 만약 북한 세

습정권 '김씨 왕조'를 떠올렸다면 정답이다.

　김일성은 이런 소련의 사례를 100% 활용한 프로파간다 파워를 통해 그들만의 독재정권을 탄생시켰다. 그러나 지금까지 존속된 김정은의 나라, 북한은 레닌이 꿈꾸던 이상주의를 벗어난 변질되고 과장된 공산주의다. 김정은이 머리를 빡빡 밀어 대머리를 자처한 지도자가 될 가능성도 적지만 그들의 이념이 영원히 존속될 가능성도 매우 희박하다. 또한 민중들이 앞서 본 것처럼 김정은을 레닌처럼 진정 사랑하느냐의 문제이다. 그저 공포 정치와 탄압 때문에 혹은 어쩔수 없이 살아야 하기 때문에 김씨 왕조를 따르는 것뿐이다. 이런 막돼먹은 사회주의는 이제 인류 역사에서 북한을 끝으로 막을 내려야 한다.

　1917년 10월 세계 최초로 사회주의 혁명이 성공하였다. 러시아인들은 더 이상 인간에 대한 착취가 용납되지 않는 이상적인 사회가 오리라 굳게 믿었다. 하지만 모두가 평등한 사회, 유토피아는 결코 실현되지 않았다. 그러나 러시아 혁명은 20세기 역사 전체를 지배하였다. 그리고 멀지 않아 공산주의는 끝났다. 메시아라 굳게 믿어 왔던 레닌도 한순간 사라졌다. '쿵' 하며 목이 잘려 떨어진 레닌 동상 주변에 흩어진 돌조각 부스러기가 사방으로 나뒹굴었다. 레닌은 죽었고 레닌의 대머리 흉상이 비스듬하게 누워 구경꾼들을 주시하였다. 정통파 공산주의자들은 무너진 그의 동상 앞에 홀연히 남았다. 그들은 해가 진 뒤 붉은색 라커를 들고 무너진 동상 조각에 뭔가를 쓰고는 유유히 사라졌다. 다시 새벽이 왔고, 햇살 아래 비춰진 붉은 글씨가 선명하였다.

　"레닌은 살았고, 레닌은 살아 있고, 레닌은 살 것이다."

〈블라디미르 일리치 레닌〉

이렇게 레닌을 계승한 스탈린을 시작으로 유예된 공산주의는 점차 쇠락의 길을 걸었다.

곧 대머리만이 혁명을 시작하고 대머리만이 혁명을 종결할 수 있다는 반증이다. 그리고 어느 사상이나 민족에게 잠시 왔다 사라지는 추억이자 선물이 바로 '대머리'였다는 사실을 그를 통해 새삼 느끼고 싶다. 혹여 그가 다시 돌아온다면 지난날 케케묵은 사회주의를 뒤로한 채 분위기 좋은 카페에 앉아 누군가가 쓴 자신의 이야기 레닌 평전을 읽으며 허탈하게 웃을지도 모르겠다.

레닌의 혁명은 분명 대머리 혁명의 작은 불꽃이었다.

Chapter 3

발드 마켓
(Bald market)
시장을 공략하라

대머리를 위한 발드 마켓

웬만하면 다 있을 법한 대한민국에 없는 것 한 가지가 있다. 그것은 대머리들을 위한 대머리 용품점이 없다는 것이다. 내가 대머리가 되어 삭발을 시작했을 때 난감한 상황에 직면했다.

도대체 머리 면도를 어떻게 해야 하는지 알 수가 없었다. 그리고 사용했던 일회용 면도기는 피부 사이 거친 머릿결을 지나며 몇 개의 상처를 냈다. 스스로 유튜브를 보며 배우기 몇 분 뒤 익숙지 않은 삭발을 포기했다. 결국 동네 이발소에서 삭발과 면도를 마치고 나서야 드디어 두상이 깔끔해졌다. 현재 가지고 있는 턱수염 면도기로 자기 머리를 민다는 것이 쉽지 않다는 상황을 직접 겪고 나서야 이 스타일마저 '나에게 위기다'란 생각이 들었다.

어느 날 친구와 홍대 근처에서 호프를 한잔하고 걷는 중 특이한 것이 눈에 들어왔다. 바로 평범하지 않은 성인용품점이었다. 늘 은밀하게 구석에 처박혀 있을 법한 성인용품점이 홍대 중앙에 떡하니 모습을 드러내고 있었다. 쇼윈도 내부가 훤히 보이는 가운데 놀라운 광경에

〈 부산에 위치한 성인용품 멀티숍 - 라이트 타운 〉

충격을 받았다. 내부 고객은 다름 아닌 여성들이 대다수였다.

성인용품점을 '부끄러운 가게'라 생각했던 고정관념을 깨버린 순간, 그들은 음지에서 양지로 자신을 당당히 드러내었다. 지금까지 음습하고 수상스러운 성인숍과 달리 확실한 선을 그은 것이다. 밝고 차분한 노란 실내 불빛은 안정감을 주기에 좋았고 잘 정돈이 된 제품들은 마치 전시장 같은 느낌을 주었다. 이곳을 찾는 젊은 고객층은 개인의 성적 취향을 자연스레 상담하고 제품을 소개받기도 하였다. 제품 한편에는 섹스에 관한 도서가 진열되어 있으므로 고객들은 자신들의 궁금한 성 관련 도서를 구매하였다.

이곳은 성과 관련된 모든 것이 갖춰진 개방형 섹스용품 대형 숍으로 연인들의 데이트 코스가 되기도 한다. 그리고 이 연인들을 대상으로 무료 성상담과 성교육이 이루어지는 매우 건전한 멀티숍 기능을 갖추었다. 성이 세상에 모습을 드러내는 순간 사람들은 열광했고 건전하면서 당당하게 성을 공유하였다.

집에 돌아오는 길 지하철 정거장 창밖으로 나와 비슷한 대머리 청년을 마주하였다. 저 사람은 머리를 어디서 밀고 어떻게 관리할까? 나의 고민은 더욱 깊어졌다. 그 고민은 대머리를 위한 대머리 용품점이 세상으로 나와야 할 시기가 도래(到來)했다는 깊은 설렘 때문이었다.

헤어 전용 면도기

면도기 브랜드인 '질레트'는 현대식 면도기를 처음 만든 사람의 이름이다. 1847년 '일회용 병뚜껑'을 발명한 윌리엄 페인터가 질레트에게 "이봐! 한 번 쓰고 버릴 어떤 것을 생각해 만들어 보게."라고 조언한 계기로 질레트 T자형 면도기가 처음 탄생하게 된다. 질레트는 면도기를 원가보다 저렴하게 판매하는 대신 교체용 면도날을 판매하므로 일확천금을 얻게 된다.

원시시대부터 현재까지 면도의 오랜 역사는 남성과 늘 함께했다. 오늘날 대표적인 면도기 제작업체(질레트, 쉬트, 도루코, 와이즐리)가 시장을 장악 중이며 면도기 시장은 면도기, 면도날, 쉐이빙 폼에 이어 최근 겨드랑이용 쉐이빙 폼까지 국내 판매가 시작되었다. 곧, 대머리용 쉐이빙 폼과 면도기가 등장할 날도 얼마 남지 않았다란 생각이 든다.

서양에는 일찍이 개방된 사고관으로 외모에 대한 편견이 다소 적은 편이다. 그들의 대머리가 자연스러움이 묻어나는 이유는 익숙하게 머

〈유럽의 발드 전용 숍〉

리를 밀어 버리는 일상이 자리 잡혀 있기 때문이다. 일단 빠진다 싶으면 완전히 삭발을 해 버린다. 그들 주변에는 전문적인 발드숍 미용실이 별도로 있다. 여기는 무조건 대머리를 위한 전용 공간이다.(가끔 스킨헤드를 따라하는 불량 청소년 고객이 찾지만) 언제든 착한 가격에 면도가 가능하여 개인 부담이 적다. 그곳을 찾게 되면 면도뿐 아니라 피부관리부터 자가 면도가 가능토록 편리한 면도기 제품을 추천받는다. 그리고 발드 미용사는 고객을 정기적으로 관리해 준다.

일단 유럽의 발드숍은 지금 우리 주변에 당장 없으니 생기기 전까진 자가 면도를 해야 하기 때문에 면도에 대한 개인 기술 습득이 필요하다. 앞서 이야기했듯 머리를 직접 면도하는 것이 얼마나 어려운 것인지 거울 속 연약한 피부 표면의 피와 상처를 보면 알게 된다.

자가 헤어 면도를 위한 중요한 팁을 공유하자면 네 가지의 면도 기술이 요구된다.

첫 번째는 거울을 준비해야 한다.

거울에 앞뒤가 모두 잘 보여야 한다. 어느 정도 숙련된 상태라면 거울 없이도 능숙하게 면도가 가능하다. 하지만 초보자 면도라는 점을 고려하여 거울의 필요성을 언급하였다. 면도 시 양손은 모두 면도기에 의존하고 있기 때문에 고정된 거울이 더욱 편리함을 줄 것이다.

두 번째는 자신의 두상과 두피에 적당한 면도기를 구해야 한다.

면도기를 피부에 갖다 대기 앞서 섬세한 바버숍(barbershop)용 헤어 커트 이발기를 사용한다. 티타늄 칼날을 사용하고 절삭 길이가 0.5~24mm까지 단계별 조절이 가능하면 좋겠다. 이발기는 스타일을 만드는 용이 아닌 면도에 앞서 길어진 머리를 사전 쳐내는 역할의 장비라 고장 없는 제품 정도면 충분하다.

그리고 면도기를 선택함에 있어 신중할 필요가 있다. 아직 대머리 전용 면도기가 없기 때문에 전용 면도기를 아마존에서 구매해야 하는 불편함이 있다. 질레트가 이미 발드용 제품을 제작한 사실도 아는데 아직 국내 시장에 도입이 늦다면 분명 눈치작전일 가능성도 높다. 외국에 의존해야 하는 불편함이 있지만 수입품 중 아주 편리한 제품이 시장에 많이 등장해 있다.(가격은 제법 비싼 편이다. 면도기보다 면도날이 더 비싸다)

아래 사진의 면도기는 한 미국 발드 업체에서 제작한 편리한 면도기로써 미국에서 많은 인기를 누리고 있다. 충분히 편리함을 고려한 아이디어 상품이 아닐 수 없다. 이런 면도기의 면도날은 턱수염 면도날과 달리 좀 더 억센 머리털을 밀어내기 때문에 티타늄 강도가 조금 다르다. 가장 좋은 면도날은 새 면도날이 좋지만 면도날은 쓰면 쓸수록 칼날이 무뎌지기 때문에 통상 2~3주 이내에 갈아줘야 한다. 안 그러면 세균이 칼날에 증식하여 상처 난 피부를 통해 2차 감염이 생길 수 있다(횟수/빈도 기준에 따라 면도날 1개당 최대 1개월을 사용한다는 Gillette(P&G) 내부 분석자료가 있음).

세 번째는 면도하는 방법이다.

대머리는 사실 연약한 피부여서 나름 특별한 준비가 필요하다. 면도기를 더운물에 담가 약 15초간 예열을 하면 면도날의 분자 간 진동수가 많아지면서 헤어 절삭력이 한층 향상된다. 면도기가 더운물 속에서 예열 중일 때 나의 두피는 더운 수건으로 또는 더운물로 머리의 털을 불려 줘야 한다. 마른 상태에서 턱수염을 깎아 본 사람은 알 것이다. 마른 상태의 털은 구리철사만큼 강하다 한다. 이런 과정을 거치면 피부와 면도날 손상을 동시에 막을 수 있다.

면도를 원활하게 도와주는 윤활제 역할의 쉐이빙 폼 역시 선택이 중

요하다. 나는 주로 질레트 젤 형태의 쉐이빙 폼을 사용하는 편이다. 흐르지 않고 털에 착 붙어 원활한 절삭을 가능하게 해 주기 때문이다. 시중에 다양한 제품이 많으나 대부분은 턱수염용이라 추후 수입될(국내 제작 출시 될) 대머리용 쉐이빙 폼을 기대해 본다.

네 번째는 순방향 먼저, 역방향으로 마무리하는 기술이 필요하다.

털이 긴 첫 면도에는 머리털 결을 따라 순방향으로 자른다. 털이 짧은 상태에는 털을 바짝 깎아주는 역방향 면도로 마무리해야 한다. 처음부터 역방향으로 면도하면 털을 잡아당기게 되어 두피에 무리가 될 수 있다.

이렇게 네 가지 방법을 통해 올바른 면도를 하지 않으면 아무리 우수한 면도날도 진가를 발휘하기 어렵다. 헤어 전용 면도기는 앞으로 우리가 기다리는 발드 마켓에서 만날 수 있을 것이다. 중요한 것은 이 면도기를 만들어 줄 회사는 발드 마켓을 주도할 것이라 믿는다.

러시아 속담에 이런 말이 있다. '천천히 갈수록 더 멀리까지 다다른다.' 아직 늦지 않았다.

바버숍의 대항마 발드숍

어느 날 흔히 부르던 이발소란 이름이 슬쩍(?) 이름을 감추더니 바버숍이란 용어로 이발 문화를 대체하였다. Barbershop(바버숍), 말 그대로 Barber(바버)는 이발사이고 숍(Shop)을 붙이므로 이발소가 되는 것이다. 워낙 변종업소가 성행하는 가운데 퇴폐이발소란 말을 들으면 일단 거부감이 생긴다. 이발소를 더욱 품격 있게 가치를 높여 부르는 바버숍은 생소하지만 기존 동네 이발소가 갖는 이미지와 큰 차이를 둔다. 가격 면에서도 면도 3만 원, 커트 4만 원 등 고가이다. 우리 대머리들이 한 번의 삭발 의식을 마치고 마사지를 받는다 해도 왠지 비싼 느낌이지만 이런 바버숍에서 헤어커트를 하는 사람들이 넘쳐난다.

2019년 3월 26일, 이데일리 함지현 기자가 취재한 기사를 살펴보았다.

기자가 취재한 바버숍 대표는 "이제 남성도 외모를 가꾸는 데 돈을 아낌없이 쓸 준비가 되어 있다는 것이다. 다만, 만족할 서비스를 제공하는 곳이 없다."라고 설명하며 자신이 바버숍을 시작한 이유를 밝혔다. 그는 기존의 아저씨들이 가는 동네 이발소가 아닌 멋을 좀 아는 그루밍족(패션과 미용에 투자하는 남성, grooming)을 위한 공간을 위해 탄생시켰다고 한다. 이 기사를 보고 다시 한번 발드숍의 탄생을 떠올렸다.

미용실은 여성이 주로 찾는 시스템이고 바버숍은 머리털이 풍성하고 머리털을 가지고 이렇게 저렇게 다양한 스타일을 구사하는 남성들이 찾는 곳이다. 대머리 라이프 스타일의 모든 것을 책임져 줄 '발드숍'은 바버숍과 차원이 다르다. "바버숍을 찾는 고객은 한정적이다. 경제력만 있어도 안 되고, 스타일에 대한 관심만 높아도 안 된다. 두 가지 모두를 충족해야만 바버숍을 찾을 수 있다."라고 바버숍 대표는 말한다. 그러나 발드숍은 이와 반대이다. 대머리는 누구나 발드숍을 찾을 수 있어야 한다는 전제가 다르다. 또한, 경제력이 없어도 스타일에 대한 자신이 없어도 발드숍은 이곳을 찾는 고객에게 충분한 대안을 제시해야 한다. 발드숍을 찾는 대머리 스타일은 수시로 관리되어야 하므로 커트 헤어스타일처럼 머리카락이 자란 후 찾는 곳이 아니다. 거의 이틀에 한 번 또는 일주일에 한 번은 찾아와야 한다. 이렇게 발길을 자주 들락거리기 위해서는 회원제 관리를 통해 고객 외모에 대한 정보관리가 필요하다. 두상 형태에 대한 관리부터 고객의 핵심적인 신체특징 (팔과 다리가 짧다, 뚱뚱하다 등)이 모두 데이터베이스화되어야 한다.

발드숍은 고객에게 스스로 면도를 할 수 있도록 제품 소개와 함께 자가 면도법을 가르쳐 줄 수 있는 실습공간이 별도로 있으며 다양한 헤드 전용 면도기 진열대를 확보한다. 면도기는 전기면도기부터 수동형 면도기까지 다양하고 면도기를 제작하는 회사의 자본으로 진열대는 경쟁적으로 꾸며지거나 홍보가 된다.

면도기 진열대는 각 제조회사 제품군의 경쟁을 통해 위치가 정해지고 모든 선택은 고객이 한다. 발드 면도기를 무료로 제공하는 제조업체도 등장하므로 면도날을 통해 수익을 창출하고자 하는 전략을 세우기도 한다.

쉐이빙 폼은 차별화된 다양한 발드 전용 제품이 면도기 주변에 진열되어 면도기를 구매한 고객은 쉐이빙 폼에 또다시 관심을 갖는다. 자주 찾지 못하는 고객을 위한 면도기 판매 책자

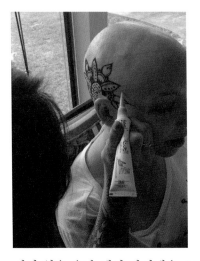

가 비치되어 있고 전용 앱을 통한 온라인 택배 서비스 시스템을 구비하였다.

상담을 받은 고객은 즉시 매장 내에서 삭발 면도를 할 수 있다. 물론 회원이기에 저렴한 가격으로 서비스를 받을 수 있어 다행이다. 말끔하게 머리 면도를 마친 고객은 추가 상담과 안내를 통해 자신이 입을 옷과 패션 아이템을 소개받는다. 오늘 저녁 친구들과 클럽 약속을 이야기하자 상담사는 즉시 고객의 외모와 두상이 입력된 컴퓨터에 고객이 입은 의상과 어울리는 스타일을 하나둘 입혀 보면서 고객과 진지한 대화를 나눈다. "머리에 일회용 타투를 그려 넣으시는 게 좋겠어요. 회원가로 공임비 포함 만 원입니다." 그루밍 스타일의 고객은 클럽과 어울리는 이미지에 맞도록 개성을 새겼다.

또 다른 고객이 카운터를 찾았다. 그는 깔끔하게 자가 면도를 하였고 두 뼘 거리에선 구찌 향수가 살짝 코끝을 스치듯 여운을 남겼다. 그는 건조한 두피 때문에 자신에게 맞는 스킨과 수분크림을 권해 주길 희망하였다.

발드숍에는 미샤와 스킨푸드가 독점 계약되어 있어 자사가 개발한 발드 전용 화장품 코너가 별도 준비되어 있다. 미샤와 스킨푸드는 경쟁적으로 고객을 관리하고 홍보하기 위해 자사 홍보요원까지 특별 배치한 상태였다. 그리고 그가 구매한 제품과 더불어 사은품으로 두피 마스크팩 한두 개를 서비스로 제공하였다.

발드숍에는 대머리 스타일이 갖춰야 할 모든 것이 구비되어 있다. 젠틀한 슈트 패션을 한 젊은 30대 초반 남성이 카운터를 찾아왔다. 그는 완벽한 스타일답게 철저히 준비를 한 듯하였다.

"콧수염 코디 부탁드립니다."

그는 본래 얼굴 전체에 털이 전혀 없는 매끈한 피부였다. 카운터에서는 그를 여러 가지 일회용 탈 부착식 콧수염 코너로 안내했다. 콧수염뿐만 아니라 턱수염, 가발까지 모두 갖춰져 있었다. 상품은 인조 기술이 앞서있는 일본 아데랑스 社 제품이 대다수였다. 가격은 조금 비싼 듯 보였지만 오늘 그의 비즈니스에 품격을 더해 줄 콧수염은 가성비 최고였다. 그리고 안경을 쓰지 않는 그에게 대여용 안경을 권했다. 그가 콧수염을 부착하고 멋진 뿔테 안경을 쓰자 주변 코디마저 "와!" 하며 환호했다. 패션의 완성이었다.

세상 사람들은 대부분 자신과 비슷한 사람에게 호감을 느끼고 본능적으로 상대방을 모방하고자 노력한다. 우리는 이 공간에서 상호 심리적 동반자라는 생각을 갖게 된다. 이러한 현상을 심리학에서 '카멜레온 효과(chameleon effect)'라 부른다. 즉, 상대방 행동과 표정을 무의식 중 따라 하거나 자신의 행동을 닮은 사람을 더 신뢰하는 현상이다.

밝고 세련된 도시적 느낌의 발드숍 내부는 은은한 향기와 함께 벽면에 대머리 모델들의 사진이 걸려있다. 그들이 입은 슈트와 액세서리는 구매욕구를 앞당긴다. 모자 코너는 정말 많은 모자가 걸려 있고 언제든 착용이 가능했다. 물론 여러 유명한 대머리 연예인이 착용한 모자도 있다. 의류 코너는 블랙 앤 화이트 계열로 한 의류업체와 독점 체결되어 판매되는 듯하였다. 대머리 스타일리스트 잡지사진을 통해 현재 내가 어울릴 만한 옷을 짐작해 낼 수 있었다.

다음 주 대학 신입생 MT를 앞둔 새내기 대학생 N군은 의류코너를 한참 서성였다. MT 때 자기 개성을 뽐낼 발드 티셔츠를 입어 보기로 했다. 사람들에게 원초적 대머리를 고수한다는 사실을 머리스타일과 옷으로 과시하고 싶었다.

약간은 신비스럽고 타인에게 연기 같은 매력 포인트가 느껴지는 발  드숍은 머리털을 가진 사람들이 감히 따라 하지 못할 새로운 시대의 패션 아이콘이다.

어느 누구나 타인에 영향을 받는다. 혼자 먹는 밥보다 함께 먹는 밥이 35% 더 먹게 되고 4명 이상 먹게 되면 75%를 더 먹는다는 실험 결과도 있다. 대머리들이 더 당당하게 나설 때 더 많은 대머리가 세상에 등장할 것이다. 이것이 바로 발드 마켓이 희망하는 비전이다.

여기가 블루오션이다

발드 마켓은 조금 확장된 시스템의 발드 바버숍과 같다.

최근 강남의 한 일반 바버숍을 찾은 일이 있다. 하지만 나의 스타일과 맞는 용품과 서비스는 없었다. 대기하는 손님 모두 7:3 가르마를 탄 멋진 청년이었다. 유니크한 느낌과 함께 50년대 아메리카 느낌이 들도록 만든 인테리어는 나 자신을 스스로 멋지고 생각 들게 만들었다.

그러나 반대로 나와 같은 대머리들이 이 자릴 차지하고 있다는 유쾌한 상상을 해 보았다. 대머리들이 편하게 드나들 작은 공간만 있으면 된다. 그곳은 인터넷 또는 앱도 좋다. 마치 서점 시스템과 같다. 내가 원하는 모든 것을 구비하고 최상의 서비스를 받는 회원관리 시스템이다.

모든 상품은 독점 공급이 가능하고 매장 내 자사 홍보 마케팅이 가능하다. 회원 서비스를 받기 위해 면도를 기다리는 대기고객은 상담하며 새로운 제품 전단지를 천천히 들여다본다. 다양한 아이디어는 우리 대머리들 고객에게 있고 무한한 잠재력을 가진 시장이 될 것이다. 저자는 일찍이 작은 사업구상을 통해 발드 숍 구축을 상상해 왔다. 이것이 시작되는 순간 나는 그 숍 속에 드나드는 멋진 대머리 패션의 청년을 상상했고 중후한 대머리 중년의 품격을 느끼는 상상을 해 보았다.

금맥은 사실 사람들의 눈에 잘 드러나지 않는 곳에 숨겨져 있는 법이다. 그리고 세상은 언제나 새로운 상상력을 꿈꾸는 사람을 기다리고 있기에 가능성을 점쳤다,

아래 사진은 메모를 통해 발드숍의 구성요소를 자필 요약한 것이다. 당신의 발드 마켓 또는 발드 바버숍 1호점이 생긴다면 반드시 저자를 초청해 주시기 바란다. 나는 그곳에서 열심히 이 책을 홍보하고 있을 것이니까.

어쩌면 발드숍은 성인용품 멀티숍의 카피본과 비슷하다. 우월한 대머리와 연인이 함께 찾아올 수 있는 그런 곳이다. 고객은 자신과 똑같이 보이는 세련된 대머리 동료를 눈앞에서 만날 것이고 그들로 인하여 업그레이드된 자신감을 갖게 될 것이다. 또한 그동안 내가 찾던 희귀한 아이디어 상품이 눈앞에 깔끔하게 정돈되어 내 눈을 의심하게 된다. 비싼 가발이나 발모제 구매를 위한 투자 대비 가성비가 괜찮다.

발드숍은 한 인간으로 하여금 언더독 효과를 줄 수 있다. 언더독 효과는 약자가 강자를 이기길 바라는 사회심리적 현상이다. 찌질한 대머리가 젠틀한 대머리로 재탄생할 때 우린 쾌감을 느낀다.

조지타운 대학교 니루 교수는 외적 조건의 불리함이 크면 클수록, 그럼에도 불구하고 성공에 대한 열정과 의지가 강한 사람일수록 언더독 효과가 더욱 크게 작용한다고 말한다.

여기야말로 진정한 황금어장이 아닌가. 여기야말로 푸른 초장의 블루오션이 아닌가.

Bald market

▶ 고객상담 / Bald 면도 : 자가 면도법 지도 / 상담
　　　　　제품소개 (Bald 전용 면도기) → 기타 쉐이빙 폼 등
　　　　　Bald 면도 (월 회원제)
　　　　　페션코디 / 체크 (데이터 분석)

▶ 헤드 전용 면도기

○ 면도기 제품 진열 ────┬─ 도루코
　　　　　　　　　　├─ 질레트
　　　　　　　　　　├─ 쉬크
　　　　　　　　　　└─ 중소업세 / 수입
○ Bald 전용 쉐이빙 폼

제조사별	
제품군	제품군
"	"
"	"

※ 면도날은 주기적 관리 / 교체가 요구되므로 '택배 서비스' 또는 온라인 구매 가능

▶ 헤드 전용 스킨 / 로션

○ 두피 청결제 (건성두피, 지성두피, 비듬성 두피, 예민성 두피, 지루성 두피 등)
　　스킨 로션 (Bald 전용)
　　※ 미샤 등 화장품 독점 공급 / 제조 문의

○ 두피 마스크 팩

▶ 대머리용 악세사리 / 패션 아이템

○ 두피 전용 타투 (고객 요청시 샵에서 그려줌) : 일회용
○ 일회용 콧수염, 턱수염 (일본에서 많이 활성화 되어 있음)
○ 페션 안경, 귀걸이, 목걸이, 등 회원제 대여 / 판매

▶ Bald 도서 / 잡지
▶ 코스프레용 가발 (회원제 대여)

▶ 패션

○ 모자 : 고객 스타일 분석 (두상스타일, 의류와 어울리는 모자 선정 등) - ※ 다양성
○ 의류 : 블랙 and 화이트 스타일 고수
      → 의류 업체 선정 '온라인' 연계 독점 제공 (할인, 쿠폰 등 해택 부여)
      → 매장 내 오프라인 의류 판매 (디자이너 문의 / 자료 제공)
○ 기타 : 목도리, 장갑, 의류(티셔츠, 속옷) 등 소량 판매

▶ 실내 분위기 / 인테리어

○ 대머리 모델 (외국, 국내 모델)을 벽면에 채우기
○ 밝고 세련된 인테리어 → 너무 밝으면 안 됨 (스타벅스 내부 불빛 – 은은함)

▶ 상담원 / 판매자 : 대머리 and 멋진 대머리

베리칩 그리고 헤드 바코드 시대가 온다

성서 마지막 편은 요한이 꿈을 꾸며 인류의 종말을 예고하는 계시를 받는다. 그중 이마에 관련한 내용이 종종 눈에 띄는데 이마에 인식표를 하므로 모든 정보 공유가 가능한 시대를 보았다. 요한이 본 이마에는 숫자가 있고 그것을 우리는 현대에 해석하길 바코드라 추정하기도 한다.

베리칩은 2001년 미국 VeriChip이라는 벤처기업에서 만든 제품이다. 무선 송수신 식별장치(RFID·전자태그)를 내장한 쌀알만한 크기의 작은 마이크로 칩을 생명체의 몸속에 넣어 신원정보를 확인하는 데 사용한다.

*베리칩(VeriChip) : 'Verification'과 'Chip'의 합성어로 신원이나 정보를 확인하는 칩이라는 의미이며 인체에 삽입하는 체내 이식용 마이크로 칩이다.

애완용 동물, 가축 관리를 위한 전자 인식표로 사용되던 칩을 미국 식품의약국(FDA)이 2004년 인간의 몸속에도 심도록 허가하면서 찬반 논쟁이 계속되고 있다. 이 베리칩이 성경에서 말하는 짐승의 표이냐 아니냐가 뜨겁게 논쟁이 되었다. 하지만 종교적 논쟁과 다르게 실제 현실화되어 사용되기 시작했다.

최근 JTBC 뉴스에 따르면 미국의 한 IT기업(스리 스퀘어 마켓)이 업무를 효율적으로 하기 위해 직원 50명의 오른손 엄지와 검지 사이에 매우 작은 베리칩을 삽입하였다고 방송하였다. CEO 토비 웨츠비는 "효율적인 업무관리를 위해서 앞으로 불가피하게 일어날 수밖에 없는 일이며 우리 기업은 선도적으로 가길 원한다."라고 말한다.

베리칩 상용화를 추진 중인 GIVESOME 공동설립자 패트릭 매스터튼은 한 인터뷰에서 "34만 원 가격의 칩 하나를 삽입해 둠으로 문도 열 수 있고 전자기기를 작동시킬 수 있습니다. 모바일 폰과 연결도 되고 전자명함도 교환이 가능합니다. 또한 건강검진과 결제에도 활용 가능합니다."라고 말하며 그는 "앞으로 미래에는 더욱 진화된 베리칩이 우리에게 편리함을 가져다줄 것이다."란 확신을 내비쳤다. 베리칩을 직원들에게 생체 이식시킨 한 미국 업체 대표는 모든 개인정보는 암호화되어 컴퓨터가 관리하기 때문에 개인정보 면에서 훨씬 유리하다란 긍정적 전망을 내비친다. 이들 모두가 현재에 만족하지 않고 더 발전될 베리칩을 기대하였다.

기독교 국가인 스웨덴은 이미 2만 명 이상이 베리칩을 삽입하였다. 칩이 삽입된 사람들은 손만 대면 모든 것을 가져다준다는 환상이 현실화되었다며 환호하였다. 이처럼 베리칩이 가져다 줄 혁신을 위해 IBM은 베리칩 개발연구소와 별도의 연구비용을 아끼지 않는다.

UN은 이미 2030년 이내 난민 국적관리와 원활한 통제를 위한 생체 삽입기술을 개발 중에 있다고 한다. 이를 볼 때 마치 영화에서 볼 듯한 장면이 현실화되어 가는 느낌이다.

예수교 장로회 총회장 안명환 목사는 "666과 베리칩을 동일한 것으로 연관 짓는 것"에 대해 "비성경적"이라며 "배격하기로" 결의했다. 성경이 말하는 짐승의 표는 오른손이나 이마에 받는다고 말하고 있는데, 실제 상용화가 시작된 캐나다와 스웨덴 연구소 조사 결과는 체온 변화가 가장 잘 감지되고 적합한 장소가 오른손과 이마였다고 한다. 이곳에 심으면 전두엽과 연결되어 마인드 컨트롤이 손쉬워지기 때문이다. 점점 예언이 맞아떨어지고 있지만 과학은 예언을 무시한 채 마냥 진보하므로 인공지능이란 신으로 대체되는 모습이다.

그런데 대체 베리칩과 바코드가 대머리와 무슨 상관이냐고 묻겠지만 이러한 사건이 일어난다는 사실은 곧 사람들의 머리 형태가 민머리 형태로 바뀔 것이다란 예고이다. 물론 전 인류의 머리가 다 빠져버린다면 가슴 아픈 일이지만 먼 미래에 대중화된 발드숍의 모습을 말해 주고 있기 때문이다. 그러기 위해서 막연한 거부보다 슬기롭게 대처해 가는 방법을 선택하는 것이 옳지 않을까?

미세먼지는
이제 막 시작을 알리는 연막탄이다

대한민국은 이제 미세먼지의 공포 속에 갇혀있다.

해결될 만한 대안이 없고 사람들은 미세먼지 공포 속에 오로지 호흡기 걱정만 한다. 불티나게 팔리는 일회용 마스크 시장과 공기청정기만이 호황을 누린다. 내가 위치한 모든 곳이 미세먼지로 가득 차 있는 '매우 나쁨 수준'이다.

아주대 장재연 교수는 30년간 미세먼지 연구를 해 온 전문가로 유명하다. 그런데 그가 우리가 너무 마스크와 공기청정기를 맹신하고 있다 말하며 오히려 마스크를 쓰므로 건강이 나빠진다며 우려를 하였다. 결국 마스크에 대한 효과도 별로 탐탁지 않아 보인다.

우리는 하루 절반 이상을 밖에서 보낸다. 들이마시는 먼지가 반, 몸에 묻혀오는 먼지가 반이다. 그중 미세먼지를 가장 많이 묻혀 오는 부위는 머리털이다. 머리털은 불필요한 털이다. 인류의 진화는 불필요한 것을 없애는 것으로부터 시작하였으니 머리털은 온갖 세균이 득실거리는 병원균의 온상이다. 고대 이스라엘 역사서 레위기에 따르면 나병

(한센병)에 걸린 환자의 머리털과 수염을 모두 밀게 했다. 감염을 우려했기 때문이었다. 이처럼 미세먼지는 호흡기를 통하여 나의 건강을 해치기도 하지만 수북한 머리털에 붙어 온갖 감염병을 유발하므로, 이런 가지각색 종류의 병균을 퇴치하기 위해서는 머리털을 밀어야 한다.

조지 밀러 감독이 연출한 영화 〈매드 맥스 : 분노의 도로〉를 잠시 감상해 보면 인류는 핵전쟁으로 폐허가 되어 온통 모래먼지 속에 살아간다. 그 시대를 살아가는 모든 사람들은 하루라도 더 살기 위해 자진 머리를 밀고 폐암에 고통받으며 죽지 못해 살아간다.

요즘 내 주변 사람들은 귀한 돈을 지불하면서 자신의 신체와 음모 털을 제거하기 시작했다. 이유를 물어보니 '청결을 위해서'라고 말한다. 한 국내 유명 프로축구 선수는 TV 쇼 오락 프로그램에서 왁싱을 자주 해야 하는 이유에 대해 털은 냄새를 유발하고 불편하다라며, 본인은 머리부터 음모 털까지 모두 제거했음을 공개했다.(대략 누구인지 짐작은 갈 것이다.) 멀지 않은 미래에 털이 가진 존속성은 혐오의 시대를 맞이할 것이다.

세상은 날이 갈수록 탁해져 가고 인간이 가진 털은 날이 갈수록 환경에 적응하는 진화를 시작했다. 결국 미세먼지는 대머리들이 점차 많아지고 있다는 확실한 신호탄이다.

Chapter 4

대머리 혁명

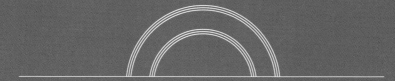

누가 혁명의 선두에 설 것인가

처음부터 길이란 것이 있는 게 아니다. 처음 길을 내어 땅을 밟은 사람과 그 뒤를 따르는 사람이 많아지면 그곳은 길이 된다.

오바마는 백인의 나라 미국에서 최초 흑인 대통령이 되었다. 그는 부임 초부터 흑백 화합을 강조하였고 흑백갈등을 극복하기 위해 많은 노력을 하였다. 그럼에도 불구하고 외모가 다른 것 못지않게 사람들이 가진 인식은 쉽게 변화되지 못했다. 결국 오바마는 퇴임 연설 때 "우리는 인종주의를 청산하지 못했다."라고 밝혔다. 그러나 흑인에게 있어 최초의 흑인 대통령이 집권하므로 그들이 결코 인종으로 미개하거나 백인보다 열등하지 않다는 사실을 깨달았다. 그리고 흑인들은 노력만 하면 언제든 세계의 지도자가 될 수 있다는 자신감을 갖고 오늘 이 시대를 살아간다.

요즘 군대 병영문화는 놀랍게 변화하였다. 한국 군대는 거의 미군에 맞먹을 복지와 혜택으로 밝고 활기찬 병영을 조성하였고 학력 수준이 높은 병사들은 당당하게 듣고 말할 권리를 갖고 있다.

그러나 빠르게 변화된 병영문화에 한 가지 변하지 못한 숙제가 남았다. 다문화 장병의 등장이다. 강원도 모 부대 근무 시 어느 생활관의 한 병사는 파란 눈동자와 높은 콧대를 가진 백인 혼혈이었고, 같은 생활관에 또 다른 한 병사는 피부색이 검고 곱슬머리인 흑인 혼혈이었다. 토종 한국계 병사들은 백인 혼혈 병사에게 유독 관심을 보였고 흑인 혼혈 병사에게는 일정한 거리를 두었다. 훈련 시 전투력이나 사고, 지적 능력 수준에서 흑인계 혼혈 병사가 월등히 높은 점수를 받았음에도 불구하고 이 병사는 늘 혼자였다. 이유인즉 백인계 혼혈 병사가 더 잘생기고 멋있어 보이기 때문이란 단순한 답변에 큰 충격을 받았다.

그런데 최근 TV에서 혜성처럼 등장한 흑인 혼혈 모델 '한현민'이 시청자들의 시선을 끌자 상황은 반전되었다. 다른 피부색에도 불구하고 독특한 매력을 발산하며 숨겨진 끼를 발휘하는 예능 프로에 모델 한현민이 등장하자 병사들은 그간 무관심하던 흑인 혼혈 병사에게 큰 관심을 보이기 시작했다. 흑인 혼혈 병사의 숨겨진 개성과 끼를 알게 된 병사들은 환호했고 함께 랩 가사를 만들어 공연을 연출하기까지 했다. 인식 변화는 어느 한 사람의 작은 노력으로도 될 수 있다라는 생각이 들었다.

그렇다면 이러한 상황들을 수습해 볼 때 우리 대머리들은 저들과 별반 차이가 없다. 21세기를 사는 우리 대머리들은 어디로 가야 하는지 아직도 가야 할 길을 묻고 있다. 일본의 식물학자 이나가키 히데히로는 『도시에서, 잡초』라는 저서에서 이렇게 밝힌다.

"잡초는 어떤 역경이 있어도 꽃을 피운다. 난관 속에서 겨우 피운

작디작은 꽃, 그것이 잡초다운 모습이다. 잡초는 환경에 따라 개체의 크기도 변한다. 환경이 좋든 나쁘든 최대한 성장을 이루는 힘, 바로 잡초의 강인함의 비밀이다."

대머리들의 화려한 역사 이야기처럼 우리는 잠시 주춤하고 사라졌다가도 또다시 어딘가에서 불쑥 나타나 역사를 바꾸고 세상을 바꾼다. 대머리가 거대한 우주 속 잡초 같은 불멸의 생명체라는 사실을 부정할 수 없다.

나는 오늘 저녁 뉴스를 보며, 아침 인터넷 신문기사를 보며, 혹시나 하는 기대품은 마음으로 세상을 바라본다. 여기 어지러운 난세를 평정해 줄 진정한 리더가 나타나길 간절히 바라며 오늘을 산다.

대만은 지금 대머리 열풍

대만 가오슝시에 거주하는 대학 친구에게 영상통화 연락이 왔다. "요즘 여기는 대머리 열풍으로 난리야, 이참에 나도 한번 밀어봤어." 친구는 대머리를 흉내 내어 밀어버린 헤어스타일과 함께 최근 대만에서 일어나고 있는 독특한 광경을 보여주었다. 나는 몇 번이고 내 눈을 의심하지 않을 수 없었다. 분명히 영상 뒤편에 구호를 외치는 수백여 명의 대머리들이 떼 지어 움직이고 있었다. 도대체 대만에 무슨 일이 일어난 것일까? 나의 궁금증은 점점 증폭되어갔다.

1949년 중국 본토에서 국민당이 공산당에게 패배하므로 장개석의 국민당을 중심으로 한 새로운 정부를 대만에 세운다. 대만은 줄곧 국민당이 통치해 오다 2000년 민주진보당(민진당)의 천수이벤이 집권하는 대만 최초의 정권교체가 시작된다. 그리고 과거 독재 정권이라는 오명 아래 국민당은 사람들의 마음속에서 점차 떠나갔다.

2018년 3월, 한 대머리 시민이 국민당 사무실을 찾아와 가오슝 시장선거 후보 출사표를 던졌다. 그러든 말든 국민당은 어차피 가오슝은 '버리는 카드'였고 가오슝에 기대를 일찍이 접었다. 대만 제2의 수도 가오슝은 한국의 부산광역시와 같다. 이런 사막 한가운데에 한궈위는 국민당에서 인력, 자금지원이 전혀 없는 상태로 맨발 선거운동을 홀연히 감내하기로 한 것이다.

국민당 어느 누구도 한궈위라는 정치 신인의 등장은 관심 밖이었다. 오히려 그를 비웃었다. 그러나 반전 드라마는 지금부터다. 한궈위는 SNS로 자신이 가진 트레이드 마크인 대머리를 활용하여 '대머리도 당당하다!' 운동을 전개해 나간다. 이 운동은 사회에서 차별받는 대머리도 당당하게 나설 수 있다는 것을 자랑스럽게 보여주자는 취지였다. 그는 소탈한 옷차림에 강렬한 제스처를 활용하여 국민에게 호소하였다. "대머리는 더 이상 머리 뽑히는 것을 겁내지 않는다. 민진당 덤벼라! 대머리가 한자리에 모두 모여 가오슝을 새로 밝히자!"라고 이마에 핏대가 터질 듯 구호를 외치자 한궈위는 일약 대스타가 되었다. 그는 대머리 정치인 이미지를 앞세워 대머리 지지자들에게 호소하였다. 대만 언론은 일제히 '한류(韓流) 열풍이 불었다'라고 호외 기사를 내보냈고 이를 본 각지의 대머리들이 가오슝으로 운집했다.

한류를 지지하는 남성 227명이 가오슝 광장에 모였다. 가오슝시 인구 227만 명을 표현한 것으로 이 중 한 여성은 15년간 길러왔던 머리털을 모두 밀었다.

광장에 모인 227명의 대머리 지지자는 '가오슝을 밝히자'라는 구호를 외치며 파격적인 '가오슝 빛내기' 퍼포먼스를 선보임으로 전 세계 이목을 집중시켰다. 한궈위는 대머리 지지자들의 여세를 몰아 해묵은 정치이념을 과감히 버리고 국민이 잘사는 가오슝 경제 발전 선거공약에 집중하였다. 경제 불황이라는 가오슝 민심을 정확히 간파하고 시민들과 진정한 소통을 나누겠다는 차기 지도자의 모습에 대만 국민들은 열광했다.

'가오슝은 지금 대머리 열풍'이라는 저녁 뉴스에는 선술집에서 판매 중인 고량주에 그려진 한궈위 대머리 캐릭터 이미지와 '대머리 가발 판매 중'이라는 문구가 내걸린 거리 상점들의 장면을 집중 보도했다. 또한 오락 예능 방송에 인기 연예인들은 너나 할 것 없이 대머리로 밀었다고 자랑하며 최신 이슈를 대변하였다. 거의 망해가던 국민당이 민진당의 텃밭에서 승승장구하며 예상치 못한 대머리 스타 탄생에 거듭 놀라지 않을 수 없었다.

지난해 여름 경기도 지방 시의원 선거가 한창이었다. 길거리 벽보에 눈에 띄는 대머리 후보가 등장했다. 혹시나 하는 호기심에 대머리 후보자의 선거유세 현장을 잠시 관찰하였다. 그런데 후보는 자신이 가진 대머리를 마치 개그맨처럼 우스꽝스럽게 묘사하였다. 유권자에게 잠시 눈요기 효과는 있었으나 정치적 시선을 사로잡기에는 다소 역부족이었다. 결국 그 후보는 관심을 받지 못했다. 그를 따르던 지지자들은 활기가 없었고 특색 있는 이벤트가 없어 지지부진한 모습이었다. 후보가 가진 대머리로서의 신선한 장점을 아직 발견하지 못한 점이 매우 아쉬웠다. 더욱이 유세 현장마다 찾아다니며 민생 팩트를 날려 버리는 한귀위를 한번 보고 배웠으면 하는 바람도 들었다. 만약 경기도 시의원 후보자가 대머리를 한데 불러 모을 수 있었다면 대머리의 진정한 힘을 과시해 볼 만도 했다. 이 글을 보고 다시 한번 도전해 보시길 바란다.

지극히 평범한 대머리 중 한 명인 한귀위가 어떻게 자신이 가진 외모를 장점으로 활용하여 인기를 얻을 수 있었을까? 한귀위는 대만 육군 장교 출신으로 대위 전역 후 학원강사, 지방신문기자 등 다양한 직업을 두루 경험하며 어려운 밑바닥 현실을 직시한다. 그리고 가오슝 시장선거 후보 등록 이전까지 그의 직업은 농산물 도매 공사 직원이었다. 그는 자칭 야채장수라 말하며 평범함을 강조한다. 특히, 자신의 이미지를 상승시킨 것이 '대머리'라는 순수하고 부드러움을 가진 강인한 외모에 있다고 말한다. 마치 부드러움은 강함을 이긴다는 태극권 무술처럼 대머리의 특징을 잘 부각했다.

한 언론 인터뷰에서 말하길 "대머리들이 사는 모습은 대체로 평범합니다. 그러나 나라가 위기일 때, 사람들에게 혁명이 필요할 때, 우리는 감각적 확신으로 알게 되지요. 드디어 때가 왔구나 하는 생각을 합니다."라고 말하며 정치에 발을 들여놓은 배경을 말한다. 수많은 대머

〈대만 2018년 가오슝 시장 선거 유세 현장 / 한궈위 現 가오슝 시장〉

리들이 현존하는 시대에 자신의 존재가치를 먼저 깨닫고 앞서 실천한 인물이 불현듯 한궈위란 생각이 들었다. 오랜 기간 국민에게 외면 받던 국민당에서 제 2수도 가오슝 시장이 되어 새 역사를 만들고 대만 총통 선거 후보를 향한 한류열풍은 지금도 식을 줄 모른다. 그는 자신의 외모로 지지자를 끌어들였고 대머리가 가진 힘을 전 세계에 보여주었다.

가오슝 시장 이며 대만 총통 대선후보자가 된 한궈위는 오늘도 시민들 곁에서 이렇게 외친다.

"대머리는 달을 따르고, 우리는 대머리를 따라 간다"

우리는 아직도 대머리로 태어나지 못했다

애슐리 리틀의 단편소설 '용감한 대머리 언니'는 대머리가 된 여고

생 '타마르'가 어떻게 자신을 극복하며 성장하는지 잘 보여준다.

타마르는 교통사고로 두 동생을 잃어버린 충격으로 온몸의 털이 모두 빠졌다. 대머리가 된 타마르는 자신에게 닥친 현실을 긍정적이고 용감하게 받아들인다. 하지만 마음 한편으로는 항상 자신이 대머리라는 사실이 부끄러웠고, 이를 감추며 사람들 시선을 의식한다. 어느 날 테트리스 게임을 하던 중 아빠는 타마르에게 이렇게 말한다.

"사람의 인생도 테트리스와 같아."

아빠는 왜 테트리스를 인생에 비유한 것일까.

누구나 자유로운 곡선을 가진 인생을 살고 싶지만, 우리는 늘 정형화된 모양을 만들며 살아간다. 때로는 빈 공간에 맞춰 원하는 기다란 조각이 자주 나와 주면 좋겠는데 엉뚱한 조각만 내려오며 꼬여버리는 테트리스 같은 우리들 인생을 말하려 했던 것은 아니었을까. 이처럼 사람 사는 일이란 것은 언제 어디서 무슨 일이 생길지 모르고, 또 그것을 피하고 싶다 해도 피할 수 없는 것이다.

언젠가 처음 대머리가 된 나의 모습은 당황해하며 어쩔 줄 몰라 했던 테트리스의 꼬여버린 상황과 같았을 것이다. 그러나 이때 가장 필요한 것은 덤덤하게 상대방의 시선을 무시하고 헤쳐 나갈 용기이다.

테트리스에서 어느 한 군데 조각을 끼워 넣을 곳이 마땅치 못할 때 일단 한쪽에 쌓아두고 그 위의 다른 한 줄을 다시 쌓아가다 보면 분명 윗줄 조각이 없어지고 내가 고민했던 아래의 패인 홈이 나타날 것이다. 그리고 조각을 끼워 맞춰가며 다시 시작하다 보면 어느새 잘 정돈된 테트리스 블록이 완성된다.

대머리가 된다는 것은 이처럼 꼬여버린 상황이 다시 시작하기 위해 환경을 바꾼 것뿐이다. 상황이 바뀌면 게임도 음악 템포도 함께 빨라지듯 우리 내면은 긴장하며 상황을 맞이한다. 누구나 변화된 상황과 환경을 마주하는 순간 받아들이는 크고 작은 두려움은 대게 비슷하다. 하지만 타마르처럼 내면의 두려움과 싸워 이길 때 용감하고 쿨한 대머리 언니가 되는 것이다. 주변 사람들의 시선도 모두 즐겁게 받아들이면 그만이다. 결국 차분하게 상황을 받아들이며 처음부터 다시 시작하는 과정의 반복이다.

가발을 벗은 채 자신의 몸을 살피던 타마르는 처음으로 죽은 동생들의 목소리를 듣게 된다. "언니, 밝은 면을 봐. 언닌 이제 더 이상 다리털을 면도할 필요가 없잖아."

이에 용기를 얻은 타마르는 다시 가발을 쓰고 학교로 향한다. 그런데 마치 그날 학생들이 모두 보는 앞에서 가발이 훌렁 벗겨져버리는 일이 발생한다. 타마르는 벗겨진 가발을 들고 학생들 옆 사이를 지나 당당하게 걸어 나간다. 그리고 다시 한번 귓가에 조용히 메아리치는 작은 음성이 들린다.

"용감했어, 언니. 인생은 살아있는 자들의 것이지."

그 누구도 타마르가 대머리란 사실에 별 반응을 하지 않는다.

살아있는 모든 것은 나 자신이 용감하고 당당하게 지킬 수 있을 때 비로소 위대한 존재감을 드러낸다. '우리는 아직도 대머리로 태어나지 못했다' 시대가 영웅을 만든다는 말이 있듯 지금까지 대머리는 자신이 가진 강력한 카리스마를 적극 활용하여 역사 전반에 걸쳐 화려한 존재감을 나타냈다. 폐쇄적이고 적대적인 외모지상주의 장벽에 부딪칠 때마다 대머리들은 단결하므로 특별한 모습으로 등장해왔다. 열등하게 여겨지지 않고 차별받지 않는 작은 간격과 거리만을 유지시킬 방법을 찾고자 노력하였다. 이제 우리는 결속의 필요성을 위해 대머리에 대한 정체성을 탐구하고 자아실현을 추구하므로 최고의 선이 되길 원한다.

대머리가 함께 참여하고 뜻을 모을 때 모든 날 모든 순간 변화는 일어난다. 변화를 이뤄내는 능력은 스스로에게 달렸고 반드시 만들어 낼 수 있다.

저자 메일을 공개한다. (jjbup77@hanmail.net) 이 글을 읽는 만국의 모든 대머리들의 살아있다는 흔적을 남겨주시길 기대하고 또 기다리겠다. "우리는 할 수 있다(Yes We Can), 우리는 이뤄냈다(Yes We Did)"라고 자랑스럽게 함께 외칠 그날도 이제 눈앞에 멀지 않았다.

나는 대머리로 다시 태어날 당신이 무척 기대되며 보고 싶다.

베트남에 떠오른 별, '박항서'

2018년 여름밤, 베트남 하노이는 축제 분위기였다.

동남아 최강자를 가리는 스즈키컵 우승의 기쁨으로 시민 모두가 거리로 뛰쳐나왔다. 방금 하노이에 도착한 나를 향해 여러 명이 에워싸듯 물었다. "한궈?"

"OK, 한궈"라고 대답하자 그들은 엄지를 척하고 들어 올리더니 함께 인증샷을 찍자는 제의를 해왔다. 시민들 손에는 국기인 금성홍기와 박항서 감독이 그려진 두 개의 깃발이 하늘을 향해 나란히 휘날리고 있었다.

베트남 여행 중 어디를 가더라도 일부러 모자를 쓰지 않았다. 식당이든 카페든 그들은 나의 대머리를 주시하며 박항서 감독을 떠올렸다. 우연히 대화라도 된 틈이면 서슴없이 나에게 사진을 함께 찍자고 요청했다. 떠들썩한 분위기에 맞춰 어느 식당이던지 '한궈'라 말하면 음식, 음료가 할인되거나 특별한 대접을 받았다. 개중에는 일본인들이 자신들은 한궈라 속이며 할인을 받으려는 모습이 눈살을 찌푸리게 하는 얌체 같지만 선량한 베트남인들은 그걸 알면서도 넘어가 주는 듯 보였다. 짧은 4일간의 여행 중 국민영웅 박항서 코스프레는 나에게도 영원히 잊지 못할 순간이 되었다. 한국인이 히딩크를 잊지 못하듯 베트남인들도 박항서를 잊지 못할 것이다. 베트남 금성홍기 중앙에 노란 별이 사라지고 대머리 박항서 감독 얼굴이 그려진 붉은 국기 사이로 나는 걷고 있다. 그리고 사람들은 나에게 손을 흔들며 상냥하게 말을 건넨다.

"바강서 깜언"^(박항서 감독님 고맙습니다)

어느 날부터 사람들은 영국 프리미엄 리그가 아닌 베트남과 태국 국가 대항전을 보며 열광한다. 사실 동남아 축구에 대한 관심보다 가끔 화면에 등장하는 다부진 체격의 대머리 박항서 베트남 대표팀 감독과, FIFA 랭킹 100위권 미만의 축구 열등 국가에 가까운 베트남이 동남아 칸으로 등극하는 기적적인 장면을 보기 위해서이다. 우리뿐만 아니라 전 세계가 박항서 감독과 무패 신화를 달리는 베트남 대표팀을 보며 열광하였다.

인구 9000만 명의 베트남에서 연일 축구 거리응원전이 벌어지고 총리부터 어린아이까지 '박항서 매직'으로 온 나라가 떠들썩하다. 이러한 분위기는 마치 어디서 많이 본 듯 익숙하게 느껴진다.

2002년 한일월드컵 당시 네덜란드 출신 명장 '거스 히딩크(Guus Hiddink)'의 코치로 잘 알려진 그는 이름보다 번쩍이는 대머리가 '어디서 많이 본 분' 정도까지만 인식되었고 그에 대한 정보는 전무하였다. 단지 히딩크에 가려져 2인자로만 생각했던 그가 베트남 국가의 대표 감독으로 자릴 굳혔다. 그리고 베트남의 히딩크가 되어 살아간다.

축구는 전투와 매우 유사하다. 그래서 군대 하면 축구를 가장 먼저 머릿속으로 떠올리는 것도 군대가 축구를 통해 전술적 요령을 자연히 터득시키기 위한 트레이닝 중 하나로 보기 때문이다. 실제로 전투를 앞둔 군사 작전 지휘부는 몇 날 며칠 밤을 새우며 작전계획을 완성한다.

전투 제대가 원활한 전술을 구사하기 위해서는 계획단계의 지휘관, 참모의 노력이 필수인데 여기에 축적된 경험과 학습된 전술관을 잘 결합하면 최고의 계획이 탄생하는 것이다. 참모(코치)였던 박항서 감독이 히딩크에게 전수받은 전술관과 노하우로 베트남을 승리할 수 있게 만들어 주었다.

박항서 감독을 면밀히 분석해 보면 그는 히딩크보다 탁월한 전술가

〈베트남 국민 영웅, 박항서 축구대표팀 감독〉

의 조건을 잘 구비하고 있다. 탁월한 전술가는 전장을 주도하는 지휘관과 참모를 말하는데 이런 전술가에게 당면한 전장환경을 극복하고 전투력을 효과적으로 운용하기 위해서 리더십, 강인한 인내심, 불굴의 용기, 냉철한 이성과 통찰력이 필요하다. 또한, 신속하고 과감한 행동으로 주도권을 확보하는 리더의 능력이 요구된다. 박항서 감독이 이끄는 베트남 축구팀은 확실히 달라졌고 이들의 전술은 감독 특유의 신속하고 과감한 행동으로 주도권을 장악하는 능력을 그대로 구사한다, 이뿐만이 아니다. 한 베트남 선수가 자신의 SNS에 올린 감독이 선수의 발을 손수 마사지하는 모습은 마치 중국의 오기 장군이 병사의 고름을 입으로 짜냈던 것처럼 선수에게 무한 신뢰와 인간미를 느끼게 해 주었다.

특히, '사위지기자사, 여위열기자용(士爲知己者死, 女爲悅己者容)'이란 말처럼 "사내대장부는 자기를 알아주는 사람을 위하여 죽고, 여자는 자기를 좋아하는 사람을 위해 용모를 꾸민다."는 굳센 의연함을 선수들의 눈빛으로 재확인할 수 있었다.

박항서 감독은 명장의 품성을 가지고 있다. 축구라는 전장 스포츠 리더십을 발휘하기에 적격이다. 그는 탁월한 리더이기에 어떠한 위험과 불확실성에도 동요하지 않고 침착하게 위기를 관리해 낼 수 있다. 또한, 선수들에게 이길 수 있다는 전의를 고양시키고 동기를 유발함으로 감독이 의도한 방향으로 선수들을 이끌어 나갈 수 있기에 앞으로 베트남 축구의 미래는 밝다.

이러한 극적인 상황이 계속 연출될 때마다 사람들이 갖게 되는 대머리에 대한 인식과 감정, 변화된 사고는 앞으로 더 많은 대머리 탄생을 예고한다. 점차 세계 곳곳에 퍼진 만국의 대머리들의 활약이 빛나고 만국의 대머리들이 단결되어 하나의 대머리를 추종하는 현상이야말로 대머리의 시대 현상이다.

과연 무엇이 혁명이겠는가. 나는 이보다 더 좋을 수 없다.

"우리는 최선을 다했는데, 왜 풀이 죽어있나"

베트남 고교 논술 주제로 출제된 박항서 감독의 명언 중

대머리의 날 (2·2·2)

한 TV 광고에서 본 문구가 머릿속에서 떠나질 않는다.

"세상에 당연한 것은 없다. 당연한 공기, 당연한 흙, 당연한 별, 당연한 꿈, 당연한 내일이란 없다. 오늘 무언가 하지 않으면 내일은 저절로 오지 않는다. 그래서 내일의 가능성을 이어가야 한다."

지금까지 조용히 살아왔다면 우리가 살아가는 세상에 한 번쯤 존재 가치를 보여줘야 하지 않을까. 당연한 대머리… 그것도 사실 보면 당연하지 않다. 오늘 대머리를 가진 동족들이 무언가 하지 않으면 내일은 지금과 똑같다. 우리가 뭉쳐 일으키고 우리 외모를 값지게 포장해야 대머리들이 당당한 세상을 살아갈 수 있는 것이다.

가까운 나라 일본에 '대머리의 날'이 있다.

1989년 아오모리현에 츠루(반들거리다)라는 이름으로 세 명의 대머리가 모여 '대머리들이 하나 되어 세상을 밝히자'란 취지로 시작된 행사가 현재는 수백 명이 참가하는 큰 지역 행사가 되었다.

笑う門には　福来る

禿の光は　平和の光

暗い世の中　明るく照らす

日本も光る　世界も光る

　위 그림은 이 행사의 중요한 슬로건이다. "대머리의 빛은 평화의 빛, 어두운 세계를 밝게 비춘다, 일본도 빛나고 세계도 빛난다."라는 말과 함께 부채를 든 대머리가 바람을 일으키는 모습을 하고 있다.

　이들은 매 년 자유로운 대머리의 날 행사(Be Bald and Free Day)를 통해 자신의 대머리를 부끄럽게 여기지 않고 세상에 드러내 자유를 만끽한다. 자기와 비슷한 외모를 가진 수백 명의 대머리가 한자리에 모여 이벤트를 벌이고 자신의 존재감을 대중에게 알리는 이 행사는 2월 22일에 열린다. 의미는 일본어 발음상 2,2,2가 대머리의 의미를 담고 있다지만 나는 2라는 숫자를 보며 마치 대머리의 형상을 닮았다고 생각했다. 거기에 대머리는 혼자보다 두세 명이 합치면 더 강하다는 의미를 주어 2,2,2가 참 좋은 의미의 숫자인 것 같다. 속담에 두 명이 모이면 없는 호랑이도 만들어 낸다고 하지 않던가. 2월 22일은 세계를 아울러 공식적인 대머리의 날이 되어야 한다.

숫자 2에는 사람의 형상을 반영하여 세 명의 대머리가 형상화되게 하였다. 여기서 대머리를 표현하는 색은 금색 또는 노란색이 좋다. 뭔가 고급스러워 보이면서 아시아인을 상징하는 색이기도 하다.

대머리를 상징하는 동작에는 브이가 가장 적합하다 생각했다. 윈스턴 처칠이 손등을 밖으로 향하게 하며 승리의 '브이(V)'를 그리는 장면은 절망에서 희망이라는 상징성을 의미하기에 두 손을 손등이 보이게 하여 브이를 그린다면 2,2를 나타내기에 더 2,2,2를 상징하기 좋다.

대머리의 날이란 우리 모두가 한자리에 모이는 날이다.

나와 비슷한 존재를 눈앞에서 확인하며 자존감을 높이고 대머리가 당당한 우리 현실을 바로잡을 위대한 기념일이다.

당신이 마음 먹으면 매년 2월 22일 우리는 광화문에 모인다.

우리들의 만남은 결코 우연이 아닌 필연이다.

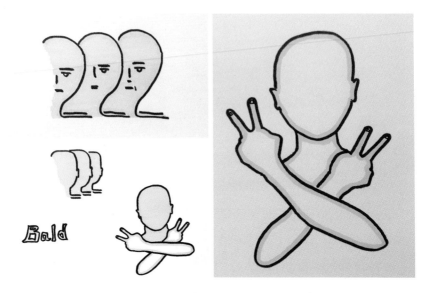

Bald

모든 가능성을 믿어라

'하늘을 나는 말'이라는 유대인 구전동화가 있다.

한 젊은 대머리 청년이 왕의 노여움을 받아 사형 판결을 받게 되었다. 이 대머리 청년은 왕에게 살려달라고 탄원하며 이렇게 말한다.

"왕이시여, 제게 일 년의 시간을 주신다면 왕께서 가장 아끼시는 저 말이 하늘을 날 수 있게 만들어 드리겠습니다."

왕은 대머리 청년의 말에 귀가 솔깃해졌다.

대머리 청년은 일 년이 지나도 말이 하늘을 날지 못한다면 그때 가서 자신을 처형해도 좋다고 제의하였다. 결국, 탄원은 받아들여졌다. 왕은 대머리 청년에게 자신이 가장 사랑하는 말이 하늘을 날지 못하면 사형에 처하겠다고 엄중 경고하였다. 이를 본 주변의 동료 죄수들이 웅성거리며 대머리 청년에게 물었다.

"이보게, 도대체 제정신인가. 말이 어떻게 하늘을 날 수 있단 말인가?"

그러자 청년은 자리에서 일어나며 엉덩이에 묻은 먼지를 툭툭 털며 말했다.

"일 년 이내에 어떤 일이 일어날지 미래의 일을 신이 아니고 누가 알겠는가? 일 년 이내에 국왕이 죽을지도 모르고, 혹은 내가 병으로 죽을지 어찌 알겠는가. 더욱이 왕이 아끼는 말이 죽지 말란 법도 없지. 비록 지금은 날지 못해도 일 년 뒤에는 저 말이 정말 하늘을 날지도 모르는 일이거든."

우화 속 대머리 청년의 총명한 지혜는 맞아떨어졌다. 왕은 일 년이 채 못 되어 전쟁으로 사망하고 세상은 다시 바뀌었다. 젊은 대머리 청년은 새로운 왕의 관대한 특별 사면으로 풀려나 그립던 고향으로 향했다.

비록 지금 당장 주목받지 못한다 하더라도 당신은 반드시 미래의 주인공이 될 것이다. 유대인 우화처럼 사람 사는 인생은 아무도 알 수 없는 법이지만 분명 바뀔 수 있다.

새가 날 수 있는 이유는 새가 가볍기 때문에 날 수 있는 것이 아니다. 새는 수천 번, 수만 번 날기 위해 날갯짓을 하며 둥지 아래로 떨어지는 고통을 겪어보았기에 날 수 있는 것이다. 말이 다리가 길어 빨리 달리는 것이 아니다. 말은 태어남과 동시 맹수의 공격으로부터 살아남기 위해 있는 힘껏 달리는 것이다. 무엇이든 최선을 다하면 기회가 찾아올 것이다. 그러면 당신도 남들보다 더 높이 날 수 있을 것이고 더 빨리 달릴 수 있다.

때로는 잠재된 능력이 깨어나기 위해 더 많은 시간을 요구할 수도 있다. 하지만 원하는 일이 현실이 되기 위해서는 많은 노력과 시간이 필요하다. 내게 주어진 외모는 세상에서 가장 특별하게 창조된 신의 작품이다. 그러기에 주어진 가능성은 언제든 열려있다. 단시간에 이루어지는 일도 있지만 아주 오랜 연단을 거친 후 이루어질 수도 있다. 하지만 그때가 언제인지 모르더라도 가능성을 믿고 실천하면 반드시 미래를 소유하게 될 것이다.

세상에 놀림당하지 말고 세상을 놀라게 만들자. 세상을 크게 감동시킬 대머리가 돌아왔다는 것을 보여 주자.

당신은 원래 혼자가 아니다

각자도생(各自圖生)은 스스로 제 살길을 찾는다는 뜻의 한자성어로 어려운 여건과 상황을 각자 힘으로 살아남아야 한다는 절박함에서 유래된 말이다. 솔직히 현대를 살아가는 모든 사람들이 이러한 각자도생의 길을 걷고 있다. 사람들에게 이미 습관처럼 적응된 현실이다.

오래전 조선왕조실록에 각자도생이란 말이 4회 등장하는데 대부분 전쟁과 대기근으로 나라가 흉흉하던 시기였다. 1954년, 임진왜란 당시 선조는 나라를 지킬 힘이 없자 백성을 버리고 각자 알아서 살라고 말하며 신속히 도성을 빠져나간다. 왕을 잃고 절망한 백성은 각자도생의 길을 걸으며 스스로 사투하며 생존하였다. 순탄치 않은 역사의 뒤안길에 각자도생은 생존을 위한 신념의 단어처럼 절실하게 받아들여졌고 결국 오늘날까지 오게 되었다.

각박한 현대사회 속에 대머리로 살아가는 사람들 역시 같은 길을 걷고 있다. 외모가 결점이라 생각했기 때문이다. 대머리가 마치 병에 걸린 것처럼 행동한다.

만약, 대머리로 병원을 찾고 있다면 정신병원을 추천한다. 곧장 마음의 치료가 필요하다. 대머리가 자신의 신체적 결점이라 생각했다면 이제라도 마음을 돌려라.

쿠바의 혁명가 '체 게바라'는 자신의 결점을 직시한 뒤 이렇게 말한다.

"인간은 누구나 그 사람 나름의 결점을 가지고 있는데 나의 결점은 누구라도 알아보기 쉽게 서로 모순되어 있다."

결국, 우리가 아는 모든 결점은 모순이란 사실에 감춰져 있다. 대머리는 각자도생의 길을 거부하고 함께 머리를 밀어 함께 세상의 빛이 되어 나가야 한다. 폭력과 비방 같은 악한 방법이 아닌 선한 영향력을 가득 품은 원조 인간으로 등장해야 한다.

우주소년 아톰과 하울의 움직이는 성의 주제가를 작사한 일본 최고의 시인 다니카와 슌타로(谷川俊太郎)는 그의 시집 '이십억 광년의 고독'에서 이렇게 밝힌다.

"만유인력이란 서로를 끌어당기는 고독의 힘이다. 우주는 일그러져 있다. 그래서 모두는 하나가 되려 한다."

'대머리' 세 글자가 사람들 사이에 매우 평범하게 들려올 때 우리는 더 이상 혼자가 아니다.

빡빡 밀면 보인다

영원한 대머리의 아버지 영화배우 '조춘'.

그가 말하는 대머리 이야기는 내가 듣기에 그냥 평범한 대머리들의 일상에 한 부분이라 쉽게 공감이 간다. 당당하게 대머리를 대머리라 부르지 못하는 이 사회는 자기와 조금만 다르면 상대방을 편견의 시선으로 바라보고 폄하시키려 하는 분위기가 여전하다.

스스로 대머리가 됨은 축복이거늘 머리털이 빠지면 위축되고 나 홀로 외계인이 된 것처럼 생각한다. 하지만 나는 어느 날 대머리가 되었고 지금 이 보다 더 좋을 순 없다. 가끔 길에서 아이들이 나를 보고 빡빡이라 말하며 웃을 때 아이들의 순수한 미소를 바라보며 생각한다.

'니들도 태어날 땐 빡빡이였거든.'

"벗겨지는 순간 확 밀어서 이게 진짜 대머리다 하고 당당하게 사는 거야. 뭐가 쪽팔려 내가 원초적 대머리인데‥."

(영화배우 조춘)

상상력은 세상을 지배한다

"논리는 당신을 A부터 Z까지 데려다주지만 상상력은 당신을 어디든 데려다줄 것이다."

알버트 아인슈타인

폴로 랄프로렌은 세계적인 베스트 패션 브랜드이다.

누구나 폴로 티셔츠 한 벌은 집안에 있을 것이다. 폴로 로고는 패션의 상징이자 자유로운 아메리카 스타일을 추구하는 열망이 담겨있다. 폴로를 세계적인 브랜드로 탄생시킨 유대인 출신 랄프로렌은 꿈을 판매하는 신념으로 자신이 만든 제품을 입은 고객에게 이렇게 말한다.

"당신은 그 옷에 맞는 존재가 될 수 있습니다. 당신은 당신이 선택하는 것이면 무엇이든 될 수 있습니다." 랄프로렌은 단순히 걸치는 옷이 아니라, 그의 꿈을 담아 팔기 때문이다. 그가 생각하는 진정한 명품이란 가난하든, 부유하든, 전 세계 어느 가정에서나 폴로 랄프로렌의 브랜드를 입고 있다면 그것이야 말로 명품이라고 말한다. 그는 소수의 사람들만을 위한 신분의 상징이었던 명품을 모든 사람들이 공유할 수 있는 대중적인 상품으로 바꿔놓았다.

가난한 유대인 청년이 세계 패션시장을 지배한 결정적 단서는 그의 무한한 상상력이다. 랄프로렌은 언제나 스타가 되고 싶어 했으며 자기 자신을 잃어버리면 안 된다는 신념을 가지고 런웨이 무대에서 이렇게 말한다. "저는 그냥 다른 사람들과 똑같은 보통사람입니다. 다만 여러분보다 더 많은 상상을 할 뿐이지요."

지금까지 대머리를 주제로 한 이야기들은 다소 허무맹랑한 주제일 수 있다.

대머리라는 주제를 세상 밖으로 끄집어낸다는 것조차 상당한 부담이 있었다. 그러나 반드시 짚고 넘어가야 할 문제였다.

돌이켜 보면 유전적으로 대머리를 물려받은 사람이 오랜 역사에서 차지한 비중은 의외로 높았고 성서와 신화 가운데 살짝 숨어있는 매력 또한 황량한 사막에 오아시스를 찾은 기분이었다. 이 글 역시 무한한 상상력과 논픽션이 결합된 위대한 대머리를 위한 예찬이다.

하지만 현실은 대머리를 대머리답지 못하게 만들었다. 우리 뇌는 실제로 일어난 일과 생각했던 이미지를 서로 구별하지 못한다. 즉, 실제로는 없는데 상상으로 뇌가 있다고 계속 생각하면 뇌에 각인되어 상상한 모습이 현실의 내가 되어 나타난다. 마치 다른 사람이 자신을 대머리라 놀릴 것이다 착각하므로 나는 자연히 상대방을 의식하고 부끄러움을 느끼게 된다. 우리가 상상력을 이겨낼 수만 있다면 상상력을 내가 사로잡아 묶어둘 수만 있다면 세상은 바로 당신 것이 될 것이다.

어차피 대머리다. 피할 수 없으니 열정적으로 이 순간을 즐겨 보자. 다시 태어난다 해도 대머리가 되게 해달라고 기도드리고 그대가 뼛속까지 대머리란 주어진 아름다움에 감사드리자. 그리고 모든 가능성을 상상하라. 대머리라는 단 하나의 이유로 인해 도전하는 만큼 다 이루어질 것이다.

"하늘을 쳐다보아라. 네가 셀 수 있을 만큼 저 별을 모두 세어 보아라." 그리고 다시 아브라함에게 말하였다.
"네 후손이 저렇게 많아질 것이다."

〈창세기 15:5〉

'절대 자신에게 비참함은 느끼지 말아 주세요'

얼마 전 KBS TV '대화의 희열'이란 방송 프로그램에 유시민 작가가 등장하여 과거 독재정권 시절 맨주먹으로 싸웠던 이유를 진행자가 묻자 그는 이렇게 대답했습니다. "때로는 사람들은 자신을 지키기 위해 살아간다. 세상을 못 바꾼다는 것은 알면서도 나를 지키기 위해 그것을 한다. 내가 스스로 내가 살아가는 방식에 대해 비참하다, 비천하다는 느낌을 받고 살고 싶지 않았다." 그리고 그는 눈시울을 붉히며 "삶에 비참함을 안 느끼고 살았던 거 하나 괜찮았다."라며 말을 맺었습니다.

저는 가끔 대머리라는 외모에 대한 놀림과 시선을 두려워하여 자신 스스로가 비천하거나 비참한 삶을 살아가는 친구들을 보며 마음이 아팠습니다. 본인 스스로가 그렇게 만들어 버린 상황에 빠져들어 수많은 갈등으로 자책하며 살아갑니다. 머리가 빠지는 것은 축복이라 받아들여주세요. 절대 비참하게 자신을 마음속 깊이 가둘 필요 없습니다. 당당하게 세상에 드러내는 순간 여러분은 가장 멋진 대머리 중 한 명으로 만들어지는 것입니다.

처음 '대머리'라는 주제를 가지고 글을 쓰기에 어려움이 많았습니다.

아직까지 사회인식이 '대머리'라는 단어에 비웃고 조롱하는 편견을 가지고 바라보기 때문입니다. 아직 이 세 단어(대머리)가 그다지 익숙하지만은 않습니다. 그러나 어차피 대머리로 살아가야 할 운명이라면 결코 피할 것까지는 없다고 생각했습니다. 대머리는 신이 주신 선물이라 생각하고 일부러 받아들여야 할 운명입니다. 절대로 가발로 가린다고, 약을 처방한다고 달라지는 것은 아주 잠시입니다.

저는 이 주제로 글을 쓰며 대머리가 가진 놀라운 사실들을 알게 되었습니다. 대머리 유전자를 가진 사람은 잠재된 힘이 있습니다. 잠재된 힘을 아직 발견하지 못하였기에 움츠리고 있는 것입니다.

대머리들이 다시 세상에 등장할 때가 왔습니다. '바로 지금'입니다. 우리가 함께 대머리가 당당한 세상을 만들면 그만입니다. 분명 멀지 않은 미래에 다가 올 독자적인 대머리 패션 트렌드에 기대도 해 봅니다. 혹시 제 글을 보고 영감을 얻어 더 나은 발드 시장을 개척해 주신다면 저 역시 적극 홍보에 나서겠습니다. 책을 내며 대머리에 관련한 수많은 이야기, 신화, 야사를 접하고 대머리로 고통받고 사는 많은 사람들을 만나 솔직담백하게 나눈 시간들은 여기 한 편의 책이 되어 모두에게 돌아갑니다.

스스로 거울을 바라보며 자신이 대머리라면 이 책을 반드시 집어들어야 합니다. 자신이 어떤 존재인지 알게 되는 순간 여러분이 가진 무한한 잠재력이 폭발할 것입니다. 차마 더 들려주고 싶은 이야기가 많지만 그만 접어야 할 것 같습니다. 그리고 저는 여러분이 일으킬 위대한 대머리 혁명을 기다리겠다고 본문에 약속하면서 끝까지 '발드 스토리텔러'로서 역할을 충실히 해낼 것입니다. 머리털 많은 사람들이 이 책에 관심이 있을까 하는 의구심이 들지만 언젠가 그들 앞에 나가 당당하게 대머리가 위대한 종이란 사실을 자랑스럽게 밝히겠노라고 다짐합니다.

이런 주제는 아마도 처음이라 생각됩니다. 첫 원고 투고 당시 많은 출판회사에서 관심을 보여 주었지만 처음부터 출판 분야의 최고봉인 더로드&프로방스 출판사만이 주제를 제대로 살려줄 유일한 희망이라 생각했습니다.

또한 제 인생 첫 데뷔작 '병영 독서로 내 인생 바꾸기'란 책을 세상에 선보여 큰 화제를 모은 사실 역시 조현수 대표님의 탁월한 선택이 있으셨기에 가능했다 생각 합니다. 또한 . 그리고 책이 나오기까지 너무 많은 헌신과 노력을 해 주신 조용재(제임스 조)님께 진심으로 감사드리며 기분 좋은 불금 어느 날 거하게 술 한잔 사드리고 싶습니다.

감사의 글

솔직히 이 글은 처음부터 제가 쓴 글이 아닙니다.

모두 하나님이 쓰셨고 저는 그냥 받아 적었을 뿐입니다.

살아계신 하나님께 이 귀한 책과 영광을 모두 바칩니다.

하나님은 쉽게 길을 가르쳐 주시지 않으십니다.

험하게 돌리고 돌리다 제가 지치고 힘들 때 지름길을 알려 주십니다.

이제부터 저를 어떻게 쓰실지 더욱 기대됩니다.

책을 쓰게 된 계기는 고전문헌학자 배철현 교수님의 저서를 읽고 필사하며 많은 상상력을 키워왔습니다. 특히 배 교수님과의 운명적 만남을 통해 더 많은 우주적 사고를 겸비하게 되었습니다.

책을 준비하는 동안 인생에서 가장 행복한 순간이었습니다. 그 가운데 나의 사랑하는 가족, 아내 '육영미'에게 사랑한다라고 전하고 싶습니다. 또한 누구보다 기뻐해 주실 부모님과 형제들에게 고맙고 감사합니다.

지금 제가 몸담고 있는 가톨릭 관동대학교는 특별한 은혜가 넘치고 능력이 넘치는 강원 영동의 명문사학입니다. 이곳 가톨릭 관동대학교 총장 신부님(황창희 알베르토 신부)의 기도 능력이 엄청나다고 합니다. 분명 지금도 저를 위해 아니 이 책이 대박 나라고 총장 신부님께서 열심을 다해 기도해 주시고 계시리라 믿습니다.

더 많은 소중한 분들이 계시지만 지면에 다 나열하지 못한 점 양해 바랍니다.

마지막으로 제 글을 읽어 주신 독자 여러분들께 감사의 마음을 전합니다.

글을 읽는 독자님께서 대머리라면 더더욱 기분이 좋을 것 같습니다.

대머리가 많아지고 많이 눈에 띄는 그런 시대를 함께 만들어 가려면 함께 뭉쳐야 합니다. 절대 남 눈치 보지 말고 소신껏 당당하게 보여 주십시오.

여러분만이 이 시대를 바꿔 줄 진짜 주인공입니다.

저는 언제나 독자 여러분과 소통하겠습니다.

함께 읽어 주셔서 감사합니다. 대머리 파이팅입니다!

강릉 안목에서 발드 스토리텔러 **장정법 드림**

〈참고문헌〉

Chapter-1

대머리는 처음이지?

1. 가발은 안녕하십니까
- 무라카미 하루키 『해 뜨는 나라의 공장』, 김난주 옮김, 문학동네, 2012, 225~256쪽 참고 및 인용(일부 내용 그대로 인용)
- 鈴木拓也,讀めば讀むほどフサフサになる,育毛セラピ――いつまでもハゲと思うなよ (リュ ウ·ブックスアステ新書) (新書) / 經濟界, 2010,

2. 동두자라 불러다오
- 김영석 『한 번은 읽어야 할 우리 고전 명수필』, 문학의 숲, 2017, 202쪽 사사로움 없는 즐거움 참고 및 인용
- 정연우 『조선시대 명사들의 글 모음 '설집'』 파랑새 미디어, 2015, 205쪽 참조

3. 주목받을 자유
- <吉林大學報> 인터넷 자료 『禿頭』, (대머리 인지도 실험 결과 번역)
- Eugene Ionesco 지음, The Bald Soprano and Other Plays- Bald Soprano/the Lesson, jack or the Submission, the Chairs, Grove Pr, 1994, 참조
- 뉴시스1('17.07.02) 『"탈모가 어때서" 대머리로 결혼식 올린 아가씨』, 정수영 기자
- 서울신문('17.06.18) 『탈모로 추해지는 것 아냐』 결혼식 민머리 드러낸 여성, 윤태희 기자

4. 대머리 콤플렉스 처방전

- 쑤린 지음 『하버드대 인생학 명강의 어떻게 인생을 살 것인가』, 다연 출판사, 원녕경 옮김. 52쪽, 54쪽, 56쪽, 59쪽, 61쪽, 62쪽, 64쪽, 65쪽, 68쪽, 71~74쪽 인용 및 참조

5. Aura

- 커트 스텐 지음 『헤어』, MiD, 하인해 옮김, 75~76쪽 캐리 빅클리 사례 인용 및 참조
- 조선일보('18.09.05) 『여성 탈모도 패션이다. 영국서 대머리 모델 캠페인 생겨나』 기사참조, 박소정 기자

6. 대머리는 대머리다

- youtube 『닷페이스 채널』 민머리 토크쇼 방송 참조
- 남성잡지 'MAXIM' 박소현 『대머리 장점이 1도 없다고? 더 똑똑하고 섹시해 보인대』 에서 해외기사와 프랭크 무스 카렐라, 알버트 만스 교수 실험 근거를 참조
- KBS 뉴스('17.04.05) 『"대머리? 개성이죠" 자진해서 대머리 된 사람들』, 디지털 뉴스부에서 해외기사와 프랭크 무스 카렐라, 알버트 만스 교수 실험 근거를 참조

7. 머리카락을 잃고 슈퍼 히어로가 된 '원펀맨'

- 김선정 지음, 머리카락을 잘린 삼손, 겨자씨 출판사, 2009, 참조
- 정용진 지음, 삼손 읽기, CLC 출판, 2019, 참조
- 무라타 유스케, ONE 지음, 원펀맨 One Punch Man 1편, 대원씨아이(만화), 2015, 일부 인용 및 참조(삽화 반영)

8. 무조건 멋있게, 무조건 폼나게

- 스기야마 리스코 지음, 『패션은 3색으로』, 티나북스, 2018, 김현영 옮김, STEP 1, 4, 5-24쪽, 38쪽, 48쪽 인용 / 패션에 대한 사고와 아이템 착안에 도움 받음(참조)
- 이헌 지음, 『오빠와 아저씨는 한 끗 차이』, 로지, 2016, 패션에 대한 사고와 아이템 착안에 도움 받음(참조)
- 하야시 유키오, 하야시 다카코 지음, 『근사하게 나이 들기』, 마음산책, 2019, 참조
- 강민지 지음, 『패션의 탄생』, 루비박스, 2011, 참조
- 최경아 지음, 『패션 스타일리스트』, 교학연구사, 2019, 참조
- 히비 미치코 지음, 『마이 패션 북』, 터닝포인트, 2018, 참조
- 이랑주 지음, 『좋아 보이는 것들의 비밀』, 인플루엔셜, 2016, 참조
- 최진기 지음, 『시계입니다!』, 엘빅미디어, 2016, 참조

- 이외수 지음, 『글쓰기의 공중부양』, 해냄, 2006, 31쪽 인용

9. 나의 절망을 바라는 당신에게
- 멕시코 문화원 협조 '멕시코 민화', 영문 번역 / 저자 미상

10. 피해야 할, 해야 할 행동들
- 대니얼 길버트 지음, 『행복에 걸려 비틀거리다』, 김영사, 2006, 서은국, 최인철, 김지정 옮김, 참조
- 이케다 기요히코 지음, 『소수의견을 외치는 당신이 세상을 바꾼다』, 홍익출판사, 이정은 옮김, 2018, 50, 54쪽 인용 및 참조
- 안혜령 지음, 『향수』, 김영사, 2004, part4. 향수의 기본특성, part8. 자신에게 어울 리는 향 찾기 참조
- 임원철 지음, 『향수 그리고 향기』, 이다미디어, 2013, 참조
- 파트리크 쥐스킨트 지음, Perfume : The Story of a Murderer, penguin, 2010, 참조
- 카렌 길버트 지음, Perfume : The Art and Craft of Fragrance, R&S, 2013, 참조
- 퍼퓸 지음, Perfume Fan Service TV Bros, 東京news mook 498, 2015, 참조
- Denyse Beaulieu / William Collins, The Perfume Lover, 2013, 참조
- Perfume: The Complete Guide to Create Your Own Natural Scent Signature Ori Laor / Createspace Independent Publishing Platform, 2017, 참조
- Homemade Perfume: 20 Best Organic Perfume Recipes That Will Make You Smell Great, Createspace Independent Publishing Platform, 2017, 참조
- jtbc뉴스 『빠지면 밀어라… 율브리너 스타일의 힘』, 2012.10.5. 발행 기사
- 키레네의 시네시오스 지음, 『대머리 예찬』, 21북스, 정재곤 옮김, 2000, 인용 및 참조
- 샤를 단치 지음, 『왜 책을 읽는가』, 이루, 임명주 올김, 2013, 인용 및 참조

11. 스타의 탄생
- Cameron M. Clark, Bald n Dashing!, Cpsia, 2018, 인용 및 참조
- ハ-スト婦人畫報, MEN'S CLUB (メンズクラブ) 2018年 6月號增刊 綴じこみ付錄な し 版(雜誌), ハ-スト婦人畫報社, 2018, 참조
- Dms Books, House Music: Cool Edm Dance Journal DJ Rave Club Notebook, Independently Published, 2018, 참조
- Source Wikipedia, Club Djs : John Digweed, the Chemical Brothers, DJ Tzi, Judge

Jules, Deep Dish, Daft Punk, Paul Oakenfold, D-Mark, Sasha & John D Books LLC, Wiki Series, 2012, 참조

- Ackbar Shabazz Jenkins, Consequences of His Actions (Hollywood Talent) America Star Books, 2016, 참조

Chapter-2

기 원

1. 신의 형상으로 창조된 인간

- trilia newbell, If God Is for Us: The Everlasting Truth of Our Great Salvation, Moody Publishers, 2019, 참조
- Paul R. Williamson, Abraham, Israel and the Nations : The Patriarchal Promise and Its Covenantal Development in Genesis, T&t Clark Ltd, 2001, 참조
- Tjjohnson, The Genesis Men Abraham & Sons: Searching Scripture to Discover God's Truth, Authorhouse, 2015, 참조
- Joel S. Kaminsky, Yet I Loved Jacob, Wipf & Stock Publishers, 2016, 참조
- 배철현 지음, 『신의 위대한 질문』, 21북스, 2015, 참조
- 배철현 지음, 『인간의 위대한 질문』, 21북스, 2015, 참조
- 배철현 지음, 『심연 : 나를 깨우는 짧고 깊은 생각』, 21북스, 2018, 참조
- 배철현 지음, 『수련 : 삶의 군더더기를 버리는 시간』, 21북스, 2018, 참조
- 배철현 지음, 『인간의 위대한 여정』, 21북스, 2017, 참조
- SBS뉴스, '영국 전문가 예수 얼굴 재현', 2015, SBS 뉴미디어부 자료 참조, 인용
- 가와이 하야오, 나가지와 신이치 지음, 『불교가 좋다』, 동아시아, 2004, 참조
- 고빈드 찬드라 판데 지음, 『불교의 기원』, 정준영 옮김, 민족사, 2019, 참조, 인용
- 토머스 레어드 지음, 『달라이 라마가 들려주는 티베트 이야기』, 황정연 옮김, 웅진지식, 2008, 참조, 인용

- 한국 천주교 중앙협의회 발행, 『성경』, 주교회의 성서위원회, 2013, 참조, 인용
- 대한성서공회 성경 편집팀(엮은이), 『성경전서 개역개정판』, 대한성서공회, 2008, 참조, 인용
- 폴 존슨 지음, 『유대인의 역사』, 김한성 옮김, 포이에마, 2014, 참조, 인용
- 헤로도토스 지음, 『헤로도토스 역사』, 박현태 옮김, 동서문화사, 2008, 참조, 인용
- 닐 게이먼 지음, 『북유럽 신화』, 박선령 옮김, 나무의철학, 2019, 참조, 인용
- 케빈 크로슬리 지음, 『북유럽 신화 바이킹의 신들』, 현대지성 클래식, 서미석 옮김, 현대지성, 2016, 참조, 인용
- H. A. 거버 지음, 『북유럽 신화 재밌고도 멋진 이야기』, 김혜연 옮김, 책읽는 귀족, 2015, 참조, 인용
- 徐鑫 지음, 『順治帝陵歷史之謎(圖文珍藏版)』, 遼宁人民出版社, 2012, 인용
  * 순치제 출가 이야기 참조
- 강정만 지음, 『청나라 역대 황제평전』, 주류성, 2019, 참조
- 패멀라 카일 크로슬리 지음, 『만주족의 역사』, 양휘웅 옮김, 돌베개, 2013, 참조, 인용
- 천제셴 지음, 『누르하치 청 제국의 건설자』, 돌베개, 홍순도 옮김, 2015, 참조, 인용
- 장한식 지음, 『오랑캐 홍타이지 천하를 얻다(개정판)』, 산수야, 2018, 참조, 인용
- 미야자키 이치사다 지음, 『옹정제』, 이산의 책, 차혜원 옮김, 2001, 참조
- 마크 C. 엘리엇 지음, 『건륭제 하늘의 아들, 현세의 인간』, 천지인, 양휘웅 옮김, 2011, 참조, 인용
- 왕중추 지음, 『중국사 재발견 /건륭제에서 시진핑 시대 출범까지』, 서교출판사, 김영진 옮김, 2012, 참조
- 조너선 스펜스 지음, 『강희제, 이산의 책』, 이준갑 옮김, 2001, 참조, 인용
- 허무평 지음, 『황제의 유언』, 비아북, 류방승 옮김, 2010, 참조
- 姜正成 지음, 權智謀天下:我和康熙帝侃謀略 (平裝, 第1版), 中國財富出版社, 2015, 참조
- 오카다 히데히로 지음, 大淸帝國隆盛期の實像〔第四代康?帝の手紙から 1661-1722〕(淸 朝史叢書) (單行本, 第2), 藤原書店, 2016, 참조, 인용
- 사카구치 안고 지음, 『소설 오다노부나가』, 양혜윤 옮김, 2010, 참조, 인용
- 가도이 요시노부 지음, 『이에야스 에도를 세우다』, 임경화 옮김, 2018, 참조, 인용
- 연민수 지음, 『일본역사』, 보고사, 2011, 참조
- 이길진 지음, 『도쿠가와 이에야스의 삶과 리더십』, 동아일보사, 2004, 참조
- 도몬 후유지, 『도쿠가와 이에야스 인간경영』, 이정한 옮김, 작가정신, 2000, 참조

- 루이스 프로이스 지음, 『오다 노부나가와 도요토미 히데요시는 어떤 인물인가』, 박수철 옮김, 위더스북, 2017, 참조
- 야마오카 소하치 지음, 『오다 노부나가』, 이길진 옮김, AK(에이케이)커뮤니케이션즈, 2007, 참조
- EBS 다큐프라임 5부작 중 제 1부, 『다섯 개의 열쇠』 중 영국 세인트 앤드류 대학팀 연구인 용
- 데즈먼드 모리스 지음, 『털없는 원숭이』, 김석희 옮김, 문예춘추(네모북), 2011년, 참조
- 재레드 다이아몬드 지음, 『제3의 침팬지』, 문학사상사, 1996, 참조
- 찰스 다윈 지음, 『종의 기원』, 송철용 옮김, 동서문화사, 2013 참조
- 박성관 지음, 『종의 기원, 생명의 다양성과 인간 소멸의 자연학』, 그린비, 2010, 참조
- 김용운 지음, 『제2건국론』, 지식 산업사, 1998, 인용(오다 노부나가 페이지 반영)
- 샤를 들발리 지음, 『루이14세』, 소년한길 출판 (p. 8~9 무소불위의 군주권 중 일부 발췌)
- 이영림 지음, 『루이 14세는 없다』, 푸른역사, 2009, 참조
- 전원경 지음, 『역사가 된 남자』, 21북스, 2009, 참조, 인용(P. 50~54 일부 인용, 발췌)

Chapter-4

대머리 혁명

- 애슐리 리틀 지음, 『용감한 대머리 언니』, 전경화 옮김, 블랙홀, 2015, 참조, 인용
- 마이클 그로스 지음, 『랄프로렌 스토리』, 미래의 창, 2011, 참조, 인용
- 차동엽 지음, 『무지개 원리』, 위즈앤비즈, 2008, 참조, 인용
- 마이클 카츠 지음, 『원전에 가까운 탈무드』, 바다출판사, 2018, 참조
- 마빈 토케이어 지음, 『탈무드』, 다인미디어, 2012, 참조, 인용

대머리 혁명

초판인쇄	2020년 9월 14일
초판발행	2020년 9월 21일
지은이	장정법
발행인	조현수
펴낸곳	도서출판 프로방스
기획	조용재
마케팅	최관호 백소영
편집	권표
디자인	호기심고양이
주소	경기도 고양시 일산동구 백석2동 1301-2
	넥스빌오피스텔 704호
전화	031-925-5366~7
팩스	031-925-5368
이메일	provence70@naver.com
등록번호	제2015-000135호
등록	2015년 06월 18일

정가 15,800원

ISBN 979-11-6480-075-9 03810